살아 있는
세계문학 이야기

10대가 묻고 18명의 문학가가 답하는

살아 있는
세계문학 이야기

쑨허 지음 | 나진희 옮김
조규형 감수

글담출판

문학을 사랑하는,
이제 사랑하게 될 여러분에게

책을 사랑하는 사람은 분명 문학도 사랑할 거라고 생각해왔는데, 그건 어디까지나 저의 간절한 바람에 불과하다는 걸 알았습니다. 어느 날 친구들과 이야기를 나누다가 문득 깨달았죠. 대부분의 사람들이 심심함을 달래줄 환상적이고 가벼운 인터넷 연재소설이나 직장 생활에 대한 격려와 성공·처세에 관한 실용적인 책을 읽을지언정 위고나 발자크의 소설, 바이런이나 타고르의 시를 읽을 생각은 하지 않는다는 사실을요. 한번은 제가 톨스토이의 《안나 카레니나》를 읽는 걸 본 친구가 말했어요. "넌 참 고상한 취미를 가졌구나. 난 그런 건 따분해서 눈길이 잘 안 가더라."라고요. 그때 조금 충격을 받았습니다.

세계문학을 읽는 것이 왜 고상한 취미, 따분한 일이 됐을까요? 저는 깊고 깊은 고민에 빠져들었습니다. 바삐 흘러가는 요즘 사회에서 문학을 읽는다는 건 여유 있는 사람들의 허세에 불과한 걸까요? 돈과 명예를 좇는 지금 시대에는 사치스런 여유일 뿐일까요? 이 질문에 대해 만약 여러분이 아무런 주저 없이 '그렇다'고 답한다면 저는 바로 펜을 놓겠습니다. 저는 확신합니다. 세계문학은 까만 밤하늘에 총총 뜬 저 아름다운 별처럼, 세상이 아무리 변한다 해도 그 매력은 더욱 배가될 뿐 절대 퇴색하지 않는다는 것을요. 그리고 길을 찾는 사람에게, 길을 잃은 사람에게 빛을 비춰준다는 것을요.

돈과 명예는 뜬구름에 불과합니다. 돈은 결국에는 죄다 흩어져 사라져버릴 것입니다. 세상에서의 소란과 화려한 비단옷을 벗고 자신의 적나라한 내면을 있는 그대로 마주해보세요. 그때 여러분은 공허하지 않을까요? 당황스럽지 않을까요? 어쩌면 여러분은 그런 것에 이미 무감각해져 있을지도 모릅니다. 조금이라도 달라지고 싶다면 고전을 읽어보세요. 햇살이 맑게 내리쬐는 따스한 오후, 녹음 짙은 곳에서 시원한 차와 함께 책을 읽어보세요. 오랫동안 말라붙어 있던 마음이 세계문학의 순수한 열정과 진리로 촉촉해지는 걸 느껴보세요. 문학이 세상을 구할 수는 없을지라도, 마음을 구할 수는 있으니까요.

그동안 친구들과의 모임이나 파티에 더 열중했다면 책에는 아예 관심이 없을 거예요. 혹 어떤 이들은 세계문학을 무척이나 읽고 싶었지만 너무 심오해서 깊이 파고들기 힘들었을지도 모르죠. 그런 친구들을 돕기 위해 이 책 《살아 있는 세계문학 이야기》를 썼습니다. 18명의 문학 대가들이 직접 등장해서 해학적이고 유머러스한 방식으로 자신들의 작품을 이해하기 쉽게 강의합니다. 이 책을 모두 읽고 나면 분명 세계문학에 대한 작은 열정을 되찾을 수 있을 겁니다.

더불어 문학이 깊고 오묘하다고 해서 꼭 범접하기 어려운 것만은 아니구나 깨달을 수 있을 거예요. 어쩌면 한가한 시간에 그저 쉽게 즐길 만한 소일거리가 아니라는 점을 발견할 수 있고요. 평범하고 시시한 이야기의 이면에 무한한 의미가 내포되어 있고, 웃을 수도 울 수도 없는 희극 속에 진지함이 들어차 있기 때문이죠. 세계문학은 거대한 거울입니다. 그 앞에서 몸을 감출 수 있는 세상 만물은 하나도 없죠. 그런 점에서 이 책이 여러분에게 '작은 손거울'이 될 수 있기를 바랍니다. 세계문학이 주는 기쁨과 깨달음을 맛볼 수 있기를 바랍니다. 이 책을 읽다가 어느 순간 자신의 마음속에 있는 또 다른 흠을 비춰보고 돌아볼 수 있기를 바랍니다.

문학 애호가든 문외한이든 상관없습니다. 이 책은 각자에게 필요한 욕구를 다양한 방법으로 충족시킬 테니까요. 18번의 명강의가 선사하는 편안한 분위기 속에서 대가들의 작품 해설을 들어보세요. 때론 책 속에 등장하는 학생들이 되어서 함께 열정적인 토론을 하기도 하는 '살아 있는 수업'을 경험해보세요. 그 속에서 인생의 진리를 음미할 수 있을 겁니다.

어때요? 마음이 동하나요? 그렇다면 저와 함께 '신비하고 특별한 문학여행' 속으로 함께 떠나봅시다!

세계문학은 삶의
자산이자 지혜입니다

이솝 우화 가운데 《토끼와 거북이》라는 유명한 이야기가 있습니다. 누구나 다 아는 이야기이지요. 행동이 민첩한 토끼와 걸음이 느린 거북이가 경주하여 결국에는 거북이가 이겼다는 우화입니다. 여러 가지 판본이 있지만 대부분은 '느리지만 꾸준한 자가 이긴다'는 말로 끝을 맺습니다. 이야기의 주제와 교훈을 깔끔하게 정리해주니 얼마나 좋습니까. 하지만 이러한 마무리는 언제나 예외이고, 대개의 이솝 우화는 사건의 내용을 말해주면서 그 결론적 깨우침을 독자 스스로에게 맡겨버립니다.

만약 이러한 정리가 없었다면 《토끼와 거북이》 역시 많은 의문이 제기됐을 겁니다. 거북이는 도중에 토끼를 깨워야 했다, 달리기 외에도 수영으로 판가름해 공정성을 기해야 했다 등등 여러 의견이 나올 수 있겠죠. 우화 수준을 넘는 대부분의 본격 문학, 특히 예부터 지금까지 읽히는 세계문학은 읽는 사람으로 하여금 또 다른 견해를 가능하게 합니다. 수용할 수 있는 폭과 깊이에 있어서도 차이가 있지요.

사람이 성장하는 과정에서 문학이 왜 필요한지는 사실 잘 따져 묻지 않아왔습니다. 하지만 인간이 문학을 접하면서 쌓아온 전통은 인간의 위업 가운데 매우 중요한 부분을 차지합니다. 인간의 활동 가운데 매우 높은 단계로 예술 행위를 꼽고, 그 가운데서도 언어 예술은 더 높은 위치에 놓습니다. '언어'를 재료로 하는 까닭에 문학은 이성과 감성을 같이 최대화할 수 있습니다. 아울러 문학은 '언어'를 통해 상상과 허구를 높은 수준에서 결합시킵니다. 이는 인간에게만 있는 고유한 능력인 점에 주목할 필요가 있습니다. 주어진 한계를 벗어나고 미래를 준비하도록 하는 사유 형식이기 때문이죠. 이렇듯 문학은 우리를 심정적으로 무장해제하는 가운데 세계와 삶을 해석하고 대처해가도록 합니다. 그래서 문학 읽기는 인간의 성장과 교육에 필수 불가결한 요소입니다.

이 책《살아 있는 세계문학 이야기》에서 소개하고 있는 고전들은 그야말로 인간 문명사를 형성해온 것들입니다. 문학은 이성과 감성, 그리고 사실과 허구로 구성되어 있어 제대로 이해하기란 의외로 쉽지 않습니다. 즉 일반적 기대와 달리, 문학 세계로의 입문을 위해서는 매우 잘 차려진 소개와 지침이 필요하다는 의미입니다. 이 책은 이야기 형식으로 엮어가면서 독자들을 오래된 문학과 근현대 문학의 세계로 인도합니다. 이러한 경험과 흥미로운 상황이 기본적 장점입니다.

다음으로 이 책은 독자들이 현실적 고민을 토로하고 거듭 새로운 출발을 다짐할 수 있는 위로와 용기를 처방합니다. 또한 독자들에게 문학 경험이

단순한 지적 훈련에 머물지 않고 삶의 자산이자 지혜가 될 수 있음을 잘 보여줍니다. 문학이 '읽는 이의 질문을 받고 대답을 수용하는 열린 마음의 광장'임을 증명하는 사례가 되어주는 겁니다.

미지의 여행을 위해서는 일정한 지도가 도움을 주듯, 이 책은 독자들을 세계문학의 세계로 안내하는 책자입니다. 사실 청소년들이 고전을 자발적으로 읽기를 기대하는 것은 무리라는 것을 인정하지 않을 수 없습니다. 그렇다고 이런 상황을 자책할 필요도 없다고 생각합니다. 특히 오랜 역사 동안 인류의 지혜로 전해오는 문학은 그 어떤 분야 못지않게 난해할 수밖에 없습니다. 좀 더 다가갈 수 있는 방법은 여러 가지 경로로 문학에 대해 호기심을 갖고 익숙해지면서 언젠가는 '작품'으로 경착륙하기를 바라는 것이겠지요. 그런 면에서 이 책은 세계문학으로 다가가는 하나의 좋은 징검다리가 되리라 생각합니다.

고려대 영어영문학 교수 조규형

이 책에서 수업하는
문학가들

· **소포클레스**(BC 496~BC 406) 고대 그리스 3대 비극 시인 중 한 명으로 '그리스 비극의 완성자'라 불립니다. 평생 동안 123편의 희곡을 썼지만 《아이아스》《안티고네》《오이디푸스 왕》《엘렉트라》《트라키스 여인들》《필록테테스》《콜로노이의 오이디푸스》 등 7편만 전해집니다. 그중 《오이디푸스 왕》이 가장 유명하며 전체 고대 그리스 희곡의 대표작이라는 평을 받고 있습니다.

· **호메로스** (BC 800?~BC 750) 고대 그리스의 음유시인으로 거리를 거닐면서 시를 읊은 눈먼 가수였습니다. 실존 인물이었는지 역사적으로 증명되지 않았지만 이탈리아의 단테, 영국의 셰익스피어, 독일의 괴테와 더불어 '세계 4대 시인'으로 손꼽힙니다. 그리스 역사상 가장 위대한 서사시 2편인 《일리아스》와 《오디세이아》를 엮었습니다. 이 서사시들은 이후 문학과 교육 등에 큰 영향을 끼쳤습니다.

· **단테 알리기에리** (1265~1321) 이탈리아의 시인으로, 현대 이탈리아어의 창시자이자 유럽 르네상스 시기의 상징적 인물입니다. 수많은 걸작을 남겼는데, 젊은 시절 흠모한 베아트리체를 추모하기 위해 젊은 시절 쓴 산문시집 《신생》, 정치 투쟁에 휩쓸려 유배지에서 쓴 《신곡》 등이 대표적입니다. 《신곡》은 당대 견줄 만한 대상이 없을 정도로 유일무이한 걸작이라 칭송받고 있습니다.

· **조반니 보카치오** (1313~1375) 이탈리아 르네상스 운동을 대표하는 인문주의 작가입니다. 단편소설, 전기소설, 서사시, 전원시, 학술저서 등 다양한 작품 활동을 했습니다. 그중 단편소설집 《데카메론》은 이탈리아 문학사상 최초의 사실주의 거작이자 인문주의의 선두에 선 작품입니다. 이 작품은 당시 문단에서 혹평을 받았으나 독자들로부터 폭발적 인기를 얻었고, '보카치오식 산문'이라 하여 산문의 본보기가 되었습니다.

· **미겔 데 세르반테스** (1547~1616) 스페인의 문학사상 가장 위대한 작가이자 르네상스 시기의 선구적 인물입니다. 소설뿐만 아니라 희곡, 희극, 장시 등을 썼습니다. 장편소설 《돈키호테》는 최초의 현대소설로, 전 세계 문단에 지대한 영향을 미쳤습니다. 《돈키호테》의 인물 성격 묘사는 셰익스피어에 견줄 만큼 뛰어난 것으로 평가받습니다. 디킨스, 플로베르, 톨스토이 등의 작가들이 그를 '현대소설의 아버지'라 극찬했습니다.

· **윌리엄 셰익스피어** (1564~1616) 유럽 르네상스 시기의 가장 핵심적인 작가이자, 영국 문단이 배출한 가장 걸출한 극작가입니다. 작품으로는 38편의 희곡, 155편의 소네트, 두 편의 장편 서사시 등이 있습니다. 그중 '4대 비극'이라 불리는 《햄릿》《오셀로》《리어왕》《맥베스》는 그의 예술적 성취가 가장 높았던 작품으로 세계문학의 금자탑이라 할 수 있습니다.

· **몰리에르** (1622~1673) 본명은 장 밥티스트 포클랭으로, 고전주의 희극의 창시자이며 유럽 희극 사상 중요한 위상을 지닌 극작가입니다. 평생 37편의 희극을 완성했는데, 그중 《타르튀프》《동 쥐앙》《수전도》 등은 신랄한 풍자가 넘치기로 유명합니다. 귀족과 신부, 자산계급 등의 인색하고 이기적이며 위선적인 추악한 본성을 고발했습니다. 이 작품들은 '세계 희극계의 보물'이라 일컬어지고 있습니다.

· **장 자크 루소** (1712~1778) 18세기 프랑스의 계몽사상가이자 철학자, 교육학자, 문학가입니다. 평민 계층 출신으로, 그의 사회정치 사상은 급진적 민주파의 경향을 드러냈습니다. 주요 저서로는 사상서인 《인간 불평등 기원론》《사회계약론》, 교육론인 《에밀》, 자서전인 《고백록》, 소설인 《신 엘로이즈》, 수상록인 《고독한 산책자의 몽상》 등이 있습니다. 그의 문학 창작은 19세기 프랑스 낭만주의 문학의 발단이 되었습니다.

· **요한 볼프강 폰 괴테**(1749~1832) 독일의 가장 위대한 시인이자 극작가이자 사상가입니다. 그는 독일 문학을 유럽 최고의 위치까지 끌어올려 놓았고 전체 유럽 문학의 발전에도 지대한 공헌을 했습니다. 특히 시, 희곡, 산문, 자연과학, 박물학 등의 분야에서 높은 성취를 이루었으며 서간체 소설《젊은 베르테르의 슬픔》, 장시《프로메테우스》, 시극《파우스트》등 수많은 명작을 남겼습니다.

· **조지 고든 바이런**(1788~1824) 영국 19세기 귀족 가문에서 태어난 낭만주의 시인입니다. 비통한 정서와 저항적 태도, 내적 고뇌와 날카로운 풍자 등이 담겨 있는 다채로운 작품으로 전 유럽을 풍미했습니다. 주요 작품으로는《카인》《게으른 나날》《차일드 해럴드의 편력》《돈 주안》《동방 이야기들》등이 있습니다. 그가 시 속에서 만들어낸 '바이런식 영웅'은 후세에 지대한 영향을 끼쳤습니다.

· **빅토르 위고**(1802~1885) 프랑스 낭만주의의 대표 작가이자 19세기 전기의 인문주의의 대표 작가입니다. 진취적인 낭만주의 문학 운동의 선두로서 수많은 시, 소설, 극본, 산문, 예술평론, 정치평론을 썼고 각 분야에서 괄목할 만한 성과를 거뒀습니다.《노트르담 드 파리》《레 미제라블》《웃는 사나이》등을 남겼습니다. 프랑스는 그가 죽자 국장으로 장례를 치렀고, 대시인으로 추대했습니다.

· **오노레 드 발자크**(11799~1850) 19세기 프랑스 사실주의 문학의 대표 인물로, 세계적으로 공인된 걸출한 소설가입니다. 그가 창작한 걸작《인간희극》은 2천여 명의 인물을 등장시킨 약 90편 소설의 총서명입니다. 대표 작품으로《외제니 그랑데》《고리오 영감》등이 있습니다.《인간희극》은 인류 문학사상 보기 드문 불후의 걸작으로, 프랑스 사회의 '백과사전'이라 불러도 손색이 없다는 평가를 받고 있습니다.

· **레프 니콜라예비치 톨스토이**(1828~1910) 도스트옙스키와 함께 19세기 러시아를 대표하는 사실주의 작가이자 세계적인 소설가입니다. 그의 창작 생애는 장장 60년에 달합니다. 그중《전쟁과 평화》《안나 카레니나》《부활》등 세 편은 세계 문단의 영원한 고전입니다. 발자크와 더불어, 후대 사실주의 문학 중 가장 높고 가장 찬란한 '양대 산맥'이라 불립니다.

· **어니스트 밀러 헤밍웨이**(1899~1961) 20세기 미국의 저명한 소설가로 '길 잃은 세대Lost Generation' 작가들 중 대표적 인물입니다. 《노인과 바다》로 1953년 퓰리처상과 1954년 노벨문학상을 수상했습니다. 그밖에 《해는 또다시 떠오른다》《무기여 잘 있기라》《누구를 위하여 좋은 울리나》《킬리만자로의 눈》 등 20세기 유럽과 미국 문학에 지대한 영향을 미친 작품을 집필했습니다.

· **프란츠 카프카**(1883~1924) 오스트리아 헝가리 제국의 소설가이자 서구 모더니즘 문학의 창시자입니다. 그의 문필은 별난 상상력을 지녔습니다. 그는 작품 속에서 인물이 황당하게 변형되거나 상징적이거나 직감적인 수법을 사용해 사회에 대한 적의와 사회 환경에 포위된, 고립되고 절망적인 개인을 표현했습니다. 중편소설 《변신》이 그의 대표작이며 그밖에도 《심판》《유형지에서》《실종자》 등이 있습니다.

· **가브리엘 가르시아 마르케스**(1927~2014) 콜롬비아의 작가, 기자, 사회활동가이자 마술적 사실주의 문학의 대표자입니다. 장편소설 《백 년 동안의 고독》으로 1982년 노벨문학상을 수상했습니다. 그는 이 작품에서 사실주의와 환상을 결합시켜 콜롬비아와 남아메리카 대륙 전체에 신화와 같은 역사를 창조했습니다. 그밖에도 《콜레라 시대의 사랑》 등이 있습니다.

· **나쓰메 소세키**(1867~1916) 본명은 긴노스케로, 일본 근대 문학사상 가장 걸출한 작가이자 일본에서는 '국민 작가'라는 존칭을 받고 있습니다. 그는 영어, 한시, 하이쿠(일본 고유의 단시), 서예 등에 조예가 깊었으며 소설 속에서 대구와 반복, 그리고 유머를 사용한 언어와 새로운 형식을 잘 응용했습니다. 개인의 심리 묘사를 정확하고도 섬세하게 표현해 후대에 '사소설私小說' 기풍의 기틀을 만들었습니다. 대표작으로 《나는 고양이로소이다》《도련님》《행인》 등이 있습니다.

· **라빈드라나트 타고르**(1861~1941) 인도의 시인이자 소설가이고 극작가입니다. 아시아인으로서는 최초로 1913년 노벨문학상을 수상했습니다. 그는 신의 구혼자를 자청하며 시는 신에게 헌사하는 예물이라고 했습니다. 대표 시로는 《기탄잘리》《길 잃은 새》《정원사》 등이 있으며 종교와 철학에 대한 깊이 있는 견해를 담았습니다. '인도의 시성詩聖'이라는 영예를 얻었습니다.

차례

들어가는 글 | 문학을 사랑하는, 이제 사랑하게 될 여러분에게 • 4
추천하는 글 | 세계문학은 삶의 자산이자 지혜입니다 • 7
등장인물 소개 | 이 책에서 수업하는 문학가들 • 10

1강 소포클레스 선생님, 《오이디푸스 왕》의 비극은 숙명인가요? ▸18
_소포클레스가 대답해주는 '그리스 비극' 이야기

▸우리는 그리스 비극에 대해 얼마나 알고 있을까? ▸꼭 알아야 할 '그리스 3대 비극 작가'
▸소포클레스, 《오이디푸스 왕》으로 '운명'을 이야기하다 ▸비극적 운명에 맞선 인간

2강 호메로스 선생님, 《오디세이아》의 비장미는 어디서 비롯되나요? ▸35
_호메로스가 대답해주는 '영웅 서사시' 이야기

▸고대 그리스의 영웅은 어떤 존재일까? ▸《일리아스》의 영웅, 아킬레우스 vs 헥토르
▸호메로스, 장대한 모험을 《오디세이아》에 풀다 ▸영웅 서사시의 걸작, 《일리아스》와 《오디세이아》

3강 단테 선생님, 《신곡》은 인간의 여정에 어떤 빛을 밝혀주나요? ▸55
_단테가 대답해주는 '진선미' 이야기

▸단테는 왜 《신곡》을 썼을까? ▸'진선미'라는 영원한 주제를 다룬 《신곡》
▸단테, 《신곡》에서 인간의 이상을 향한 여정을 그리다 ▸《신곡》 속에 빛나는 시인의 지혜와 이상

4강 보카치오 선생님, 《데카메론》은 금욕주의를 어떻게 풍자하나요? ▶71
_보카치오가 대답해주는 '인간의 욕망' 이야기

▶ 보카치오는 어떻게 르네상스의 선구자가 됐을까? ▶ 보카치오 작품 속 인문주의
▶ 보카치오, 사실주의 거작 《데카메론》으로 시대를 풍자하다 ▶ 보카치오가 꿈꾼 사랑과 행복

5강 세르반테스 선생님, 《돈키호테》에 사람들은 왜 열광할까요? ▶83
_세르반테스가 대답해주는 '숭고한 이상' 이야기

▶ 돈키호테는 왜 살아 있는 인물처럼 느껴질까? ▶《돈키호테》, 미치광이 기사의 황당한 모험담
▶ 세르반테스, 《돈키호테》의 숭고한 이상을 말하다 ▶《돈키호테》의 '불후의 매력'

6강 셰익스피어 선생님, 《햄릿》은 왜 사느냐 죽느냐로 고뇌하나요? ▶99
_셰익스피어가 대답해주는 '인성의 각성' 이야기

▶ 세계적 대문호, 셰익스피어는 누구일까? ▶ 문단을 뒤흔든 셰익스피어의 4대 비극
▶ 셰익스피어, 《햄릿》을 통해 인간의 절망을 고뇌하다 ▶ '사느냐 죽느냐'라는 번민

7강 몰리에르 선생님, 《타르튀프》는 왜 위선적 인간이 되나요? ▶115
_몰리에르가 대답해주는 '위선' 이야기

▶ 몰리에르는 왜 17세기를 대표하는 극작가일까? ▶《웃음거리 재녀들》에서 《동 쥐앙》까지
▶ 몰리에르, 《타르튀프》를 통해 위선을 폭로하다 ▶《타르튀프》와 금욕주의의 희생양

8강 루소 선생님, 《신 엘로이즈》가 선택한 사랑은 무엇인가요? ▶127
_루소가 대답해주는 '자연스러운 사랑' 이야기

▶ 루소는 왜 '고독한 산책자'로 불릴까? ▶《신 엘로이즈》, 루소의 대표 연애소설
▶ 루소, 《신 엘로이즈》를 통해 사랑을 사색하다 ▶ 자연스러운 사랑, 도덕적인 사랑, 현대의 사랑

9강 괴테 선생님,《파우스트》는 왜 악마와 내기를 하나요? ▸139
_괴테가 대답해주는 '끝없는 탐욕' 이야기

▸괴테는 어떤 시의 길을 걸었을까? ▸《젊은 베르테르의 슬픔》이 불러일으킨 공명
▸괴테,《파우스트》를 통해 '왜 사는가'를 묻다 ▸《파우스트》처럼 끊임없이 탐구하라

10강 바이런 선생님,《돈 주안》이 보여주는 시대정신은 무엇인가요? ▸154
_바이런이 대답해주는 '개인적 반항' 이야기

▸바이런은 왜 자유를 노래하는 시인이 되었을까? ▸서정과 방랑의《차일드 해럴드의 편력》
▸바이런,《돈 주안》에 시대의 영웅을 묘사하다 ▸《돈 주안》의 시대정신

11강 위고 선생님,《레 미제라블》의 세상은 무엇으로 구원되나요? ▸166
_위고가 대답해주는 '자비와 구원' 이야기

▸위고로 대표되는 낭만주의란 무엇일까? ▸아름다움과 추함의 대조,《노트르담 드 파리》
▸위고,《레 미제라블》로 세상을 구원하는 '자비'를 말하다 ▸위고의 인도주의

12강 발자크 선생님,《고리오 영감》은 자본주의를 어떻게 고발하나요? ▸178
_발자크가 대답해주는 '돈의 죄' 이야기

▸발자크가 말하는 사실주의란 무엇일까? ▸프랑스 사회의 백과사전,《인간희극》
▸발자크,《고리오 영감》을 통해 '돈의 죄악'을 꾸짖다 ▸각인각색의 인물을 통해 본 배금주의

13강 톨스토이 선생님,《안나 카레니나》의 심리는 어떻게 변화되나요? ▸188
_톨스토이가 대답해주는 '영혼 변증법' 이야기

▸톨스토이는 왜 문학을 시작했을까? ▸러시아의 대서사,《전쟁과 평화》
▸톨스토이,《안나 카레니나》로 시대와 충돌한 개인을 고찰하다 ▸톨스토이의 영혼 변증법

14강 헤밍웨이 선생님, 《노인과 바다》의 사투는 무엇을 의미하나요? ▸198

_헤밍웨이가 대답해주는 '방황과 투쟁' 이야기

▸ 헤밍웨이가 묘사한 '길 잃은 세대'는 누구일까? ▸ 《노인과 바다》, 불굴의 인간다운 투쟁
▸ 헤밍웨이, 《노인과 바다》를 통해 인간의 저항정신을 보여주다 ▸ 헤밍웨이의 '빙산 이론'

15강 카프카 선생님, 《변신》 속 현대인의 진짜 모습은 무엇인가요? ▸209

_카프카가 대답해주는 '황당한 세계' 이야기

▸ 카프카는 《심판》으로 어떤 성장 과정을 보여줬을까? ▸ 《성》을 통해 본 카프카의 비애
▸ 카프카, 《변신》을 통해 세상의 황당함을 드러내다 ▸ 카프카가 남긴 '인생을 위한 고민'

16강 마르케스 선생님, 《백 년 동안의 고독》에 마술적 사실주의가 있나요? ▸220

_마르케스가 대답해주는 '환상과 현실' 이야기

▸ 마르케스는 어떤 작가일까? ▸ 6대의 흥망성쇠를 다룬 《백 년 동안의 고독》
▸ 마르케스, 《백 년 동안의 고독》이 그린 순환을 해석하다 ▸ 마르케스의 '마술적 사실주의'

17강 나쓰메 선생님, 《나는 고양이로소이다》는 어떤 현실을 그리나요? ▸232

_나쓰메가 대답해주는 '풍자와 비판' 이야기

▸ 나쓰메는 어떻게 동서양 문학의 특징을 결합했을까? ▸ 나쓰메의 'F+f의 문학 공식'
▸ 나쓰메, 《나는 고양이로소이다》로 인간의 민낯을 보여주다 ▸ 비판의 깊이와 독특한 스타일

18강 타고르 선생님, 《기탄잘리》의 사랑은 어떻게 완성되나요? ▸245

_타고르가 대답해주는 '평화와 박애' 이야기

▸ 타고르의 범신론은 무엇일까? ▸ 《기탄잘리》, 신에게 바치는 시
▸ 타고르, 인도인의 서정을 표현하다 ▸ 근대 인도의 서사시, 《고라》

소포클레스 선생님,
《오이디푸스 왕》의 비극은 숙명인가요?

▶▶ 소포클레스가 대답해주는 '그리스 비극' 이야기

운명이 있다면,
여러분은 그것을 받아들이겠습니까?

운명을 벗어날 수는 없어요. 봄날의 눈이 땅에 떨어지자마자 녹아버리는 것처럼, 우리에게 주어지는 운명도 자연 현상과 같은 거예요.

운명이라도 내가 노력한다면 바꿀 수 있다고 생각해요. 나라면 운명에 맞서겠어요.

운명이란 건 없습니다. 만약 있다면 그건 누가 정해준 것인가요? 신이요? 그런 존재는 없다고 생각합니다.

―――――― ▶▶ 생각해보기 ◀◀ ――――――

소포클레스는 자신의 두 눈을 뽑아버린
《오이디푸스 왕》을 통해 무엇을 말하고자 했을까?

어느덧 4월 중순을 넘기며 날씨는 따뜻해져 있었다. 그런데 오늘 갑자기 눈이 내렸다. 겨울이 다 지난 뒤에 내리는 봄눈은 몸에 닿자마자 사르르 녹아버렸고 땅에 떨어지자마자 축축이 스며들었다.

'봄날에 눈이라니. 이 눈은 떨어지도록 예정되어 있었을까? 아, 결국 모든 건 어쩔 수 없는 운명일까?'

'토끼굴 책방'에 홀로 앉아 있던 유나는 손에 책을 든 채 창밖을 내다보며 감상에 빠져 있었다. 유나는 소설《홍루몽》의 여주인공 린다이위林黛玉처럼 천성이 섬세하고 감성적이며, 계절의 경치를 사랑했다. 더군다나 오늘은 왠지 싱숭생숭했는데 봄눈까지 마주하니 감정이 얼기설기 뒤엉켜 더욱 복받쳐왔다. 유나는 순간 주체하지 못하고 눈물을 쏟아내고 말았다.

토끼굴 책방은 구석진 곳에 있었다. 원래 드나드는 사람이 별로 없는 데다 눈까지 내려 책방에는 유나뿐이었다. 유나는 한동안 울다 자기도 모르는 사이에 잠이 들었다. 현실에서 아련히 멀어지는 느낌과 함께, 마치《이상한 나라의 앨리스》가 되어 여행하는 듯한 착각에 빠져들었다.

'여기가 어디야? 칠판과 강단이 있는 걸 보니 강의실 같은데, 저기 맨 앞에 소파와 탁자는 왜 있는 걸까? 저 사람은 또 누구지? 강단에 서 있는 저 사람, 머리색과 구불구불한 수염을 봐서는 외국인 같은데 행색이 괴상해.

역사 교과서에서나 볼 법한 수천 년 전 복장 같아. 새롭게 유행하는 복고풍인가? 그래도 꽤 잘생겼네.'

유나가 낯선 풍경에 어리둥절할 때 단상의 '멋진 선생님'이 입을 열었다.

우리는 그리스 비극에 대해 얼마나 알고 있을까?

"안녕하십니까. 소포클레스라고 합니다. 출생지는 그리스 아테네이고, 음악과 체육과 춤을 사랑하지요. 나이는 말하지 않겠습니다."

그는 자신을 소개한 후 잠깐 뜸을 두었다. 이윽고 불꽃이 튈 듯한 열정적인 눈빛으로 청중을 하나하나 둘러보았다. 말주변 없는 대부분의 학생들은 멀뚱히 얼굴을 쳐다보기만 할 뿐 멍한 표정을 짓고 있었다.

"여러분들은 아직 나를 잘 모르는 것 같군요. 상관없습니다. 지금부터 이곳에 있는 사람들이 평생토록 나를 잊지 못하게 만들 작정이니까요."

말을 마친 소포클레스의 얼굴에는 자신감 넘치는 미소가 어렸다. 이어서 강의가 시작됐다.

"오늘 이곳에 온 학생들은 분명 문학 애호가일 겁니다. 그렇다면 먼저 물어보지요. 고대의 그리스 비극에 대해서 얼마나 알고 있습니까?"

소포클레스의 목소리는 우아하고 기품이 있어 듣기가 좋았다. 하지만 학생들에게 그리스 비극은 익숙한 주제가 아니기에 반응은 뜨뜻미지근했다.

"저요! 저요!"

격한 목소리가 침묵을 깼다. 발언의 주인공은 성진이었다.

"고대 그리스어에 따르면 비극의 뜻은 '산양의 노래'입니다. 당시 사람들이 공연을 올리기 전에 산양을 잡아 의식을 치른 데서 유래했다고 합니다. 그리스 비극의 기원에 대해 현재 학술계가 공인한 설은 주신酒神 디오니소스에 대한 숭배입니다. 그러다가 소재의 범위가 점차 신화와 영웅전설로 확대됐고, 결국에는 고정된 서사체로 서서히 발전되고 확립됐습니다."

말을 마친 성진은 한껏 들뜬 표정으로 소포클레스를 바라보며 칭찬을 기다렸다.

"자네, 아주 설명을 잘하는구먼."

기대한 만큼 소포클레스는 성진을 치켜세워 주었다. 그러고 나서 설명을 보탰다.

"고대 그리스 비극은 최초로 디오니소스 신에게 제사를 올리는 축전 의식에서 비롯됐지요. 기나긴 역사를 지나는 과정에서 점차 합창단의 코러스를 갖추고 무대 장치와 장비를 갖추게 됐어요. 그리고 극장에서 연기자들이 연기를 펼치는 예술적 형식을 겸비하게 됐습니다. 그리스 비극의 내용은 기본적으로 신화와 전설에서 소재를 얻었는데, 초기에는 주로 그리스 신화 속 영웅의 모험담을 소재로 했습니다. 그들의 행적을 찬양함으로써 대중을 교화시킨 거지요. 그러다가 고대 그리스 아테네의 최전성기인 페리클레스 시대에 들어서면서 비극은 정치 투쟁의 도구로 사용되거나 옛 사건과 인물을 평론한다는 명목으로 현실을 풍자하는 데에도 이용됐습니다."

소포클레스는 잠시 숨을 고르고 주변을 둘러보았다. 이내 강단 아래 학생들이 모두 집중하며 경청하는 모습을 보고는 어느새 깨달음으로 들어서고 있다는 느낌을 받고 흐뭇한 미소를 지었다.

"요즘 사람들은 비극에 대해 조금 오해를 하는 것 같습니다. 비극이라는 두 글자를 대개 슬픈 사랑이나 고통을 떠올릴 때 입에 올리는 것 같으니 말이지요. 그러니 머릿속에는 자연히 눈물 찔찔대는 멜로드라마의 줄거리를 연상하겠지요. 그게 사실은 다 생각의 오류입니다. 비극의 '비悲'는 사실 '엄숙함' '숭고함'이라는 의미를 지니고 있으며, '비장미悲壯美'를 추구하지요. 당시에는 우선 고대 그리스 영웅들의 비장한 이야기를 소재로 채택했습니다. 영웅들의 엄숙하고 숭고한 행위에 대한 흉내 내기를 통해 대중의 심리를 정화시키고 속세의 고뇌에서 벗어나도록 도왔지요."

그때 맨 뒷줄에 앉은 정미가 얼굴을 붉히며 주뼛주뼛 질문을 던졌다.

"선생님, 고대 그리스의 비극은 요즘 무대에 오르는 연극과 사실 큰 차이가 없어 보여요. 극본, 배우, 극장이 있어야 하고 또 무대 세트와 장비가 있어야 하고요. 그렇죠?"

"그렇지. 정확히 이해하고 있네."

소포클레스는 격려의 미소를 띠며 말했다.

"요즘 사람들이 영화를 보고 텔레비전을 보고 연극을 보는 것처럼, 당시 그리스인들은 비극을 공연하고 관람하는 것으로 문화생활을 했지요. 여러분은 아마 우리 때보다 훨씬 행복할 겁니다. 다양한 문화를 즐길 수 있으니까요. 내가 살던 시대에는 모든 것들이 모호한 탐색의 상태에 있었고 조건 또한 아주 열악했지요."

시대의 격차를 느끼는 듯 소포클레스는 잠시 회상에 잠기다가 말을 이었다.

"그럼 비극의 발전 과정에 대해 짚어보겠습니다. 시인 아리온이 주신에 대한 찬가를 최초로 만들었고, 이후에 아테네까지 전파됐다가 시인 테스피스의 개작을 거쳐 대화식의 비극 극본으로 변화됐습니다. 그때에 이르러 비로소 고대 그리스 비극은 제대로 된 극본을 가진 거죠. 기원전 534년을 전후로 그리스는 최초의 연극 경연을 거행했는데, 당시 테스피스가 연출도 하고 연기도 하면서 최초로 비극을 공연에 올렸지요. 초기의 비극 공연은 지정된 장소도 없었고 정해진 연기자도 없었습니다. 대부분의 경우 극작가가 직접 공연에 참여해야 했지요. 하지만 비극 예술이 발전에 발전을 거듭하면서 비극 공연도 점차 규모를 갖추게 됐습니다. 기원전 340년에 준공된 디오니소스 극장의 경우 3천여 명에 달하는 관객을 수용할 수 있을 정도였다고 하니까요. 물론 요즘 사람들이 봤을 때는 지극히 소박한 숫자이겠지만 2천여 년 전의 아테네에서는 '유례없는 일'이었습니다."

그때 정미가 다시 끼어들었다.

"지금 우리나라에서 가장 규모가 큰 대극장도 약 3천 명 정도 수용할 수 있어요. 그렇다고 봤을 때 2천 년 전의 디오니소스 극장은 정말이지 대단한 규모였네요."

소포클레스는 정미에게 익살스런 말투로 장난치듯 말했다.

"기회가 된다면 학생이 말한 대극장에 가서 현대 공연을 한번 관람하고 싶네. 수천 년 전의 '화석'인 내가 현대인들의 품격 있는 예술을 감상해보는 것도 나쁘지 않겠군."

그러자 청중에서는 한바탕 웃음이 터졌다.

꼭 알아야 할 '그리스 3대 비극 작가'

"자, 이제 모두 고대 그리스 비극의 기원과 발전, 그리고 공연 형식에 대해 어느 정도 알게 됐지요? 이제 문화적 측면으로 돌아가 극본의 예술적 형식에 대해 중점적으로 이야기하겠습니다. 비극의 극본은 일반적으로 대사와 노래, 두 부분으로 구성되어 있습니다. 대사는 통상 3음절 혹은 6음절의 단장短長격 서술을 취하고 있고, 노래에는 수많은 서정적 묘사를 담았지요. 비극의 구성을 보자면 일반적으로 도입부prologos, 코러스 등장의 노래parodos, 대사와 대화episode, 코러스의 합창stasimon, 그리고 폐막의 노래 exodos 등 다섯 부분인데 비극은 파라도스부터 본격적으로 시작됩니다. 아이스킬로스의 《구원을 바라는 여인들》의 경우가 그렇지요. 이참에 아이스킬로스의 작품부터 이야기를 시작해볼까요? 아시는 분도 있겠지만 아이스킬로스는 고대 그리스의 3대 비극 작가 중 한 명입니다. 그밖에 에우리피데스가 있고, 나머지 한 사람이 바로 접니다."

순간 소포클레스의 얼굴에는 자긍심이 묻어나는 미소가 번졌다. 그는 계속 강의를 이어갔다.

"아이스킬로스는 고대 그리스 비극이 형성될 당시의 주요한 작가였지요. 기원전 525년경에 태어났고, 참전 때의 경험을 극 속에 가미시켰습니다. 직접 연출에 참여했고 제2의 배우를 끌어들여 극중 대화의 가능성을 열어주었습니다. 당시에는 그야말로 획기적인 일대 사건이고 혁신이었지요. 이후 고대 그리스 비극의 정형화에 중요한 역할을 했습니다. 그 영향으로 후대인들은 그를 '비극의 아버지'라 높여 부르게 됐지요. 이 위대한 극작가는 겨우 26살에 생애 첫 작품을 발표했습니다. 대부분 인간의 벗어날 수 없는 운명이나 아무리 몸부림쳐도 도망칠 수 없는 복수의 신에 대한 절망을 주제로 삼았지요. 신화와 전설을 위주로 줄거리를 전개하면서 예술적으로 인물의 개성적 특징을 묘사하다 보니, 글의 분위기는 굳세고 힘이 있으며 문체는 수수하고 아름답습니다. 아이스킬로스는 평생 90여 편의 작품을 썼는데 아쉽게도 현재는 7편만 전해지고 있다고 하네요. 그중 《결박된 프로메테우스》와 《오레스테이아》 3부작은 그의 대표작이지요."

그때 강의를 듣고만 있던 유나가 참지 못하고 입을 열었다.

"아, 바로 그 작품을 쓴 분이군요. 어렸을 때 프로메테우스에 관한 이야기를 들은 적이 있어요. '불을 훔친 자' 프로메테우스가 인간을 위해 빛과 따스함을 주었고, 그 때문에 제우스가 내린 벌을 감수했다는 점이 매우 감동적이었죠."

소포클레스의 강의를 통해 고대 그리스의 문학 전당으로 들어선 유나는 어느덧 주변을 의식하지 않은 채 완벽히 수업에 몰입하고 있었다. 유나의 대담한 발언은 주위 학생들의 시선을 끌었고, 그때 비로소 오늘 새로운 학생이 왔다는 점을 모두가 알아차렸다. 유나는 그때까지도 강의실 뒤에 혼자 서 있었다. 맨 뒷줄에 앉아 있던 정미가 뒤돌아 유나를 보더니 싱긋 미소를 짓고는 자신의 옆에 와서 앉으라며 손짓했다. 유나는 자리에 앉으며 소포클레스의 다음 말을 기다렸다.

소포클레스는 다시 청중을 둘러보며 또 다른 비극 작가인 에우리피데스를 논하기 시작했다.

"이제 후대로부터 '심리극의 창시자'라 불리는 에우리피데스에 대해 살

펴볼까요? 그는 아테네가 전성기에서 쇠퇴기로 내리막길을 걷던 때 태어 났습니다. 숭고한 입지를 다지고 있던 신들은 이미 의혹의 대상으로 전락하기 시작했지요. 때문에 에우리피데스가 지은 작품의 주인공은 더 이상 아이스킬로스의 작품에 등장하는 반신반인의 영웅이 아니라, 무수한 약점을 가진 평범한 인간이었습니다. 에우리피데스는 특히 여성 문제에 관심이 많았어요. 그의 작품은 여성의 심리를 잘 묘사한 것으로 유명했지요. 이러한 특징은 그의 대표작 《메데이아》에 가감 없이 드러나 있습니다. 《메데이아》는 그리스 신화에서 소재를 얻어왔어요. 이아손이 황금양털을 되찾도록 도와줬던 메데이아가 결국 이아손에게 버림받은 뒤 자식을 죽이면서까지 복수를 마다하지 않는 이야기이지요."

이 이야기를 들은 학생들 중 일부가 웅성댔다. 곧바로 소포클레스가 말을 이었다.

"여러분들의 표정이 미치광이 같은 복수를 감행한 메데이아를 이해할 수 없다고 말하고 있군요. 하지만 메데이아가 처한 시대적 배경을 이해한다면 그녀의 마음속에 내재했던 고통을 헤아릴 수 있을 겁니다. 기원전 6세기에서 5세기 사이에 사유제가 발전하면서 가족제도도 점차 안정되고 일부일처제가 기본적으로 확립됐지요. 이 제도는 표면적으로 보면 남녀평등을 이룬 것 같았지만, 사실은 여자를 예속하고 남자는 그 명분으로 부인을 집 안에 감금했습니다. 그러면서 남성 자신들은 되레 제멋대로 못된 짓을 일삼고 향락에 빠졌습니다. 결국 당시의 여성들은 심리적으로 엄청난 고통을 떠안게 됐지요. 울분을 참으며 입도 뻥긋할 수 없었을 뿐만 아니라 무서워 흠칫흠칫 놀라는 심리적 압박도 감내해야 했습니다. 자칫 잘못했다가는 버림받을 수 있기 때문이었지요."

소포클레스는 깊은 한숨을 내쉬었다. 다소 격해진 심정이 드러나 보였다. 학생들도 그의 감정에 동요해 여기저기서 연이어 한숨을 토해냈다.

"메데이아에 비하면 현재를 사는 우리는 정말 행운아들이네요."

유나가 낮은 소리로 탄식을 내뱉었다.

"에우리피데스는 정말 위대한 작가입니다. 그는 작품 속에서 사회에 팽배해 있는 남녀불평등 현상을 적나라하게 폭로했지요. 《메데이아》를 통해 여성의 운명에 대한 동정과 관심을 표출한 거라고 볼 수 있어요."

소포클레스는 목에 힘을 주어 말했다. 조금 전보다 훨씬 충만한 감정을 실어 강의를 이어나갔다.

"에우리피데스의 비극은 깊은 사상과 심오한 예술적 조예를 겸하고 있습니다. 구사하는 언어도 명료하고 유창했으며, 수식을 즐겨 사용했고, 이미지 창조를 잘해 관중들을 심미적 경지로 이끄는 힘이 있었지요. 그의 묘사는 마치 아름다운 그림과 같아서 한 글자 한 구절마다 섬세하고 강렬했습니다. 독자들이 풍경 속에 있는 듯한 착각을 불러일으킬 정도였지요. 여러분 중에 만약 흥미가 있다면, 이 비극 대가의 작품을 한 번쯤 읽어보는 것도 괜찮을 겁니다. 분명히 큰 감흥이 있을 테니까요."

소포클레스가 말을 그치자 교실 안에 일순 정적이 흘렀다.

"선생님은 아이스킬로스, 에우리피데스와 함께 고대 그리스에서 가장 중요한 3대 비극 작가 중 한 분이시자 '비극계의 호메로스'라 불리시잖아요. 이제부턴 선생님에 대해 설명해주셔야 하지 않을까요?"

맨 첫 번째 줄에 앉은 형민이었다. 내내 기회를 보고 있다가 마침내 말을 던졌다. 맞아! 지금 3대 비극 작가 중 한 명이 우리 눈앞에 있었지! 그제야 번뜩 깨달은 듯 교실 안이 소란스러워지기 시작했다.

"자자, 학생들 조용!"

소포클레스가 다시 입을 열었다.

"이미 그중에 한 명이라고 아까 소개도 했었는데. 하하. 별것도 아닌 일로 마음 쓸 필요 없어요. 내가 누구이며 어디서 왔건, 그저 만났으면 인연이니 소중히 여기기만 하면 되지요. 다시 수업으로 돌아가서, 이번에는 고대 그리스의 아름다운 비극 작품을 모두 감상해볼까요?"

소포클레스, 《오이디푸스 왕》으로 '운명'을 이야기하다

"여기 있는 학생들은 기본적으로 모두 문학을 사랑하는 솔직담백한 사람들이라는 걸 알고 있습니다. 그러니 과한 겸손이나 사양하는 말은 하지 않을게요. 《오이디푸스 왕》은 분명 내가 심혈을 기울인 작품입니다. 그리스 신화 속 테베 왕실의 이야기에서 소재를 얻었지요. 인간의 의지와 '운명'이 서로 부딪히고 갈등하는 모습을 탐색하는 데 그 의도가 있었습니다. 전형적인 '운명의 비극'인 셈이지요. 설명이 너무 광범위하고 추상적이어서 여러분이 듣기에 다소 어렵고 모호할지도 모르겠군요. 2천 년의 세월을 건너뛰었으니 당시의 우리가 겪었던 자연과 사회, 그리고 인간 자신의 모순에 대한 곤혹과 고통을 지금의 여러분들이 이해하기란 실로 쉬운 일이 아닐 테지요. 하지만 인류 사회가 어떻게 발전했든, 지금의 과학기술 문명이 얼마만큼 진화했든 인류는 여전히 수많은 공통의 문제를 안고 있고, 그 사실은 시간과 공간의 제약을 받지 않습니다. 가령 '우리의 운명을 흔드는 존재가 과연 있느냐' 하는 문제가 그렇지요."

소포클레스가 말을 멈췄다. 학생들에게 생각할 시간을 주려는 듯했다.

'어떤 존재가 진짜 우리의 운명을 지배하고 있는지 생각해보자는 건가? 그런데 운명을 믿는다는 건 미신을 믿는다는 것과 같지 않을까? 이 세상에 신이란 존재가 정말 있는지 난 잘 모르겠어.'

유나의 머릿속에 온갖 의문들이 꼬리에 꼬리를 물고 스쳐갔다.

"운명은 신이 아닙니다. 운명은 인간과 신을 압도하는 미지의 주재자입니다. 어둠 속에서 힘을 행사하니 인간과 신 모두 그 존재로부터 자유로울 수 없지요."

갑자기 소포클레스가 유나를 향해 말하자 유나는 깜짝 놀랐다.

'뭐야? 내 생각을 읽은 거야? 머릿속으로 들어온 것도 아니고 뭐지?'

유나는 속으로 중얼거렸다. 바로 그때였다.

"선생님, 우리는 과학을 믿는 21세기의 사람들이기 때문에 '운명' 같은 말은 그다지 믿지 않습니다. 모든 종잡을 수 없는 일들은 결국 과학으로 해석되죠. 소위 운명이라는 담론은 허망한 것에 불과할 뿐입니다. 만약 정말로 운명이 존재한다면 그 운명은 도대체 어디에 있는 겁니까? 무엇이 운명이란 거죠? 도대체 어떤 방식으로 운명은 우리를 조종하고 있는 겁니까? 말씀해주십시오."

발언의 주인공은 형민이었다. 과학과 이성을 신뢰하는 형민은 강경한 태도로 소포클레스와 대립각을 세웠다.

"하하. 젊은이, 난 자네의 믿음과 용기를 크게 사네."

소포클레스가 먼저 서두를 뗐다.

"운명이 과연 무엇인지, 어떤 존재인지 물었던가? 단언컨대 나도 모른다네. 다만 난 그것의 존재를 굳게 믿고 있지. 방금 사람들은 과학을 믿는다고 했는데 나도 그런 입장을 부정하지는 않네. 과학은 확실히 인류에게 수많은 의혹을 풀어주고 있으니 말이야. 하지만 이 세상에는 과학으로도 풀리지 않는 일들이 존재한다는 건 누구도 부인할 수 없겠지? 가령 사람과 사람 사이의 인연이나 사건과 사건 간의 우연 같은 것들 말이지. 자네는 지금 왜 그 자리에 앉아 있고, 또 우리는 어떻게 만난 것일까? 어떻게 이곳에 와서 함께 토론을 벌일 수 있는 것일까? 만약 시간이 조금이라도 뒤틀려 있고 장소가 살짝 바뀐다면 보고 들은 것이나 생각 모두 달라질 걸세. 이런 것들도 운명이 아니라고 할 셈인가?"

소포클레스는 단호한 목소리로 형민을 바라보며 말했다. 형민의 낯빛에 긴장감이 서렸다.

"운명은 미지의 존재야. 어둠 속에서 모든 것을 주관하고 있지. 신비하고도 헤아릴 수 없어. 그래서 두렵게 느껴지는 거라네. 하지만 인류는 세상에서 가장 용감한 존재들이라 단지 두려움 때문에 움츠러들 리 없지. 좌절할수록 용감하게 운명에 도전하지. 비극적인 끝을 보게 되더라도 절대로 흔들리지 않을 걸세. 이것이야말로 가장 적극적인 삶의 태도이고, 바로 내 작품《오이디푸스 왕》에서 말하고 싶었던 주제라네."

소포클레스의 설명에 형민은 대꾸할 말을 찾지 못했고, 청중은 깊은 사색 속으로 빠져들었다.

비극적 운명에 맞선 인간

"자, 학생들. 강의로 돌아와서……. 방금 저 학생과 내가 나눴던 운명에 관한 화제는 조금 무거웠을 겁니다. 하지만 여러분은 충분히 젊으니 운명이란 것에 너무 얽매일 필요가 없어요. 평생을 두고 고민해봐야 할 영원한 화두니 천천히 고민해보세요. 그러다 보면 자신만의 독특한 답을 얻을 수 있을 겁니다. 자, 이제 작품 《오이디푸스 왕》에 대해 논해볼까요? 여기 학생들 중 책을 읽어본 사람이 혹시 있나요? 많지 않을 거라 예상되니 지금부터 줄거리를 간략하게 소개하지요. 듣는 동안 잠시 머리 좀 식히세요. 나는 그때 그 감정으로 돌아가 보겠습니다."

소포클레스는 우렁찬 목소리로 《오이디푸스 왕》의 줄거리를 들려주기 시작했다.

"내내 번영을 구가하던 테베 성은 돌연 재난을 당해, 토지는 황폐해지고 농작물은 흉작을 맞고 가축들은 전염병에 걸리고 아녀자들은 유산을 하는 등 도시국가에 핏빛이 만연해 있었지요. 도처에 이재민이 가득하고 백성들이 평안히 살 수 없는 형국이 되자 국왕 오이디푸스는 근심 걱정으로 애가 닳을 지경이었습니다. 역병이 왜 갑작스럽게 이 성에 돌게 됐을까? 우연일까, 아니면 어떤 원인이 있는 걸까? 마침내 오이디푸스는 아폴론에게 지혜를 구하려고 마음먹었지요. 신이 이르기를, 성에 한 사람이 있는데 수년 전 선왕인 라이오스를 죽인 죄가 있고 나라는 그 일로 인해 재난을 당하게 됐다고 말합니다. 나라를 구하고자 한다면 반드시 그 살인범에게 엄벌을 내려야 한다고 말이지요. 신탁을 받은 뒤 오이디푸스는 전력을 다해 살인범을 찾습니다. 작품은 여기서부터 본격적으로 전개됩니다. 오이디푸스가 천신만고 끝에 찾은 그 살인범이 알고 보니 바로 자신이었다는 반전은 미리 말해둘게요. 그리고 선왕인 라이오스가 자신의 아버지이고, 아내로 맞이했던 왕후는 자신의 생모였다는 점도요.”

청중은 쥐 죽은 듯 조용했다.

“사실 오이디푸스가 막 태어났을 무렵, 테베의 국왕 라이오스는 신으로부터 하나의 계시를 받았습니다. 아들이 부모를 죽이고 어미를 아내로 맞이할 운명이라는 것을요. 그 계시를 들은 라이오스는 곧 하인들에게 시켜 아이를 황야에 버리도록 했습니다. 아이는 목동의 손을 거쳐 코린토스의 국왕 폴리보스가 양자로 거둬 기르게 되었지요. 이 사실을 꿈에도 몰랐던 오이디푸스는 장성한 뒤 자신의 운명을 신으로부터 들었습니다. 그는 운명을 받아들이지 않으려 했습니다. 그래서 자라온 조국을 등지고 테베로 도망쳤지요. 그 도중에 순간의 분을 참지 못해 어느 노인을 죽이고 맙니다. 공교롭게도 노인이 자신의 생부였다는 건 전혀 알지 못한 채 말이지요. 그 후로 우연한 기회에 오이디푸스가 공을 세웠고, 테베의 왕으로 추대됨과 동시에 선왕의 왕비를 부인으로 맞게 되었습니다. 역시 자신의 생모임은 추호도 몰랐지요. 운명은 오이디푸스에게 이렇듯 엄청나고도 잔혹한 장난을 걸었습니다. 모든 진상이 명백히 드러나고 나서 비통함에 죽고 싶을 만큼 괴로워하던 오이디푸스는 결국 스스로 자신의 눈을 멀게 한 뒤 추방을 청했습니다.”

소포클레스는 단숨에 줄거리를 설명했고 학생들은 흥미진진하게 들었다. 소포클레스도 그 분위기를 만끽하고 있었다.

"나는 운명을 믿는 사람입니다. 수많은 작품 속에서 인간과 운명에 대한 생각을 표현했지요. 《오이디푸스 왕》이 모든 운명극 중 대표작임에는 분명합니다. 오이디푸스라는 한 사람의 비극적 운명을 최대한 확대시켰거든요. 엄청난 비극 속에 휘몰아치는 운명의 강력함과 그에 따른 심정적 공포를 주려는 의도였지요. 사람들이 운명적 불가항력을 인식하기를 바랍니다. 그렇다고 해서 운명과 타협하라는 것은 아닙니다. 거기서 용기를 얻고 운명과 맞서 싸운 오이디푸스는 자신의 비참한 운명을 소극적으로 대하지도 않았지요. 용감하게 운명과 악전고투를 펼쳤다고 볼 수 있습니다. 최종적으로는 비극적 결말을 맞았지만, 오이디푸스는 운명 앞에서 여전히 강자였습니다. 이런 의미에서 그는 실패자가 아닌 영웅이라고 말할 수 있지요."

소포클레스는 자신의 작품을 스스로 해석했다. 그때 잠자코 듣고 있던 유나가 이야기했다.

"《오이디푸스 왕》은 비록 수천 년 전 이야기지만 그의 비극적 운명은 당대 문명과 상당한 관계를 맺고 있네요. 현대 사회에 살고 있는 우리에게도 꽤 깊은 의미를 던져주고 있다고 볼 수 있고요. 어떤 시대든 인간은 비슷비슷한 난관에 수없이 봉착하고, 과학으로 해결하지 못하는 번뇌가 무수히 존재하기 때문이지 않을까 싶어요. 제가 창밖에 흩날리는 눈송이를 보면서 절로 탄식한 것처럼, 인류의 운명도 어쩔 수 없는 수많은 경우와 상황을 겪으니까요. 우리는 다들 결국 죽을 수밖에 없는 걸 알면서도 애써 살아가고 있어요. 제 생각에 《오이디푸스 왕》은 우리에게 이것을 알려주고 싶어 했던 것 같아요."

유나는 또 알 수 없는 감정에 복받쳤다. 어디서 그런 용기가 났는지도 몰랐다. 말을 마치자 사람들은 아낌없는 박수를 보냈고, 소포클레스도 연신 고개를 끄덕이며 대견하다는 듯 만면에 미소를 띠었다.

행복한 시간은 순식간에 흘러갔다. 유나의 아름다운 꿈이 가장 황홀한 지경으로 이르려는 찰나 '운명'처럼 큰 손이 유나를 흔들어 깨웠다. 유나는 게슴츠레 눈을 뜨고 눈앞에 있는 사람을 쳐다보았다. 한참이 지나서야 정신이 돌아왔다. 여전히 토끼굴 책방이었다. 방금 전의 상황은 한여름 밤의 꿈처럼 잠에서 깨어나자마자 동시에 흩어지고 말았다. 흔적도 없이.

유나를 무정하게 깨운 사람은 책방 직원이었다. 문 닫을 시간이 됐으니어서 나가달라는 뜻이었다. 유나는 넋을 놓은 채 책방을 빠져나왔다. 눈은 어느새 그쳐 있었다.

'정말 다 꿈이었단 말이야? 너무 생생한데. 흠, 어쨌든 행복한 꿈이었어. 또 그런 꿈을 꿀 수 있을까?'

잠에서 깼으나 여전히 생각은 꿈속에 있었다. 유나는 오늘 꾼 꿈이 결코 우연이 아닐 거라 믿었다. 모든 게 꿈이었다고 해서 모두 끝난 것도 아니리라 믿었다. 유나는 머지않아 또 다른 '놀라운 일'이 자신을 찾아와줄 거라 기대했다.

호메로스 선생님,《오디세이아》의 비장미는 어디서 비롯되나요?

▶▶ 호메로스가 대답해주는 '영웅 서사시' 이야기

여러분은 그리스 신화에서 어떤 영웅을 좋아하나요?

인간미가 있는 아킬레우스를 좋아합니다. 좋고 싫음이 분명하고, 친구를 위해 결연히 복수에 나설 만큼 용맹합니다.

저는 헥토르요. 나라와 가정을 지키는 짐을 흔들림 없이 지고, 질 것이 뻔한 전쟁에도 두려움 없이 나섰던 헥토르야말로 이상적인 영웅이라고 생각합니다.

오디세우스요! 그의 지혜와 용기는 모험 속에서 더 빛을 발했죠.

▶▶ 생각해보기 ◀◀

호메로스는《일리아스》와《오디세이아》의 영웅들을 통해 무엇을 보여주려고 했을까?

절정에 이른 초봄의 아침이었다. 따사로운 햇살은 어느덧 창턱까지 올라와 있었다. 새하얀 침대 시트와 부드러운 솜이불 속에서 유나는 평화로운 꿈을 꿨다. 아름다운 경치 속에 오랜 친구들, 맛난 음식들이 가득했다. 하지만 소포클레스의 강의는 없었다.

시간이 지나 햇빛이 눈이 부시도록 강렬해지자 유나는 가까스로 눈을 떴다. 벌써 일곱 번째 실망스러운 귀환이었다. 지난 한 주 동안 다시 꿈이 재현되기를 갈망했지만 뜻대로 되지 않았다.

'아무래도 그 토끼굴 책방에 가봐야겠다.'

이런저런 생각할 것 없이 당장 책방으로 향했다. 토끼굴 책방은 아침 10시부터 문을 열었고 유나는 오늘의 첫 번째 손님이었다. 서점은 텅텅 비어 있었다. 두리번거리다가 유나는 지난번 그 자리를 찾아 앉았다. 그러고는 그날 자신이 했던 행동을 애써 회상하려고 했다. 어렴풋이 《고대 그리스 신화》를 읽었다는 것을 기억해냈다. 책장에 꽂힌 책을 찾아 꺼내 들었다. 이리저리 펼쳐보며 그때 그 장면으로 돌아가려고 했다. 유나는 책을 읽겠다는 마음보다 오직 기적이 다시 일어나기를 바라는 마음이 더 강했다.

어느덧 《고대 그리스 신화》를 절반 정도까지 훑어보고 있었다. 하지만 그 '신비한 강의실'은 나타날 기미가 없었다. 조금 낙담했다. 더더욱 집중해 읽기 시작했다. 부정적인 생각을 흩뜨리기 위해 고개를 내저었다. 얼마간의 시간이 흘렀을까. 이제 막 트로이 전쟁을 묘사하는 장을 읽기 시작했을 때 서서히 내용 속으로 빠져든다는 느낌을 받았다. 그러더니 글자들이 흐트러지고 정신이 아득해지면서 시공이 교차했다. 사람과 주변이 모두 변하고 있었다.

고대 그리스의 영웅은 어떤 존재일까?

똑같은 강단, 똑같은 소파와 테이블, 그리고 그때 그 학생들의 자리 배치도 똑같이 그대로였다. 책에 몰두한 사이, 또다시 '강의실'로 돌아온 것이다! 유나는 가슴이 두근거렸다. 첫 수업 때만큼 놀랍지 않았지만 형언할 수 없는 기쁨은 여전했다.

교실 안에서는 이미 강의가 진행되고 있었다. 수염이 덥수룩한 외국인이 당당하고 차분하게 이야기하고 있었다. 그는 이전의 소포클레스가 아니었다. 하지만 행색을 보아하니 같은 데서 왔다는 확신이 들었다.

'참 희한하네. 기원전의 옷을 걸친 것 같은데 콧등에는 선글라스를 끼고 있으니 말이지.'

유나는 속으로 중얼거리면서 같은 자리에 앉았다. 그리고 옆에는 역시나 예쁘장한 정미가 있었다.

"어서 와. 오늘 선생님은 호메로스야. 고대 그리스의 음유시인 알지?"

'그 유명한 시인 호메로스라고?'

하마터면 입 밖으로 말을 뱉을 뻔했다. 유나는 벅차오르는 감동을 억누르며 고개를 끄덕였다.

'기록에 따르면 호메로스는 맹인이라고 하던데. 그래서 선글라스를 끼고 있었나? 와, 거물급 문학가의 강의를 직접 들을 수 있다니! 정말 흔치 않은 기회야. 정신 바짝 차리고 들어야지.'

유나는 강의에 집중하기 위해 애썼다.

"호메로스 서사시는 기원전 12세기, 아테네가 트로이 성을 공격할 때와 그 전쟁 이후의 이야기입니다. 《일리아스》와 《오디세이아》로 구성되어 있는데, 후대인들의 배려로 내 이름을 그대로 따 '호메로스 서사시'라고 부르지요. 이 두 편의 서사시는 각각 총 24편으로 나뉘어 있답니다. 《일리아스》는 모두 1만 5,693행이고 《오디세이아》는 1만 2,110행입니다. 이 서사시의 기원과 관련해 후대인들은 의견이 꽤 분분합니다. 나에 대한 애정이 특별한 사람들은 창작의 공을 온전히 나에게 돌립니다. 또 혹자들은 유난히 나를 못마땅하게 평가해서 그저 앞 못 보는 음유시인 정도로 폄하하지요. 아마도 글자 하나도 모른 채 오로지 손과 입으로 혼자 연주하고 노래하면서 웅장한 서사시를 읊었기 때문일 겁니다. 여러분은 어느 쪽인가요? 진실은 무엇일까요? 여러분에게 궁금증을 안겨주는 꼴이 됐네요."

호메로스의 입가에 자신만만한 미소가 번졌다.

"웅장한 기백을 담은 호메로스 서사시는 초기 영웅시대를 폭넓게 표현한 동시에, 서구 문학에 방향성을 제시했습니다. 작품 속에 묘사된 갈망에 대한 성취와 자아실현에 대한 인문적 윤리관은 뒷날 그리스 사람들에게 지대한 영향을 끼쳤습니다. 더 나아가 서구 사회의 도덕관에도 영향을 미쳤지요. 때문에 이 걸출한 작품을 일컬어 '그리스의 성경'이라 칭송하기도 합니다. 그러니 이 공을 한 사람에게만 돌릴 수 있겠습니까? 사실은 전체 그리스 민족의 지혜의 결정체인데 말이지요.”

호메로스의 어조는 점점 높아졌고 분위기도 다소 고양되었다. 호메로스가 계속 말을 이었다.

“호메로스 서사시는 기원전 11세기부터 9세기까지의 사료 가운데 현존하는 '유일'한 문자 사료입니다. 고대 그리스가 씨족 사회에서 노예제 사회로 이행해가는 과정에서 보여준 사회, 풍속, 역사의 변천을 기술하고 있어 아주 수준 높은 역사적 가치를 지니고 있습니다. 여기에 등장하는 인문주의 사상 역시 충분히 높은 평가를 받을 만합니다. 인간의 존엄과 가치, 그리고 힘을 명확히 담아놓았으니까요.”

바로 그때 정미가 들릴 듯 말 듯한 목소리로 질문했다.

“호메로스 서사시는 '영웅 서사시'라고도 부른다던데요. 그 이유를 좀 설명해주실 수 있나요?”

“학생이 한 질문이 바로 이어서 설명하려던 내용입니다.”

호메로스가 웃으며 대답했다.

“호메로스 서사시가 영웅 서사시로도 불리는 주된 이유는 서사시 속에 수많은 영웅의 이미지가 묘사되어 있기 때문입니다. 영웅들의 이미지를 통해 당시 '영웅시대'의 영웅주의 사상을 표현해냈기 때문이지요. 영웅을 묘사하려면 먼저 그 영웅의 주된 무대인 '전쟁'을 묘사해야 합니다. 그래서 호메로스 서사시는 곧 그리스 전쟁의 역사라 할 수 있습니다.”

호메로스는 잠시 숨을 고르고는 이번 강의에서 첫 번째 질문을 던졌다.

"여기 앉은 학생들 중에서 호메로스 서사시를 읽어본 사람이 있습니까? 읽은 사람은 바로 '네!' 하고 대답해주십시오. 손은 들지 마세요. 내가 앞을 못 본다는 걸 잊으면 안 됩니다."

호메로스는 웃으며 말했다. 앞이 보이지 않아도 전혀 개의치 않는 듯했다. 한참을 기다리던 호메로스는 학생들이 침묵을 지킨 채 아무 말도 하지 않자 다시 질문을 했다.

"아, 좋습니다. 그렇다면 전문을 다 읽지는 않았더라도 혹시 호메로스 서사시의 대략적인 내용을 소개해줄 수 있는 학생은 없습니까?"

이번에는 반응이 왔다. 입을 연 사람은 해박한 지식을 갖춘 성진이었다.

"호메로스 서사시는 말씀하셨다시피《일리아스》와《오디세이아》, 모두 두 편으로 구성되어 있습니다.《일리아스》는 '일리움의 노래'라는 뜻입니다. 고대 그리스인들이 트로이를 '일리움'이라 불렀던 데서 제목 지어진 거죠. 전체 줄거리는 그리스 연합군이 소아시아의 도시 트로이를 포위해 공격한 이야기입니다. 그리고《오디세이아》는 '오디세우스의 노래'라는 뜻으로, 이타카의 왕 오디세우스가 트로이를 함락시킨 뒤 귀국 도중 10년 동안 방황했던 이야기를 담고 있습니다. 두 작품 모두 정식으로 읽은 적은 없지만 어느 유명한 문학평론가의 글을 본 적이 있습니다. 그분의 말에 따르면,《일리아스》는 웅장하고 힘차 남성들이 읽을 만하고 중국의《삼국지》나《수호전》과 비슷한 분위기라고 합니다.《오디세이아》는 부드럽고 섬세해 여성들이 볼 만하다고 합니다. 따스하고 인정미가 있다고 하더라고요. 정확한 평인지는 잘 모르겠지만 개인적으로는 매우 인상적이었습니다."

성진의 말이 끝나자 호메로스의 엄숙한 얼굴에서 웃음이 터져 나왔다.

그러나 곧 웃음을 거두고 말했다.

"아주 훌륭한 대답이었습니다.《일리아스》와《오디세이아》는 모두 고대 그리스 영웅시대의 영웅주의 사상을 표현하고 있습니다. 다른 점이라면《일리아스》는 전쟁에 대한 묘사에 집중했고 기저에 깔려 있는 주제 역시 전쟁 영웅들을 칭송했다는 겁니다. 반면《오디세이아》는 개인의 투쟁을 강조했습니다. 인간이 자연과 벌이는 결투 속에서 드러나는 영웅적 기개를 찬미한 겁니다."

호메로스는 분위기를 바꿔 짐짓 유쾌한 말투로 말했다.

"잘 모르는 작품 세계에 대해 계속해서 듣고 있자니 그새 싫증이 난 학생이 있나 보군요. 아아, 여러분, 아닌 척하지 마세요. 앞이 안 보인다고 날 속일 수는 없어요. 방금 누군가 하품하는 소리를 작게나마 들었으니까. 하지만 이어서 설명한 내용은 분명 여러분의 구미를 끌어당길 겁니다."

호메로스는 술수를 부리듯 일부러 느릿느릿 물을 마셨다. 잠시간의 정적이 학생들을 애타게 했다.

"도대체 그 구미를 당길 내용이란 게 뭡니까?"

성격이 급한 형민이 물었지만 호메로스는 그저 미소를 지을 뿐이었다.

《일리아스》의 영웅, 아킬레우스 vs 헥토르

수업에 열기를 띠자 호메로스는 크게 만족스러워하며 말했다. "지금부터 이야기할 내용은《일리아스》의 배경입니다. 아마 흥미진진할 겁니다."

호메로스는 빠르지도 느리지도 않은 속도로 설명해가기 시작했다.

"앞에서 말했다시피《일리아스》는 트로이 전쟁에 관한 이야기입니다. 펠레우스와 테티스가 결혼할 때 연회를 열어 수많은 신들을 초대했는데, 유일하게 불화의 여신인 에리스만 초대하지 않았습니다. 이에 에리스는 크게 화가 나 악랄한 계책을 세워 복수를 꾀합니다. 그녀는 연회 석상에 몰래 와서 금사과 하나를 내놓았는데, 그 금사과에는 '가장 아름다운 사람에게 바치니'라는 글귀가 새겨져 있었습니다. 분쟁의 발단은 바로 여기서부터 시작됩니다. 헤라, 아테나, 아프로디테는 제각각 자신이 가장 아름답다 생각했던 거지요. 세 여신의 갈등은 끊이지 않게 됩니다. 이 일로 제우스는 여신들의 아름다움을 남성들이 판단하게 했습니다. 결국 당시 가장 아름다운 남자였던 트로이의 왕자 파리스에게 심판을 요청했습니다. 평가를 받으러 나가는 세 여신은 각자 가장 아름다운 모습으로 파리스의 환심을 사고자 했지요. 헤라는 그에게 가장 위대한 '군주'가 되게 해주겠다고 약속했고, 아테나는 가장 용맹한 '전사'가 되게 해주겠다고 약속했으며, 아프로디테는 아름다운 '연인'을 주겠다고 약속했습니다. 파리스는 이때 연인을 바라고 있었기에 아프로디테가 가장 아름답다고 말했습니다. 마침내 아프로디테가 금사과를 받았고, 헤라와 아테나는 여기에 앙심을 품게 됩니다. 이후 아프로디테는 약속을 지키기 위해 파리스를 데리고 손님의 자격으로 스파르타를 방문합니다. 국왕인 메넬라오스는 방문의 의도를 모른 채 극진한 대접을 하지요. 어찌 짐작이나 할 수 있었겠습니까? 초대 석상에 있던 파리스가 그곳 왕후인 헬레네와 단번에 눈이 맞아 트로이로 사랑의 도피를 떠난다는 사실을 말입니다. 이 일을 뒤늦게 안 메넬라오스는 대노했고, 자신의 형인 아가멤논과 그리스 각 성의 군대를 징집해 연합군으로 트로이를 공격하기에 이릅니다. 그리스와 트로이 사이에 전쟁이 발발하자 신들은 각자가 원하는 나라를 돕게 됩니다. 헤라와 아테나는 이미 파리스를 증오하고 있었으므로 그리스를 쫓아다니며 돕고, 전쟁의 신인 아레스는 트로이를 돕고, 제우스와 아폴로는 중립을 지켰지요. 그렇게 전쟁은 9년간 지속됐습니다. 그리고 9년 뒤 내부 분쟁이 일어나는데, 서사시는 이때부터 본격적으로 시작됩니다."

여기까지 단번에 배경 소개를 마친 호메로스가 청중의 반응을 살폈다. 학생들은 호메로스와 호흡을 맞추며 한순간이라도 놓칠세라 조용히 기다리고 있었다. 오래전 그리스 신화 속에 빠져 자신들이 있는 곳이 강의실인지 어디인지도 잊은 채였다. 잠시 정적이 흘렀다. 이때 호메로스가 다시 목청을 가다듬고는 이야기를 이어갔다.

"서사시는 전쟁이 끝나기 수십 일 전까지 발생한 일들을 집중적으로 묘사하고 있습니다. 갈등은 그리스 연합군의 수장인 아가멤논과 장수인 아킬레우스를 위주로 전개됩니다. 그리스 연합군은 트로이 성을 포위 공격했고 그러면서 아가멤논은 제멋대로 아킬레우스의 여자 포로들을 빼앗아갑니다. 이 일로 아킬레우스는 잠시 전쟁에서 손을 떼게 되지요. 아킬레우스는 그리스 군에서 가장 용맹한 장수였으니 그의 부재는 연이은 대패를 직접적으로 초래합니다. 수장 아가멤논은 자신이 한 일을 후회하고 친히 사죄를 했지만 냉담한 거절만 돌아왔지요. 위기의 정점에서 아킬레우스의 절친인 파트로클로스가 아킬레우스의 갑옷과 투구를 빌려 출전하게 됩니다. 하지만 불행하게도 트로이의 영웅 헥토르에게 죽음을 당하고 말았지요. 친구가 전사했다는 비보를 들은 아킬레우스는 죽을 듯 비통해하고 격분하다가 직접 무장하고 전장에 나섭니다. 그러고는 끝내 헥토르를 죽여 친구의 복수를 대신하지요. 마음속 원한을 씻어내기 위해 아킬레우스는 헥토르의 시체를 전차로 끌고 다녔고, 이 광경을 목격한 트로이의 늙은 왕은 아들의 죽음을 괴로워하다가 사랑하는 아들의 시체를 찾기 위해 아킬레우스 앞에 무릎을 꿇었습니다. 대서사시는 이렇게 끝을 맺습니다.”

장대하고 웅장한 이야기가 끝이 났다. 한동안 그 여운에 매료되어 강의실 안의 학생들은 아무 말이 없었다. 잠시 후 호메로스는 학생들에게 토론할 시간을 주며 느낀 점을 말하도록 했다. 천 명의 독자 눈에는 천 명의 햄릿이 존재한다. 마찬가지로 하나의 이야기가 개개인에게 주는 감동 역시 다 다른 법이다. 열정적이고 급진적인 형민이 먼저 말했다.

“저는 아킬레우스를 가장 존경합니다. 그는 용맹하고 싸움을 잘했습니다. 전장의 적들은 그 힘에 압도당해 투지를 잃고 흩어졌지요. 아킬레우스는 좋고 싫음이 뚜렷했기에 연합군의 수장인 아가멤논이 자신의 이익을 침범했을 때 분노를 가감 없이 드러냈죠. 한편 친구가 전사했다는 비보를 접했을 때는 이전에 품고 있던 모든 원한을 과감히 버리고 전장으로 나아가 헌신적으로 싸우기도 했습니다. 이러한 진정성 덕분에 아킬레우스의 이미지는 더욱 극대화되었고 그가 뿜어내는 영웅의 빛은 지금도 여전히 건재하고 있는 것 같습니다.”

형민의 말이 끝나자마자 시종 부드럽고 의젓한 태도를 보이던 성진이 이내 반대 의견을 내놓았다.

“아킬레우스는 개인 영웅주의가 뼛속 깊이 뿌리박힌 인물로 대승적 이

익에는 전혀 관심 없었습니다. 그는 자기 이익과 소신 때문에 전쟁에서 물러났을 뿐입니다. 결국 그리스군의 연패라는 결과를 낳았고 이는 훌륭한 장수라면 해서는 안 될 행위였습니다. 반대로 헥토르는 병사들의 최선두에서 성숙하고 진중한 자세로 가정과 집단을 보호하는 임무를 자처했지요. 헥토르야말로 완벽한 고대 영웅의 전형이 아닐까 싶습니다."

과감히 사랑하고 과감히 미워했던 아킬레우스를 찬미하는 형민의 말도 옳았고, 헥토르 편에 서서 논리적으로 자기 생각을 펼치는 성진의 말도 옳았다. 논쟁은 뜨거웠고 날카로웠다. 두 사람이 한 치의 양보 없이 자신만의 견해를 주장하는 동안, 아무 말 없이 토론을 듣고 있던 호메로스의 입가에 미소가 어렸다. 어느새 청중은 호메로스의 '공정한 판단'을 조용히 기다리고 있었다.

"두 학생의 관점은 각각 일리가 있고 사상도 꽤 내포되어 있습니다. 먼저 용기 내어 의견을 말해준 두 학생을 칭찬하고 싶군요."

호메로스가 서서히 입을 열었다.

"《일리아스》는 영웅 서사시입니다. 작품 전체를 관통해 각양각색의 영웅들이 작품에 등장하지요. 그들은 강인하며 기지가 넘치고 용감하지만 각자 약점이 있습니다. 이런 것들이 각자 강한 개성을 드러내주면서 이미지를 풍부하게 하지요. 그중 단연 아킬레우스와 헥토르는 눈이 부실 정도로 빛나는 영웅임에 틀림없습니다. 아킬레우스는 그리스에서 가장 용맹한 장수였습니다. 그의 어머니는 그에게 두 가지 운명을 맞이할 것이라고 예언한 적이 있습니다. 평화로운 삶을 보내면서 장수하든, 전쟁터에서 일찍 죽든 한다고 말이지요. 아킬레우스는 삶보다 명예를 더욱 높이 샀기 때문에 의

연히 두 번째 운명을 선택했습니다. 그는 남다른 인정과 기질을 가진 사람이어서 벗을 위한 복수에 나설 때도 자신의 안위 따위 걱정하지 않고 결연히 출전했습니다. 어머니가 경고하자 아킬레우스는 분노하며 이런 말까지 했지요. '만일 운명의 여신이 죽음을 당한 제 친구를 보호하지 못하게 막는다면 차라리 죽는 게 낫습니다!' 어떤가요? 이런 언행만 봐도 아킬레우스의 용맹함을 충분히 엿볼 수 있지 않나요?"

호메로스가 아킬레우스를 높이 평가하자 아킬레우스를 우상으로 생각했던 형민은 꽤 우쭐해졌다. 이때 호메로스가 화제를 돌렸다.

"기세 높은 용맹을 논하자면 아킬레우스는 분명히 더 이상 논쟁의 여지가 없습니다. 하지만 아킬레우스는 인간이지, 신이 아닙니다. 그렇기에 수많은 인간적인 약점이 있었지요. 가령 분노라든지, 탐욕이나 이기심, 잔혹함 등이지요. 통솔자로서 사적인 원한 때문에 전쟁에서 발을 뺀 것은 그리스인들의 고통을 멀찍이 서서 구경하는 꼴과도 같았습니다. 그런데 친구가 죽은 뒤에 살생을 마다하지 않는 악마로 탈바꿈한 것은 아이러니하지요. 그는 트로이 사람들을 잔혹하게 살해했고, 헥토르의 시신을 참혹하게 능욕했습니다. 아킬레우스의 경솔하면서도 포악한 본성이 적나라하게 드러났던 순간이지요."

호메로스의 말에 아무런 반박도 하지 못한 채 듣고만 있던 형민이 조용히 질문했다. 좀 전의 당당함은 보이지 않았다.

"완벽하지는 않지만 그래도 진실한 영웅 아니었나요?"

호메로스는 답을 이어갔다.

"그의 이미지를 평가할 때 단순히 좋고 나쁨으로 결론지어서는 안 됩니다. 그는 당시의 정신적 기풍을 체현하고 있을 뿐이니까요. 내가 살던 시대의 사람들은 영웅을 숭배했고 명예, 권력, 지위가 생명보다 중요했습니다. 아킬레우스는 이런 말도 했지요. '아무 이름도 없이 오래 사느니 차라리 영광스러운 자리에서 거대한 명예를 얻고 죽겠다.' 이러한 사상은 요즘 현대인들의 인생관과 어쩌면 충돌되는 면이 있을 겁니다. 하지만 그리스 사회에서는 뜨겁게 사랑하는 삶과 적극적이고 긍정적인 사상이 대세를 이루고 있었습니다. 결론을 말하자면 아킬레우스의 개인주의는 '양날의 검'과 같다는 겁니다. 나는 그에게 누구보다 뛰어난 용맹함을 만들어주었고 그의 성격에 누구보다 이기적이고 잔혹한 외투를 걸쳐주었던 셈입니다."

"호메로스 선생님, 이제 헥토르에 대해서도 설명해주세요."

헥토르 편에 섰던 성진이 말했다. 수업 분위기는 점점 더 뜨겁게 달아올라 있었다.

"서사시에서 아킬레우스와 동등한 위치에 놓고 재볼 만한 인물을 꼽는다면 단연 헥토르입니다. 그는 트로이의 수장으로서 아킬레우스와 대치할 수 있는 유일한 영웅입니다. 아까 학생이 설명했던 것처럼 헥토르라는 인물은 완벽한 고대 그리스 영웅의 전형이라 불릴 만합니다. 이기적이고 충동적인 아킬레우스에 비해 성숙하고 진중하며 탁월한 희생정신을 갖추고 있지요. 헥토르는 나라도, 집도 다 망할 비극적인 운명을 예감했음에도 불구하고 엄청난 고통을 감내하면서 나라와 가정을 지키는 중책을 의연히 짊어졌습니다. 힘의 격차가 심한 위기의 상황에서도 두려워하는 기색을 내비치지 않고 성 밖으로 나가 적을 대면했으며 용기 내어 교전을 벌였습니다. 마지막에 전쟁터에서 전사하면서도 아무런 원망이나 후회도 하지 않았습니다."

호메로스는 어쩐지 조금 목이 메는 것 같았다. 호메로스는 곧 마음을 가다듬고 설명을 이어갔다.

"헥토르의 이미지는 정말이지 완전무결합니다. 하지만 이런 영웅도 아킬레우스의 진실함에는 따라가지 못했습니다. 서사시에서 영웅은 거의 신격화하다시피 담아내다 보니 인간적인 모습이나 다각적인 묘사가 사실 없습니다. 헥토르의 완벽한 이미지는 단지 이상적 군주를 갈망하는 대중들의 상일지도 모릅니다. 영원히 실현될 수 없는 상상처럼 말이지요. 자, 이쯤이면 《일리아스》이야기도 거의 결말을 맺은 듯합니다. 트로이 전쟁은 10년을 이어갔습니다. 우리가 나눈 이야기도 그 10년처럼 오래도록 진행되고 있는 것 같군요."

호메로스가 농담을 던졌다.

"물론 트로이 전쟁은 끝났지만 우리의 이야기는 아직 끝나지 않았습니다. 두 나라 간의 분쟁이 끝난 뒤에도 한 사람의 지난한 투쟁이 기다리고 있으니 말입니다. 시간이 얼마 없으니 사설은 줄이고, 계속해서 주제를 향해 달려봅시다. 자, 이제 《오디세이아》의 매력을 파헤쳐보자고요."

호메로스, 장대한 모험을 《오디세이아》에 풀다

"《일리아스》에서는 헥토르의 죽음만 다뤘지 트로이 전쟁을 완결 짓지는 않았습니다. 《오디세이아》는 그 결말을 이어서 시작합니다. 그리스인 오디세우스가 목마 전략을 이용해 트로이 성을 함락시킨 뒤 10년을 떠돌면서 수많은 고생을 겪고 결국 집으로 돌아와 왕위를 되찾는다는 이야기이지요. 《오디세이아》는 모두 6부로 구성되어 있고 두 갈래의 줄거리로 서술되어 있습니다."

학생들은 기대에 찬 눈빛으로《오디세이아》의 줄거리에 귀를 기울였다.

"이제 오디세우스는 고향으로 돌아가려고 합니다. 도중 온갖 고초를 겪지요. 그렇게 10년을 떠돌지만 여전히 도착하지 못합니다. 그가 없는 동안 재산을 노린 젊은 귀족들이 그의 왕국을 쉬지 않고 찾아와 염치없이 부인에게 구혼하기도 하고, 주인 없는 돈을 물 쓰듯 써대기도 합니다. 서사시의 1부는 오디세우스가 부재한 지 10년째 되는 해에 오디세우스 왕국에서 벌어지고 있는 상황에서부터 시작합니다. 아버지의 오랜 부재로 어머니에 대한 구혼이 끊이지 않아 집안이 시끄러워지자 그 아들이 아버지를 찾아 길을 나섭니다. 2부는 오디세우스가 여신 칼립소를 떠나 파이아케스 섬에 도착하는 내용을 서술했습니다. 3부는 그 섬에서 오디세우스가 이전에 겪었던 모험 이야기로, 지나간 10년의 경험을 기억을 회고하는 형식으로 정확히 설명하고 있습니다. 4부는 오디세우스가 마침내 고향으로 돌아가 아들과 상봉하는 장면입니다. 5부와 6부에서는 오디세우스가 일부러 거지꼴을 한 채 집으로 돌아와 부인을 시험하고, 아들과 힘을 합쳐 결국 구혼자를 처단하는 내용입니다. 오디세우스는 왕위를 되찾고 부인과 재결합하지요."

호메로스는 단숨에 줄거리를 들려줬고, 학생들 모두 이야기 속에 깊이 빠져들었다.

"《오디세이아》의 이야기는 복잡하면서도 감동적입니다. 특히 주인공이 바다에서 겪은 경험은 사람들의 혼을 쏙 빼놓을 정도로 예사롭지 않지요. 그런가 하면 오디세우스가 '죽은 자들의 세계'를 떠난 후의 이야기는 유독 슬프고도 아름답습니다. 여신 키르케를 만나 앞으로의 여정에 대해 듣게 되지요. 앞으로 길을 가다 보면 세이렌의 섬에 들어서는데, 누군가 섬에서 노래를 부르고 있을 것이고 그 노랫소리를 듣는 사람은 더 이상 고향으로 돌아가고 싶지 않게 된다는 것이었습니다. 여신의 말대로 오디세우스는 무사히 세이렌의 섬을 지납니다. 이윽고 모든 것을 빨아들일 듯 소용돌이치는 카리디브스와 바다 괴물 스킬라가 지내는 곳을 맞닥뜨리면서 오디세우스는 진퇴양난에 빠집니다. 상황 파악을 마친 뒤 오디세우스는 먼저 바다 괴물에 대항하는 쪽을 선택합니다. 대전을 치르는 과정에서 선원 여섯 명이 스킬라에게 잡혀갔고 오디세우스는 자신에게 그들을 구출할 힘이 없음을 자각합니다. 선원들이 바로 뒤에서 자신의 이름을 부르며 절규하는 소리에도 그들 스스로 빠져나오도록 내버려둘 수밖에 없었지요. 오디세우스는 그곳에서 겪었던 모든 난관 중 가장 고통스러웠던 순간이라고 고백합니다. 죽음을 보면서도 구해줄 수 없었기 때문이죠."

호메로스가 긴 설명을 마쳤다. 그의 격앙된 어조와 엄숙한 표정에서 이 작품을 향한 애정 어린 마음을 느낄 수 있었다.

영웅 서사시의 걸작, 《일리아스》와 《오디세이아》

"자, 이제 《일리아스》와 《오디세이아》라는 두 서사시에 대해 기본적인 이해를 했을 겁니다. 지금부터는 바통을 여러분에게 돌리겠습니다. 여러분의 견해들을 듣고 싶거든요. 예컨대 둘 중 하나만 유독 좋아했는데 그 이유가 무엇인지, 오늘 처음 들었는데 어떤 내용이 정말 좋다든지 하는 것들 말이죠. 부담 갖지 말고 기탄없이 말해주세요.”

호메로스의 말이 끝나자마자 수업 내내 가장 적극적이던 형민이 또다시 나섰다.

“저는 당연히《일리아스》를 좋아합니다. 규모도 웅장하고 전쟁의 기세가 실제로 느껴질 만큼 한 장면 한 장면이 놀랍거든요. 등장하는 영웅적 인물들은 매우 위풍당당합니다. 이 서사시를 읽다 보면 그 훌륭함에 극찬을 보내지 않을 수 없습니다.”

형민은 흡사 대다수 남자들의 의견을 대변하는 것 같았다. 한결같이 형민과 상반된 논조를 펼치던 성진도 연신 고개를 끄덕였다. 남학생들이 서문을 열자 여학생들도 생각을 드러냈다. 평소 박학다식하기로 소문난 주영이 포문을 열었다. 주영은 검은색 뿔테 안경을 밀어 올리면서 목소리를 가다듬고 침착하게 설명을 시작했다.

“두 서사시는 각각 장점이 있어요. 하지만 굳이 비교를 하자면, 개인적으로는《오디세이아》가 더 좋아요. 우선 주인공 오디세우스에 대한 인물 형상화가 매우 성공적이죠. 용맹하고 지혜로우며 강하고 기민하며 절제력이 있어요. 훌륭한 지도자이자 용감한 전사였죠. 노예로부터 존경받는 주인이었고 가정에 충실한 남편이었어요. 결과적으로 이 인물은 세상의 모든 미덕과 재주를 한 몸에 갖고 있었던 거죠. 다소 이상적으로 그려지기는 했지만 어쨌든 엄청난 매력을 발산하는 인물이에요.”

주영은 군더더기 없이 간단명료하게 자신의 의견을 밝혔다. 구구절절 옳은 말이었다. 모두 경청하느라 교실 안은 조용했다. 주영이 여세를 몰아 더욱 열을 올리며 말했다.

"오디세우스라는 인물 자체의 매력 외에도 그가 바다에서 조우해야 했던 온갖 아슬아슬한 경험들도 넋을 놓아버릴 만큼 놀라웠습니다. 독자들을 황홀경으로 이끈다고 해도 과언이 아니었죠. 외눈박이 거인 키클롭스, 바람의 신 아이올로스, 여신 키르케, 바다 괴물 스킬라, 요정 칼립소 등 그 이미지들이 정말 다채로워 압도당할 지경이었습니다. 책을 읽는 것만으로도 신화의 세상을 유람하는 느낌이니 잔향이 계속 남아 있을 수밖에 없죠."

주영의 발언이 끝나자 호메로스가 앞서 손뼉을 쳤고, 이어서 서서히 교실 안에 박수가 울려 퍼졌다. 뜨거웠던 토론은 절정을 넘어 끝을 향해 가고 있었다.

"방금 두 학생의 발언은 매우 훌륭했습니다. 강의의 결과가 꽤 괜찮은 것 같군요. 더는 장황한 설명을 하지 않으려 합니다. 마지막으로 문학적 관점에서 강의를 하도록 하지요."

마지막이라는 말에 학생들은 더욱 주의를 집중했다.

"호메로스 서사시의 작풍은 네 단어로 요약할 수 있습니다. 속도감, 호소력, 명쾌함, 웅장함이 그것입니다. 사실주의와 낭만주의라는 방식을 도입했지요. 전쟁과 인물에 대해 현실적으로 묘사하면서도 고대 신화라는 요소가 가미됐기 때문에 낭만적 색채가 나타난 겁니다. 이밖에도 엄청난 수사를 사용하기도 했습니다. 화려하면서도 생동감 넘치는 단어와 비유를 풍부하게 사용한 겁니다. 두 서사시는 각기 다른 예술적 특색을 보이고 있지요.

《일리아스》는 비장한 품격과 빠른 속도감을 보여줍니다. 《오디세이아》는 혼을 쏙 빼놓을 만한 투쟁을 묘사했지만 그 장면이 놀랄 만큼 아름답고 변화무쌍하면서도 비교적 차분합니다. 하나는 웅장한 기백을, 하나는 짜릿함을 선사합니다. 하나는 강인하고, 하나는 부드럽습니다. 시간과 인물에서 서로 영향을 주고 있으며, 사상과 분위기에서 서로 빛나게 해주고 있습니다. 완벽한 한 쌍을 이루면서 무결점을 자랑합니다."

호메로스는 스스로 자신의 작품에 대한 해석과 평가를 당당히 한 뒤 강단 중앙으로 돌아왔다.

"자, 이것으로 이번 강의를 끝내겠습니다. 바라건대 오늘 수업한 영웅 서사시에 대해 실망이 없었으면 좋겠군요."

그러고는 더 이상 다른 말 없이 곧바로 자리를 떴다. 연이어 학생들도 교실을 떠나자 유나는 비로소 정신을 차렸다. 자신이 있는 곳을 자각한 것이다. 다행히도 정미는 아직 자리에 남아 있었다. 유나는 마지막 줄을 잡듯 정미의 팔을 탁 붙잡았다.

"여긴 도대체 어디야? 꿈이야, 생시야? 너는 어쩌다 이 강의실에 왔어?"

유나의 속사포 같은 질문에 정미는 잠시 알 수 없는 표정을 지었다.

"하이테크놀로지 시뮬레이션 강의실이야. 여기 온 사람들은 모두 각 학교에서 선출된 우수 학생들이고. 여러 단계와 자격 테스트를 거친 후에야 이 수업을 들을 수 있어."

꿈이 아닌가? 분명 꿈을 꾸는 줄 알았는데? 유나는 학교에서 선발된 적도, 시험을 치른 적도 없었다.

"설마 이런 과정을 몰랐던 거야? 그럼 넌 어떻게 왔는데?"

이번에는 정미가 입장을 바꿔 질문을 쏟아냈다. 유나는 자신의 기이한 경험을 말하려고 했지만 입을 떼려는 그때 갑자기 아름다운 음악이 들려왔다. 또다시 순식간에 시공간이 바뀌고 있었다. 눈을 떠보니 어느새 익숙한 토끼굴 책방이었다. 유나는 한숨을 크게 쉬었다.

'도대체 어떻게 된 거야? 꿈이라기엔 너무 생생하잖아. 주변이 변하는 과정까지 다 기억나고 말이야. 그 신비한 강의실은 실제로 있을까? 아니면 그저 꿈인 걸까? 정미라는 아이는 정말 존재할까? 그 아이가 말한 테스트라는 게 진짜 있을까?'

단테 선생님, 《신곡》은 인간의 여정에 어떤 빛을 밝혀주나요?

▶▶ 단테가 대답해주는 '진선미' 이야기

인생의 여정에서
가장 소중히 여기는 건 무엇인가요?

저는 사랑이라고 생각합니다. 친구든 가족이든 연인이든 결국 사랑만이 이 세상을 살아가는 데 힘이 되어주니까요.

신념이라고 생각합니다. 도덕적 신념이 있다면 인생의 여정에서 흔들리지 않을 자신이 있어요.

사랑이나 신념도 중요하지만, 스스로의 열정과 희망이 인생의 빛이 되어주지 않을까 생각해요.

──────▶▶ 생각해보기 ◀◀──────

단테는 《신곡》 속 시인의 여행을 통해
인간에게 어떤 인생의 빛을 찾아주려 했을까?

다른 사람들 눈에 유나는 꽤 이상한 아이였다. 한창 친구들과 웃고 떠들 나이인데 늘 책 속에 파묻혀 홀로 지냈다. 두 번의 문학 강의를 체험하고 나서는 더욱 그랬다. 밤이고 낮이고 가리지 않고 시를 짓거나 글을 써댔다. 유나의 엄마는 그게 오히려 걱정이었다. 친구들도 모르고 하루 종일 방에만 처박혀 있으니 마침내 잔소리를 하기 시작했다. 마음이 상한 유나는 집을 나와 발길 닿는 대로 하릴없이 걸었다. 그리고 어느새 또다시 토끼굴 책방 앞에 서 있었다.

'어떻게 그냥 지나칠 수 있겠어. 그래, 이왕 온 김에 아직 해결하지 못한 비밀이나 다시 한 번 파헤쳐볼까?'

기대와 불안이 뒤엉킨 복잡한 심경을 안고 유나는 책방 안으로 들어섰다. 익숙한 듯 그때 그 자리를 찾아 앉고는 또다시《고대 그리스 신화》를 집어 들었다. 유나는 처음으로 그 책을 자세히 들여다봤다. 손때가 탄 검은색의 소가죽 표지와 제법 중량감이 느껴지는 빛바랜 종이에서 기이한 향이 은은하게 풍겨났다. 그제야 이 책에는 처음부터 신비한 기운이 있었다는 걸 알아차렸다. 유나는 조심스레 책장을 펼쳤다. '트로이 전쟁'까지 봤다는 생각이 어렴풋이 떠올랐다. 그런데 이상하게 아무리 찾아봐도 그 내용이 없었다. 저번에 봤을 때와는 판이하게 다르게 느껴졌다.

'책을 잘못 골라온 건가?'

유나는 의심이 들었다. 다시 한 번 살펴봐도 분명 그때 그 책이 맞았다. 하지만 책 속의 내용은 완전히 달랐다. 순간 영화에서나 보던 마법의 책 같은 건가 하는 생각이 들었다. 유나는 책을 펼친 채 지난 일을 곰곰이 회상했다. 애매한 숫자가 머릿속에서 아른거렸다. 1007. 유나는 그 숫자대로 책장을 펼쳐봤다. 그 쪽에는 시인 단테에 관한 내용이 서술되어 있었다.

'단테, 유럽 르네상스의 선구자이자 중세에 경종을 울린 위대한 시인.'

'피렌체의 굴원.'

유나는 여기저기 문구들을 짚다가 본격적으로 책을 읽기 시작했다. 토씨하나 빠뜨리지 않고 읽어나가는데 서서히 정신이 몽롱해지고 이내 시공이 뒤틀리기 시작했다. 그리고 또다시 '신비한 강의실'이 눈앞에 나타났다.

단테는 왜 《신곡》을 썼을까?

"안녕하십니까. 단테라고 합니다."

금발에 잘생긴 남자가 강단에 나타났다. 유나는 자신의 눈을 믿을 수 없었다. 어리둥절해 있는 사람은 유나뿐만이 아니었다. 강의실에 있던 모든 학생들이 아무 말도 못하고 있었다.

"여러분, 나를 의심하진 마십시오. 나는 분명 여러분이 익히 잘 알고 있는 이탈리아의 시인 단테이니까요. 아마도 평소 봐왔던 사진이나 그림과는 전혀 딴판일 테지요. 혹시 진짜 나의 모습을 보고 좀 실망했나요? 그렇다고 이상하게 생각진 말아주십시오. 후대 예술가들이 너무 독단적이고 제멋대로인 걸 어쩌겠습니까."

"실망이라뇨! 어떻게 실망할 수 있겠어요? 완전 조각 미남이신데요. 그림으로 봤을 땐 선생님의 외모가 좀 엄숙해 보였어요. 감히 접근하기 어려울 정도로요. 하지만 실제로 이토록 부드러운 이미지일 줄은 상상도 못했어요. 정말 잘생기셨어요!"

단테를 우상처럼 여겨왔던 정미는 지금 과도하게 격해져 있었다. 감탄의 마음을 입에서 나오는 대로 서슴없이 말했다.

"조각 미남? 핸섬하다? 하하. 학생의 말은 좀 이해하기가 어렵구만."

단테는 더듬거리며 정미의 말을 따라 했고 곧 모든 학생들이 웃음보를 터트렸다.

"좋아요. 쑥스러운 농담은 그만두고 주제로 넘어갑시다. 오늘 강의에서 여러분에게 소개할 작품이 있습니다. 그전에 내 소개부터 상세히 해야겠지요. 작가의 과거를 이해해야 작품도 이해할 수 있으니까요. 중국의 사상가 맹자도 이런 말을 했습니다. '인물을 평하려면 시대 배경을 연구하라.' 이를테면 그런 취지라고 할 수 있겠습니다."

단테는 청중을 둘러보며 강의를 시작했다.

"나는 1265년 5월, 이탈리아 피렌체에서 태어났습니다. 고조부께서는 귀족이었는데 안타깝게도 내 대에 와서는 가문이 망하고 말았지요. 5살에는 어머니를 잃었고 18살에는 또 아버지를 잃었습니다. 의지할 곳 없이 외로워 모든 힘을 공부하는 데만 쏟았지요. 천성적으로 사색을 즐기고 지식을 열렬히 사랑했습니다. 지금도 사랑해 마지않는 브루네토 라티니 선생님의 가르침으로 라틴어, 수사학, 논리학, 시학, 윤리학, 철학, 신학, 역사, 천문, 지리, 음악, 회화 등 다양한 방면을 공부할 수 있었습니다. 선생님은 프랑스의 기사문학과 프로방스의 서정시에 대해서도 내게 아주 지대한 영향을 주었습니다. 뿐만 아니라 호메로스, 베르길리우스, 호라티우스, 오비디우스 같은 위대한 시인들의 작품은 언제나 마음속 깊이 사랑하고 있습니다. 내 영감의 원천이나 지혜의 양분이거든요. 여기까지 듣고 단테라는 사람에 대해 '종일 책에 머리 박고 사는 책벌레'라고 생각할지도 모르겠습니다. 사실 성실한 문학가가 되고 싶지 않았던 것도 아닙니다. 만약 그랬다면 생활고로 도처에 떠돌아다니는 지긋지긋한 고생도 겪지 않았을 테죠. 하지만 운명은 날 희롱했어요. 시대의 격랑 속으로 빨려들도록 정해놓았지요."

고통스러운 기억이 떠올랐는지 단테는 미간을 살짝 찌푸렸다. 어조도 조금 가라앉은 느낌이었다.

"1302년, 나는 교황의 내정 간섭을 반대했다는 이유로 추방당했습니다. 그 뒤로 장장 20년 동안의 유랑 생활이 시작됐지요. 떠돌이 삶은 정말이지 견디기 힘들었습니다. 다행히도 정신적 지주가 있어서 참을 수 있었지요. 이때 《속어론》《향연》《제정론》 등 주요한 저작을 썼고, 이 저서들은 내가 권력에 맞서 투쟁할 수 있는 중요한 무기였습니다. 그리고 1307년, 유랑 생애 중 가장 고통스러운 한 해가 찾아왔습니다. 바로 그해에 나는 《신곡》을 창작하기 시작했지요. 고통이야말로 영원한 영감의 조력자입니다. 번민의 시기일수록 필력은 더욱 예리해졌습니다. 다년간의 떠돌이 생활로 조국 곳곳의 웅장하고 아름다운 산하를 직접 볼 수 있었고, 이탈리아의 어지러운 현실과 평민 계층이 겪는 고통스러운 생활을 다각도로 접할 수 있었지요.

이런 풍부한 인생 경험들이 《신곡》 속에 녹아든 겁니다. 나는 이 장편 서사시에 내 마음의 소리가 충분히 담기길 바랐습니다."

단테의 목소리에는 낮은 흐느낌이 배어났다. 눈언저리에는 눈물이 맺혀 희미하게 반짝였다. 교실 안은 정적이 흘렀다. 모두 깊은 감동을 느끼고 있었다.

"자, 쓰라린 과거 얘기는 그만하고 이제 본격적으로 강의에 들어가지요."

단테는 겸연쩍은 미소를 지으며 강의를 시작했다.

"여기 있는 학생들 입장에서는 내 모든 작품들 중 가장 익숙한 것이 《신곡》일 겁니다. 물론 내가 《신곡》에 심혈을 기울였다는 것을 부정하진 않겠습니다. 하지만 개인적 입장에서는 주저 없이 《신생》을 꼽을 겁니다. 이 작품 전체에서 묘사한 내용이 바로 내 평생을 두고 사랑한 한 사람에 대한 이야기이기 때문이지요."

사랑 이야기라는 말에 학생들은 하나같이 흥분되었다. 여기저기서 얼른 시작해달라고 재촉했다. 단테가 슬며시 웃으며 말했다.

"당시 내 나이는 9살, 그녀의 나이는 8살이었습니다. 하하. 너무 어렸나요? 봄빛이 눈부시게 빛나던 어느 오전, 아르노 강의 오래된 다리 위에서 우리는 우연히 만났지요. 그날 베아트리체의 손에는 꽃이 들려 있었어요. 그 모습이 너무 아름다워 사람이 아닌 듯했지요. 나는 한눈에 반하고 말았습니다. 그렇게 평생을 사랑했지요. 《신생》에 나오는 한 글자 한 글자는 모두 다 그녀를 위해 쓴 겁니다. 베아트리체는 내 마음속에서 '진선미眞善美'의 화신입니다."

문득 그녀가 떠오른 듯 단테의 얼굴에 그리움이 스쳤다.

"그녀에 대한 나의 사랑은 순수하고 진실했으며 이상적이고 신비했지요. 내가 표현하고자 했던 감정도 섬세하며 철학적이기를 원했습니다.《신곡》에 이런 말을 썼지요. 시를 쓰는 원칙은 '내가 격정적으로 사랑할 때, 내 마음속에서 피어나는 사랑의 명령에 따라 써 내려가겠노라'고. 소박하면서도 명료한 시의 풍격을 창조하고 싶었습니다. 또 할 수만 있다면 유창하고 우아한 말과 상상력이 풍부한 구상으로 인물의 내면세계를 탐색해 사랑이란 것이 마음 깊은 곳에서 일으키는 파문을 보여주고 싶었습니다. 후대인들은 이런 시풍을 가리켜 '온유하고 새로운 형식'의 시파에 속해 있다고들 하지요. 그 부분에 대해서는 굳이 개인적인 입장을 밝히지 않겠습니다. 다만 한 가지 말하고 싶은 것은《신생》은 깊은 정情과 절박한 뜻을 가지고 썼다는 점입니다. 이 시구들의 근간은 베아트리체를 애도하는 나의 마음이며 그녀의 '아름다움에 대한 추모'라는 것을 강조합니다."

단테의 사랑 이야기를 듣는 동안 강의실 분위기는 차분하게 가라앉았다. 남학생들의 안색은 사뭇 진지했고, 간혹 눈물 짓는 여학생들도 눈에 띄었다.

"하지만 시인들을 사랑이라는 감상에 빠져 슬퍼하는 존재라고만 여겨서는 안 됩니다. 내게 있어 베아트리체는 단순히 완벽한 애인이 아니라 숭고한 도덕적 힘의 화신입니다. 나를 지혜와 진리와 광명으로 이끄는 천사인 셈이지요. 그래서《신곡》에서 진선미를 체현한 여신이자 길을 잘못 든 나를 천국으로 인도하는 여신이라 묘사했던 겁니다. 지고지순한 사랑이《신생》을 낳았다면, 그《신생》은 내가 말년에 창작한《신곡》에 감정이입할 수 있게 해준 소재의 토대였습니다.《신생》은 내게 엄청난 의미입니다. 이것이 지금 무엇보다 먼저 여러분께 소개하는 이유입니다."

'진선미'라는 영원한 주제를 다룬 《신곡》

"그럼 가장 기본적인 내용을 알았으니 이제 《신곡》이라는 작품의 장을 열어야겠지요? 이야기를 시작하기 전에 질문부터 하겠습니다. 여기 앉은 학생들 중 《신곡》을 읽어본 사람이 있습니까?"

강의실을 통틀어 유나만 손을 들지 않았다. 순간 유나는 진심으로 쥐구멍이라도 찾아 숨고 싶은 심정이 됐다.

"아주 좋습니다. 이렇게 많은 학생들이 내 작품을 아끼고 있을 줄은 생각 못했습니다. 하하, 몸 둘 바를 모르겠군요. 그럼 세 번째 줄에 이상한 옷을 입은 학생. 학생이 모두에게 《신곡》을 간단히 소개해줄 수 있겠나?"

단테가 지목한 학생은 진수였다. 진수는 머리카락을 노란색으로 염색한 채 치렁치렁한 장식을 단 카우보이 옷을 입고 있었다. 약 천 년 전에 살았던 단테의 눈에는 당연히 이상하게 보일 수밖에 없었다.

"선생님께서 제게 발언할 기회를 주셨는데 사양할 수 없죠."

진수는 침착하게 일어나 《신곡》을 설명하기 시작했다.

"《신곡》은 이탈리아어로 '신성한 희극'이라는 뜻입니다. 이 작품의 원래 명칭은 《희극》이고, 후대에서 존경의 뜻을 담아 그 앞에 '성스럽다'는 수사를 덧붙인 겁니다. 그리고 번역되는 과정에서 《신곡》이라는 제목이 탄생한 거죠. 《신곡》은 방대한 양의 장시입니다. 〈지옥편〉〈연옥편〉〈천국편〉으로 구성되어 있고 각 편은 33절로 이루어져 있습니다. 시구는 1연 3행의 형식이고 압운이 연쇄되어 있으며 성부·성자·성령의 삼위일체를 상징하고 있습니다. 시의 맨 앞부분에 이 시를 소개하는 절이 하나 있어 모두 100개의

절을 이룹니다. 그래서 '완벽함 속의 완벽함'이라고 부릅니다. 또한 《신곡》은 중세 문학 특유의 몽환적 형식을 차용했습니다. 단테 스스로를 주인공으로 삼아 살아 있는 사람이 죽은 자들의 왕국인 명부冥府에서 겪는 경험을 가정해 전개합니다."

진수의 설명이 끝나자 단테는 마음에 드는 듯 미소를 띠었다.

"계속해서 시 속에 소개된 줄거리도 소개해보게."

진수는 단테의 칭찬에 고무됐고, 더욱 자신감 있게 이야기하기 시작했다.

"인생의 여정에서 시인은 중도에 길을 잃죠. 잘못 접어든 암흑의 숲에서 벗어나려고 사력을 다하지만 밝게 빛나는 출구에서 음탕함과 욕심과 흉포함을 상징하는, 표범과 수사자와 이리를 마주하게 됩니다. 세 마리의 맹수가 목전에 다가오면서 시인의 목숨이 위태로워지죠. 이 절체절명의 순간 고대 로마의 대시인 베르길리우스가 돌연 나타나 시인을 위험에서 구출합니다. 베르길리우스는 베아트리체의 부탁으로 시인을 도우러 왔다고 말합니다. 이어서 그의 안내로 시인은 지옥과 연옥을 거치는 여정에 돌입합니다. 먼저 시인은 지옥으로 갑니다. 지옥은 윗부분은 좁고 아랫부분은 넓은 깔때기 모양으로 되어 있고, 전체 9층입니다. 1층은 변옥(수용소)으로 세례를 받지 않은 고대 이교도들을 심판하는 곳입니다. 나머지 8개 층은 색욕, 식욕, 탐욕, 분노, 이단, 폭력, 사기, 반역 등 죄업에 따라 분류되어 있고 생전 저지른 죄에 따라 죄인의 영혼이 보내져 그에 상응하는 참혹한 형벌을 받습니다. 시인은 이제 연옥으로 갑니다. 그곳은 죄를 정화시키는 곳이며 7층으로 이루어져 있습니다. 죄를 씻는 정죄산과 지상낙원까지 더하면 총 9층입니다. 연옥의 7개 층은 각각 인간의 죄에 따라 분류되어 있습니다. 오만,

질투, 분노, 태만, 탐욕, 식욕, 색욕 등 일곱 가지며 생전 저지른 죄과에 따르지만 죄의 정도와 영혼의 후회 정도에 따라 감형되기도 합니다. 범죄에 따라 각각 수련과 정화를 거친 뒤 천국으로 승천합니다. 지옥과 연옥을 모두 경험하고 나서 베르길리우스는 서서히 자취를 감추고, 베아트리체가 나타납니다. 그녀의 도움으로 시인은 죄를 깊이 뉘우치고 새로운 삶을 얻습니다. 더불어 그녀와 동행하며 천국으로 가죠. 천국은 9층으로 나뉘어 있는데 바로 월성천, 수성천, 금성천, 태양천, 화성천, 목성천, 토성천, 항성천, 수정천입니다. 이곳은 행복한 영혼들의 귀결점으로 도처에 사랑과 기쁨이 충만합니다. 시인은 삼위일체의 정수를 엿보고 싶었지만 반짝 빛나는 빛만 보았을 뿐 환상은 이내 사라지죠. 가장 행복한 순간에서 시는 멈춥니다."

진수는 단숨에 《신곡》의 줄거리 소개를 마쳤다. 집중해 듣고 있는 학생들의 모습에서 성공적인 설명이었다는 걸 알 수 있었다.

"오, 대단히 멋졌네. 동양의 격언이 제대로 맞는 것 같군. '겉모습으로 사람을 판단하면 안 된다.' 맞나?"

교실 안은 한바탕 웃음이 터졌다.

단테, 《신곡》에서 인간의 이상을 향한 여정을 그리다

"자, 방금 한 학생이 《신곡》의 줄거리를 전체적으로 설명했습니다. 이 이상 덧붙일 필요가 없네요. 이어서 사상적 측면을 중점으로 분석해볼까요? 《신곡》은 중세 특유의 몽환적 문학 형식을 차용했고 시 곳곳에 은유와 상징이 충만하게 자리 잡고 있습니다. 시 맨 앞부분에 등장하는 '암흑의 숲'은 인생에서의 잘못된 선택과 길을 상징하고, 시인이 가는 길을 막는 사자, 표범, 이리는 야심과 음탕과 탐욕을 대표하지요. 이것들은 인간이 광명의 길로 가는 데 문제가 되는 걸림돌입니다. 시인은 지옥과 연옥을 거쳐 마지막에 천국으로 들어가는 과정을 겪습니다. 이는 곧 완전무결함으로 도달하는 인간의 고통스러운 과정을 보여줍니다. 《신곡》은 매우 은유적이고 상징적일 뿐만 아니라 동시에 현실성과 의지가 선명하게 넘쳐흐릅니다. 단테라는 시인은 '강렬한 지향점'이 있는 사람이며, 평생을 정치와 민생에 관심을 둔 사람이라는 걸 알아야 합니다. 당시 동포가 전란과 내홍 속에서 고통받는 것을 수수방관할 수 없었습니다. 극악한 사회에 도움이 되길 바라며 그 사상을 투영한 거죠."

단테는 잠시 말을 멈추고 심각한 표정을 지었다.

"인간은 어떻게 해야만 잘못 든 길에서 벗어나고 고통에서 헤어날 수 있을까요? 《신곡》에는 인간의 탐색도 있고 답도 제시하고 있지요. 지옥의 고통, 연옥의 풍파, 천국의 완벽을 상세하게 묘사한 이유는 바로 '나쁜 자는 벌을 받고 선한 자는 복을 받는다'는 이치를 보여주기 위해서입니다. 또 험난한 단련의 과정을 거치고, 세속적 행위와 사상적 의미에서의 죄를 벗어내야 비로소 완전무결에 이를 수 있다는 점을 사람들에게 알려주려고 애썼습니다. 그럼 어떻게 하면 스스로 이를 수행할 수 있을까요? 이 문제에 대해서도 역시나 시 속에 답을 제시해놓았습니다. 베르길리우스는 이성과 철학을 상징합니다. 그는 단테를 지옥과 연옥을 거치도록 인도하지요. 이는 곧 인간이 철학적 지도를 받아 이성적 힘으로 죄를 인식하고 개과천선한다는 과정을 상징합니다. 베아트리체는 신앙과 신학의 상징으로, 베르길리우스의 바통을 넘겨받아 안내자가 됩니다. 단테가 천국의 길을 가도록 인도하는데, 이는 인간이 '신앙과 사랑'을 통해 최고의 진리와 완벽함으로 도달하는 과정을 인식하게 된다는 점을 상징하는 겁니다."

"단테 선생님, 선생님께서 말씀하신 신앙과 사랑이란 무엇입니까?"

질문을 한 학생은 성진이었다. 그는 평소 생각이 깊은 편이지만 더 기다리지 못하고 불쑥 질문을 했다.

"좋은 질문입니다. 곧바로 설명하려는 내용이었거든요. 앞서 언급한 신앙이란 알다시피 기독교의 신앙이고 '하느님의 사랑'에 대한 존경입니다. 더불어 사랑은 세속적인 사랑으로 아름다운 인간의 사랑을 의미하지요. 여러분은 이 둘이 서로 모순된다고 생각할 테지만 내가 보기엔 신앙과 사랑의 결합이야말로 인류가 완벽함으로 가는 데 가장 도움을 줄 수 있는 경로인 것 같습니다. 나는 기독교를 믿지만 지금껏 고행과 금욕을 주장한 적이 없어요. 다만 신의 사랑이 인간 세상의 희로애락과 서로 결합될 수 있기를 바랐을 뿐이지요. 그러면 비로소 인간은 생명의 정수를 제대로 확인할 수 있고 최종적 행복을 찾을 수 있을 테니까요."

《신곡》 속에 빛나는 시인의 지혜와 이상

"자, 설명할 내용은 거의 다 했습니다. 남은 시간은 이제 여러분의 적극적인 참여에 한번 맡겨볼까요?"

단테는 새로운 방법을 제안했다. 학생들이 끊임없이 말할 수 있게 '끝말 잇기'의 형식으로《신곡》에 대한 자신의 견해를 내놓도록 했다.

첫 번째로 발언한 사람은 역시 형민이었다. 형민은 지금까지 이런 순간을 놓친 적이 없었다.

"《신곡》은 총 세 번 읽어봤습니다. 읽을 때마다 새로운 구상과 몽환적인 필법에 놀라움을 금치 못했습니다. 구성이 치밀하고 지옥, 연옥, 천국마다 또렷한 특징이 잘 묘사되어 있습니다. 동시에 도덕적 의미도 깊이 내포되어 있고요. 각각의 단계를 묘사할 때 시인은 서로 다른 분위기를 드러냈습니다. 지옥은 죄를 징벌하는 단계로 을씨년스럽고 은밀하며 으스스합니다. 연옥은 회계와 희망의 단계로 비교적 평안하고 고요한 분위기를 띱니다. 그런가 하면 천국은 완전무결의 단계이기 때문에 눈부시고 아름답죠. 이토록 다양한 장소와 색감 있는 이미지는 시인의 정교하면서도 추상적인 철학과 신학의 관점을 더욱 효과적으로 표현해주었습니다. 동시에 진실성 있고 신기하면서 괴상하지 않으며 심오하고 섬세해 독자들이 직접 경험을 하는 듯한 느낌을 주었습니다."

단테가 고개를 끄덕이자 형민은 한층 의기양양해졌다. 그리고 자리에 앉기 전 일부러 성진을 지목해 다음으로 발언하게 했다. 충분히 도발적인 행동이었다. 사람들의 시선이 성진에게 향했다. 도전장을 받은 성진은 되레 태연했다. 이미 예상한 듯 느릿느릿 일어나 여느 때처럼 조금도 조급하지 않은 말투로 발표하기 시작했다.

"방금 형민이《신곡》의 구성과 기교에 대해 논했는데, 그렇다면 저는 여기에 나오는 인물에 대해 이야기해보겠습니다. 단테 선생님은 진정으로 대단한 '화가'이십니다. 단테 선생님의 붓끝에서 탄생한 인물들은 매우 다채롭고 생동감이 넘칩니다. 그야말로 인물들의 전람회라 할 만하죠. 서사시의 주인공, 즉 단테는 가장 섬세하고 입체적인 인물로 묘사되어 있습니다. 그의 간절히 탐색하는 품성과 풍부하고 복잡한 정신세계가 훌륭하게 이미지화되어 깊은 인상을 남깁니다. 이밖에도 시에 등장하는 두 주인공 베르길리우스와 베아트리체 역시 마찬가지로 생동감이 넘칩니다. 선도자의 이미지로 등장한 베르길리우스는 친절하고 자애롭죠. 연인 겸 '정신적 우상'의 이미지로 나온 베아트리체는 온유하고 위엄 있어 인물의 성격적 특성과 매우 부합합니다."

성진의 분석도 정밀했다. 또다시 형민이 이에 맞서며 발언할 생각이었지만 아쉽게도 기회를 얻지 못했다. 성진이 유나에게 발언권을 넘긴 것이다. 모두의 시선이 유나에게 쏟아졌다. 유나의 얼굴에 난처한 빛이 어렸다. 유나는 이 강의실에서 유일하게 《신곡》을 읽지 않은 사람이었다. 누군가 자신을 지목하리라고는 생각조차 못하고 있었다. 하지만 이미 활시위는 당겨졌고 그렇다고 주눅 드는 성격도 아니었다. 유나는 엉거주춤 몸을 일으켜 오늘 들은 수업 내용과 이곳으로 '넘어오기' 전 《고대 그리스 신화》에서 본 내용에 의지해 말하기 시작했다.

"저는 시를 사랑하는 사람이지만 사실대로 말하자면 단테 선생님의 《신곡》을 읽은 적이 없어요."

아까 유나가 손을 들지 않았단 사실을 모르는 사람들 사이에서 잠시 수군거리는 소리가 들렸다.

"하지만 기회를 주셨으니 《신곡》에 대한 개인적인 생각을 이야기해보려고 해요."

유나는 기어가는 목소리로 작정한 듯 말을 이어갔다.

"저는 단테 선생님의《신곡》을 읽어보지는 못했지만 선생님에 대해서는 어느 정도 알아요. 예전에 어떤 자료들을 보다가 선생님이 애국 시인임을 알게 됐어요. 깊은 정을 느꼈죠. 선생님은 사상적으로 시대를 초월했고, 가슴 가득 애국의 열정을 품고 있었습니다. 그런데 현실에서 이 사상과 열정을 표출할 수 없었기 때문에 그 우울감과 실현할 수 없는 이상적 포부를 시로 토해냈죠. 어두운 현실에서 길 잃은 시인은 시라는 형식으로 출구를 찾은 거죠. 위로는 천국, 아래로는 지옥. 앞길은 길고도 험했어요. 하지만 시종일관 발걸음을 늦추지 않고 탐색하고 투쟁했어요. 제 생각에 한 작품의 위대함은 외면에 보이는 데 있는 것이 아니라 그 안에 찬란하게 빛나는 시인의 인간성과 지혜에 있어요."

유나의 발언이 끝나자 단테는 나서서 박수를 쳤다. 이어서 교실 안에 박수가 울려 퍼졌다. 단테가 말했다.

"방금 여학생의 발언은 비록 앞의 두 학생만큼 전문적이지는 않았지만 진심이 우러났습니다. 한 구절 한 구절이 마음속을 파고드네요. 자, 결국엔 세 학생 모두《신곡》에 대해 잘 이해하고 있다는 것이겠죠. 천 년이 흐른 후에도 여전히 나를 알아주는 벗을 만나서 아주 큰 위로가 됐습니다. 오늘 수업은 여기까지 할까요? 또 기회가 있다면 만날 수 있겠지요."

단테는 자연스러운 발걸음으로 교실을 떠나갔다.

수업이 끝나는 종소리가 울리고, 잠깐의 행복도 끝이 났다. 유나는 어느덧 알 수 없는 힘에 의해 다시 현실로 돌아왔음을 깨달았다. 눈을 뜨고 싶지 않았다. 아름다운 꿈에서 좀 더 있고 싶었다. 어떤 일은 정상적인 경로에서 벗어나도록 운명 지어진 것 같고, 또 누군가는 사람의 기대와 다르게 흘러가는 운명인 것 같다.《신곡》에 대한 강의를 듣고 나서 유나는 희망 없는 세상에서 희미한 빛을 보았다. 몸은 잘못 든 길에 있지만 마음만은 더 이상 흐릿한 안갯속 같지 않았다.

보카치오 선생님, 《데카메론》은 금욕주의를 어떻게 풍자하나요?

▶▶ 보카치오가 대답해주는 '인간의 욕망' 이야기

금욕주의가 세계를 지배한다면 어떻게 될까요?

금욕주의는 인간의 천성인 사랑과 쾌락의 감정을 억누르는 사상이에요. 사람들은 그로 인해 고통스러울 거예요.

사랑과 쾌락만 좇으면 윤리가 훼손될 수 있어요. 욕망을 억제하고 도덕을 지켜야 해요.

인간의 욕망은 합리적이고, 사랑은 숭고한 거예요. 사상이 인간의 행복까지 속박해서는 안 된다고 생각해요.

───────── ▶▶ 생각해보기 ◀◀ ─────────

보카치오는 《데카메론》의 100가지 이야기를 통해
금욕주의에 어떤 경고를 하려고 했을까?

수요일 오후, 유나는 책상 앞에 앉아 수학 문제집에 어지러이 있는 수식들을 보면서 잔뜩 풀이 죽어 있었다. 이런 숫자들은 정말이지 몸에 있는 모든 낭만 세포들을 압살하는 것만 같았다.

'왜 이걸 공부해야 하지? 수학자나 과학자가 될 것도 아닌데. 하고 싶은 것만 공부하고, 하고 싶은 일을 꿈꿀 수는 없을까?'

수많은 질문들이 앞 다투어 튀어나와 폭발하기 시작했다. 유나는 자리에서 일어나 겉옷을 챙겨 입고 곧장 토끼굴 책방으로 갔다. 그리고 도착하자마자 《고대 그리스 신화》 1007쪽을 펼쳤다.

보카치오는 어떻게 르네상스의 선구자가 됐을까?

다시 신비한 강의실에 왔다. 유나는 익숙한 얼굴들을 보았다. 왠지 희열을 느꼈다. 이곳이야말로 자신이 가야 할 영혼의 종착역인 것 같았다. 수업은 이미 시작해 있었다. 강단에 선 선생님은 또 바뀌어 있었다.

"조반니 보카치오이고 이탈리아에서 왔습니다. 소개는 굳이 하지 않겠습니다. 나에 대해 생각보다 많은 분들이 알고 있더라고요."

보카치오는 시원시원하게 웃으며 말했다.

"후대 사람들이 평가하는 글을 봤습니다. '그는 인문주의 작가이고 이탈리아 르네상스의 선구자다.' 그런데 정작 '인문주의'와 '르네상스'에 대해서 나는 잘 알지 못해요. 설명해줄 학생이 있나요?"

이번에 손 든 사람은 적극적이던 형민 대신 주영이었다. 주영은 보카치오의 첫 질문에 자신만만하게 답했다.

"르네상스는 14세기 말 이탈리아의 각 도시에서 일어났고, 이후에 서유럽 각국으로 확산되어 16세기 유럽에 성행했던 문화 운동이에요. 이 시기에 도시경제가 번영하면서 자본주의가 싹을 틔우기 시작했죠. 당시 봉건사회의 정신적 지주였던 기독교의 교의에 대해 사람들이 회의를 품기 시작합니다. 많은 사람들이 다시 고대 그리스 로마 문화에 눈을 돌리기 시작했죠. 그리고 인문주의 정신이 알려진 겁니다."

주영은 말을 멈추고, 성진을 바라봤다. 주영과 눈빛을 주고받은 성진이 일어나 답을 이었다.

"당시 봉건통치 계급이 종교를 이용해 사람들을 억압했습니다. 사람은 합리적인 욕구가 억압되면 행복을 느낄 수가 없죠. 새로운 사상을 가진 일부 지식인들이 각성하기 시작했습니다. 그들은 신의 권위를 반대하고, 인간 본위의 가치와 존엄을 인정할 것을 주장하며, 개성의 해방을 주창했습니다. 인간이 현실 생활의 창조자이고 주인이라는 거죠."

"두 학생의 해석이 꽤 그럴듯하네요. 여러분의 어법에 따르자면 나는 한 치의 어김도 없는 인문주의 주창자입니다. 하지만 '이탈리아 르네상스의 선구자'라는 호칭은 좀 부끄럽네요."

학생들은 보카치오의 위대함을 익히 알고 있었다. 하지만 보카치오는 겸손했다.

"내가 있기 전에도 이탈리아에는 두 분의 위대한 시인이 있었습니다. 바로 단테와 페트라르카죠. 그분들의 위대한 사상과 걸작들은 이탈리아를 밝게 비춰주었습니다. 그분들이야말로 진정한 르네상스의 선구자였고요. 단테에 대해 더 설명하지는 않겠습니다. 바로 앞에서 '진선미'에 대해 열강을 했다고 들었거든요. 분명 엄청난 배움을 얻었을 겁니다. 그가 내 마음속에 자리한 위상은 말로 할 수 없을 정도로 중요합니다. 단테의《신곡》은 엄청난 감동과 영향을 주었어요. 다음으로, 또 다른 이탈리아 인문주의의 대표적 작가인 프란체스코 페트라르카에 대해 중점적으로 소개를 하겠습니다. 그의 명성은 단테만큼 높지 않지만 누구도 부인할 수 없는 '인문주의의 아버지'입니다. 페트라르카는 근대시의 창조자로, 14행 서정시집인《칸초니에레》는 그의 대표작이지요. 이 시집에서 페트라르카는 초기 인문주의자들이 보였던 새로운 시대정신을 지향하고, 교회와 거리를 두는 사상을 담아냈지요. 그밖에도 '사람의 사상'으로 신의 사상을 대체하자는 뜻을 과감히 개진했어요."

보카치오 작품 속 인문주의

"보카치오 선생님을 포함해 세 분을 유럽 르네상스 시기 이탈리아 문학의 3대 인물로 일컫습니다. 단테와 페트라르카에 대해서는 대략 알겠고, 이제 선생님에 대해서 소개해주세요."

보카치오가 겸손한 태도를 고수하자 형민이 더 이상 궁금증을 참지 못하고 질문했다.

"하하! 학생의 솔직함이 마음에 드는군요. 일부러 신비 전략을 쓰는 사람은 아닙니다. 그럼 지난 삶과 작품에 대한 이야기를 해볼까요? 나는 상인 집안에서 태어나 젊었을 때 아버지를 따라 장사를 배웠습니다. 별 소득은 없었지만 그 과정에서 시민과 상인의 삶이나 생각, 감정을 직접 체험했어요. 그 경험들이 이후 작품 활동에도 지대한 영향을 주었지요. 그리고 다행스럽게도 활동 무대를 궁정으로 옮겨 그곳에서 새로운 사상을 지닌 수많은 시인, 학자, 신학자, 법학자를 사귀었고 귀족 기사의 생활도 접했습니다. 이토록 풍부한 경험은 나의 시각을 넓혀주었고 고전문화와 문학에 깊은 흥미를 갖게 해주었죠. 일찌감치 고대 그리스 로마의 고전 명작들에 심취하기 시작했습니다. 호메로스의 작품을 번역했으며, 단테의 《신곡》을 연구했지요. 그들의 작품 속에 넘쳐흐르는 인문주의 사상으로부터 많은 영향을 받았습니다."

보카치오는 존경의 말투로 회상했다.

"젊은 시절의 창작은 사랑을 주제로 한 전기와 서사시들이었습니다. 전기소설 《필로콜로》는 첫 번째 작품이에요. 스페인 궁정을 배경으로 기독교를 신봉하는 젊은 부인과 청년 이교도의 사랑 이야기를 담았습니다. 중세 전설에서 소재를 찾았지요. 이 작품 속에서 나의 인문주의 사상이 조금씩 모습을 드러내기 시작했습니다. 이 작품은 《데카메론》을 창작할 때 소재를 제공하기도 했습니다. 그리고 두 편의 장편 서사시 《필로스트라토》와 《테세이데》는 각각《트로이 전기》와《아이네이스》에서 소재를 얻었습니다. 주제는 순결한 사랑과 고상한 우정을 찬미하고 삶의 아름다움과 쾌락을 찬미하는 데 있었습니다. 8행시의 시초였지요."

보카치오는 잠시 말을 멈추고 학생들을 둘러보았다.

"좀 전에 단테가 나의 우상이라고 말했습니다. 여기서 좀 더 보충해 단테가 내게 미친 영향을 이야기하려 합니다. 서정적 전기《아메토의 요정 이야기》는 형식면에서 단테의《신생》을 본받았지요. 산문을 연결해서 이루어진 3행연구의 시입니다. 장편 은유시《사랑의 환상》은 단테의《신곡》의 영향을 받았습니다. 역시 3행연구로 썼지요. 전기소설《피아메타에게 바치는 애가》역시 주목할 만한 작품입니다. 연인에게 버림받은 여자인 피아메타가 등장하는데 주인공 내면에 얽힌 사랑과 증오의 갈등을 세밀하게 묘사했지요. 후대 사람들은 이 작품을 일컬어 '유럽 최초의 심리소설'이라고 한다지요?"

보카치오는 자신의 작품을 빠르게 소개했다.

"여기까지 듣고 예리한 학생들은 내 작품 속에 수많은 공통점이 있다는 것을 알아챘을 겁니다. 맞습니다. 모두 사랑을 주제로 했습니다. 고대 그리스 로마의 신화와 시에서 대부분 소재를 얻었기 때문에 인간의 삶과 행복에 대한 갈망이 충만해 있지요. 일생을 통틀어 가장 중요한 작품인《데카메론》은 앞의 작품들을 저작한 경험이 축적되면서 완성됐습니다. 모두 인문주의 사상을 반영하고 있지요. 자, 단번에 많은 내용을 설명하니 듣기에 지루할 수도 있겠군요. 졸리지는 않은가요?"

보카치오는 웃으며 청중을 둘러보았다.

"선생님, 정말 흥미롭게 듣고 있습니다. 계속해서 좀 더 자세히 이야기해 주실 수 없나요?"

진수가 채근하는 아이처럼 질문했다.

"아닙니다. 설명은 이쯤해서 마치도록 하죠. 말하는 것이 쓰는 것보다 훨씬 피곤한 일인 것 같군요. 이제 여러분이 해보세요. 자유롭게 열린 강의를 해봅시다."

보카치오가 넉살맞게 말했다. 학생들은 서로 눈치를 보며 웅성거렸다.

보카치오, 사실주의 거작 《데카메론》으로 시대를 풍자하다

"선생님께서 말씀을 아끼시니 제가 대신하겠습니다."

역시 발언을 시작한 사람은 형민이었다.

"보카치오 선생님은 평생 다수의 저서를 남기셨습니다. 방금 언급하신 작품 이외에도 수많은 학술적 저서들이 있죠. 세계문학사와 문화사에서 정말 중요한 비중을 차지하는 작품들입니다. 신과 영웅의 기원을 서술한 논문 〈이교도 신들의 계보에 관하여〉의 경우 풍부한 사료를 포함하고 있습니다. 《단테의 생애》는 이탈리아에서 단테를 연구한 최초의 학술서죠. 그리고 다들 아시다시피 세계 문단을 뒤흔든 대작은 단연 《데카메론》입니다. 단테의 《신곡》과 비견해 인간을 위한 노래 '인곡人曲'이라 불리기도 하죠. 이탈리아 문학사상 최초의 사실주의 대작으로, 유럽의 문학 발전에 지대한 영향을 미쳤습니다. 보카치오 선생님, 혹시 이 작품에 대해 더 설명을 해주실 수 있나요?"

보카치오가 큰 소리로 웃음을 터뜨렸다.

"학생이 계속해보지 그러나. 내 생각에 자네가 나보다 훨씬 설명을 잘하
는 것 같네."

보카치오의 어조는 겸손한 데다 유머러스했다. 형민은 사양 없이 곧장
설명을 시작했다.

"보카치오 선생님의 대표작《데카메론》은 단편소설집입니다. 1348년 실
제 피렌체에 재난에 가까운 급성 전염병이 돌면서 시민들 절반이 사망했
고, 도시는 열 집에 아홉이 텅 빌 정도로 비참한 상황이었죠. 참혹하기 그지
없는 상황에서 선생님은 엄청난 심적 고통에 시달렸어요. 동시에 이 사건
은 선생님의 창작 영감에 불을 지폈습니다. 전염병이 모두 휩쓸고 지나간
뒤 선생님은 곧《데카메론》을 창작하기 시작했죠.《데카메론》은 당시의 현
실을 배경으로 합니다. 1348년 이탈리아 도시 전역에 전염병이 돌면서 10
명의 남녀가 시골의 별장에서 피난 생활을 하죠. 그들은 종일 휴식을 취하
고 연회를 즐기면서 매일 한 사람씩 하나의 이야기를 했습니다. 10일이 되
니 100가지 이야기가 만들어졌고, '10일간의 이야기'란 뜻으로 제목도 지
어진 겁니다.《데카메론》에 나온 짧은 이야기는 황당할 수 있지만 사실 꽤
그럴싸합니다. 보카치오 선생님은 자신의 인문주의 사상을 이 이야기들 속
에 주입시켜 현실 속에서 즐거움을 누리자고 주창합니다. 그리고 봉건제왕
의 잔학함, 교회의 죄악, 성직자와 수녀의 위선을 대담하게 비판하고 폭로
했습니다."

형민이 설명을 끝마치자 보카치오의 얼굴에는 만족스러운 미소가 피어

올랐다.

"아주 논리적이고 상세하군. 핵심을 정확히 파고들었네."

보카치오는 형민을 칭찬한 후 청중을 향해 말을 이었다.

《데카메론》은 언뜻 보기에 마음껏 즐기는 젊은이들의 방종을 적은 것 같지만, 사실 취지는 모두가 삶을 뜨겁게 사랑하라고 독려하는 내용입니다. 현실에서의 행복을 추구하자는 것이었지요. 재미있으면서도 황당한 100편의 이야기로 이탈리아 사회에 신랄한 풍자를 가했습니다."

보카치오의 눈빛은 사뭇 달라져 있었다.

"나는 《데카메론》을 통해 사회 각층의 이미지를 묘사했고 이탈리아 사회 속에 숨은 삶의 모습을 표현했지요. 교회의 부패와 성직자의 위선을 주로 폭로했습니다. 사람의 인성을 억압하는 사회와 신학에 예봉을 겨누었습니다. 먼저 쾌락과 사치, 사기와 약탈, 성직 매매와 이단 처형 등 악행을 일삼고 부패한 신부들에 대해 묘사했지요. 교회의 신성한 베일을 벗겨 당시 사람들이 타락과 부정을 바로 볼 수 있도록 했습니다. 더불어, 신부들의 위선과 간사함을 규탄했습니다. 그들은 늘 엄숙한 표정과 태도로 다른 사람들에게 금욕을 강요했지만 정작 본인들은 암암리에 부녀자들과 내통했지요. 한편으로 고리대금업자들을 비난하면서 사람들로부터 막대한 이익을 착취했기 때문에 죽으면 지옥에 갈 것이라며 엄포를 놓기도 했지요. 하지만 겁을 준 진짜 목적은 그 재물로 자신들의 주머니를 가득 채우려는 데 있었습니다."

보카치오가 꿈꾼 사랑과 행복

"겉과 다른 아름답지 못한 일들을 많이 들어서, 여기 있는 학생들도 혹시 삶에 대한 믿음을 잃어가는 느낌인가요? 이제부터는 재미있게 들을 수 있도록 화제를 돌릴까 합니다. 바로, 사랑입니다."

그러자 학생들의 눈이 빛났다.

"사랑은 내 작품 속 불변의 주제입니다.《데카메론》도 예외는 아니지요. 후대 사람들이 그 애정 묘사에 대해 상당히 질타한다고 들었습니다. 절제 없이 성욕을 탐닉하도록 부추겼다고 생각한 거지요. 그런데 사랑이 위험하고 부도덕한가요? 내 입장은 전혀 그렇지 않습니다. 모든 자연의 힘 중에서 사랑의 힘이야말로 그 어떤 것에도 예속되지 않으며 억누를 수 없는 무언가라고 믿습니다. 인생은 지독히도 짧고 허무합니다. 근데 희미한 천국의 행복을 추구하다니 너무 황당하지 않은가요? 사랑을 원하고 쾌락을 추구하는 건 인간의 천성이니 마땅히 격려되어야 합니다. 피와 살로 이루어진 사람으로서 우리는 사랑과 쾌락이 주는 행복을 누릴 권리가 있습니다. 그렇다면 사랑과 세상 사이에서 충돌이 발생했을 때 어떻게 해야 할까요? 모든 걸 외면하고 자신의 진심을 좇아야 할까요? 아니면 욕망을 억제해야 할까요?"

보카치오의 질문에 어느 누구도 나서지 않았다. 그의 이야기에 모두 진심을 다해 경청하고 있었다.

"나는 사랑이 모든 것의 우위에 서 있다고 생각합니다. 내 작품 속 주인공들은 사랑과 행복을 쟁취하는 과정에서 수많은 장애를 만났지요. 봉건계급의 관념, 돈, 권력, 그리고 자연이나 사람으로 인한 재앙 등 말입니다. 하지만 그들은 결국 난관에서 벗어나 행복한 삶으로 향했지요. 이런 과정을 통해 나는 사랑이란 인간 세상에서 가장 위대하고 가장 숭고한 감정이라는 점을 모두에게 알리고 싶었습니다. 사랑은 영감을 자극하고 마음을 깨끗이 씻겨주기에 우리는 마땅히 사랑을 적극적으로 좇아야 합니다. 쉽사리 현실과 타협해서는 안 되지요. 그런 면에서 경제적 조건에 따라 성립된 결혼은 결코 행복할 수 없습니다."

모두 고개를 끄덕였다. 어떤 학생은 감정이 격앙되어 박수를 치기도 했다. 그런데 갑자기 불협화음을 내듯 누군가 손을 들었다. 성진이었다.

"'인간의 욕망은 자연의 순리'라는 선생님의 관점에 대해 저는 부분적으로 인정합니다. 사랑을 좇고 현실의 쾌락을 추구하는 것이 아주 틀리지는 않으니까요. 그런데 선생님은 긍정적인 면만 과도하게 강조하고 부정적인 영향을 보지 못하신 것 같습니다. 사람의 욕망은 한도 끝도 없습니다. 도덕적 속박도 필요합니다. 만약 남녀 간의 사랑을 인생 최대의 행복과 쾌락이라고 간주한다면 자칫 향락주의에 빠져들 수 있습니다. 오히려 더 나빠지는 거죠. 결과적으로 저는 개인의 행복을 추구하기 위해 수단과 방법을 가리지 않는 데 찬성하지 않습니다. 사랑과 자유를 향한 사람들의 욕구에 합리적인 제한도 있어야 한다고 생각합니다. 큰 사랑, 박애야말로 인문주의의 핵심일 겁니다."

성진의 발언에 보카치오는 한동안 침묵하다가 입을 열었다.

"상당히 일리가 있네. 내 작품 속에 부족한 부분을 짚어주었어. 여기서 당시 시대 상황을 좀 더 설명해야겠구먼."

보카치오는 성진의 도발에도 침착하게 소신대로 이야기했다.

"작품이 창작될 당시 중세는 금욕주의가 팽배했습니다. 다소 과격하게 반대하는 경향이 있다는 점은 인정합니다. 시대적 한계죠. 나는 여러분이 《데카메론》을 읽을 때 비판하며 받아들이려는 태도를 갖췄으면 합니다. 정수는 받아들이고 가치 없는 것은 버리세요. 방종한 욕망이 초래하는 결과도 직시해야겠지요.《데카메론》에서 '긍정적 에너지'를 취했으면 합니다."

이 말을 끝으로 보카치오는 갑자기 모두와 작별을 하고 교실을 떠났다. 그의 재치와 겸손과 재능은 학생들의 마음을 온전히 사로잡았다.

종이 울리고 하나둘씩 자리를 떠났다. 텅 빈 공간에 유나만 덩그러니 남았다. 유나는 지금 여기가 어디인지, 꿈인지 현실인지 모호하게 느껴졌다. 그런데 그때 마음속에서 '자유를 원해! 행복을 원해!'라는 목소리가 들려왔다. 그 소리는 우렁차고 분명했으며 간절하고 확고했다.

'그래. 보카치오 선생님의 말씀이 맞아. 행복은 세상에 있고 현재에 있어. 이제 더는 다른 사람을 보며 살지 말자. 내 인생은 내가 만들어가는 거야.'

순간 유나의 눈이 뜨겁게 빛났다. 번민도 점점 사라져가고 있었다. 유나는 마음속에서 거대한 변화가 시작되고 있음을 느꼈다.

세르반테스 선생님,
《돈키호테》에 사람들은 왜 열광할까요?

▶▶ 세르반테스가 대답해주는 '숭고한 이상' 이야기

사람들은 왜 여전히
돈키호테에게 열광할까요?

돈키호테는 정의를 사랑하는, 용기 있는 사람이에요. 그의 도전은 황당하고 우습지만, 꿈과 이상을 실현하기 위해 나선 모험은 숭고하기 때문이죠. 여전히 그런 인물을 바라는 시대예요.

돈키호테는 그냥 미친 사람 같아요. 그의 무모한 행동들까지 이해할 수는 없어요. 작가가 일부러 희화화한 인물 아닐까요?

────── ▶▶ 생각해보기 ◀◀ ──────

세르반테스는 현실감 없는 《돈키호테》를 통해
우리에게 무엇을 말해주려고 했을까?

보카치오의 강의를 듣고 나서 유나는 새로운 꿈을 꾸기로 했다. 바로 시인이 되겠다는 결심이었다. 생애 첫 꿈이었다. 유나는 학교 공부를 뒤로하고 시 습작을 시작했다. 각종 공모전에 원고를 보냈다. 그러나 결과는 뻔했다. 몇 번 낙방하자 유나는 좌절했다. 한바탕 눈물을 쏟고 유나는 토끼굴 책방으로 왔다. 이제 '신비한 강의실'에 들어가는 방법은 익숙했다. 유나는 오늘 강의를 듣고 이런 마음을 위로받아야겠다고 생각했다.

돈키호테는 왜 살아 있는 인물처럼 느껴질까?

"안녕하십니까? 저는 세르반테스라고 합니다."

크고 마른 체형의 외국인이 자연스러운 걸음으로 강단에 올라 인사를 했다. 가능한 한 낮은 톤으로 이야기하고 있었지만 그의 등장은 학생들 사이에 일순간 동요를 일으켰다.

"정말 세르반테스인가요? 스페인의 세르반테스? 《돈키호테》를 쓴 그 세르반테스?"

유나는 자기도 모르게 소리쳤다. 이미 호메로스나 단테 같은 위대한 작가들을 만나기는 했지만 살아 있는 세르반테스가 눈앞에 서 있으니 가슴이 터질 것만 같이 흥분되었다. 매일 밤《돈키호테》를 품에 안고 잠을 청할 만큼 유나에게 세르반테스는 세대를 뛰어넘는 친구였다. 그의 소설은 늘 유나의 가슴을 두근거리게 했다.

"예, 맞습니다. 스페인의 세르반테스이고,《돈키호테》를 지은 세르반테스입니다."

세르반테스는 유나의 질문에 진지하게 답하며 따뜻한 미소를 보냈다.

"그러고 보니 갑자기 생각나네요. 사람들은 왜 나와 '그 녀석'을 싸잡아서 이야기할까요? 나는 엄연히 사람이고 그 녀석은 내 소설 속에 등장하는 허구적 인물인데, 무슨 이유로 나보다 더 유명해진 겁니까?"

세르반테스는 다소 격앙된 말투로 이야기했다. 하지만 문학가가 진지하면 진지할수록 다들 새어 나오는 웃음을 참기 힘들었다.

"웃지 마십시오, 학생들. 웃지 말란 말입니다. 나는 진지합니다. 상당히 오랫동안 고민해왔던 문제란 말입니다."

학생들은 그를 쳐다보며 계속 웃었다.

"됐습니다. 스스로 답을 찾는 게 낫겠어요. 그 녀석이 더 주목을 받기 전에 우선 나부터 소개해야겠군요."

세르반테스가 호기롭게 소리치면서 '자기소개'를 시작했다.

"나는 스페인 중부의 몰락한 귀족 집안에서 태어났습니다. 아버지는 생계를 위해 이곳저곳을 돌아다니는 외과 의사였죠. 나는 어려서부터 아버지와 함께 사방을 돌아다녔습니다. 궁핍한 생활 때문에 유년시절을 그렇게 떠돌면서 보냈죠. 23세가 되던 해, 나는 이탈리아로 가서 추기경 줄리오의 비서로 1년간 지냈습니다. 안정적이지 못한 상황으로 이탈리아 주재 에스파냐(스페인) 군대에 입대했죠. 그러나 그 유명한 레판토 해전에서 나는 중상을 입고 왼손을 사용하지 못하게 됐습니다. 그때부터 '레판토의 외팔이'라는 별명이 생겼습니다. 4년 동안 생사를 넘나드는 군대 생활을 하고, 마침내 귀향길에 올랐습니다. 하지만 누가 상상이나 했겠습니까? 귀국하던 도중, 터키 해적선과 부닥친 겁니다. 그러면서 또다시 험난한 세월을 보내게 됐죠. 우리는 알제리로 끌려가 5년 동안 노예 생활을 하면서 갖은 고생을 했습니다. 여러 차례 도망치려고 했지만 안타깝게도 한 번도 성공하지 못했죠. 결국 1580년이 되어서야 친척과 친구들이 돈을 보내줘서 풀려날 수 있었습니다. 본래 큰 어려움을 겪고 난 뒤에는 반드시 복이 찾아온다고 생각해왔습니다. 하지만 도리어 큰 고난이 나를 기다리고 있었죠. 나는 여전히 빈털터리였던 겁니다. 하하. 운명의 잔혹하고 무정함을 더 말해 무얼 하겠습니까?"

"선생님, '새옹지마'란 말이 있어요. 나쁜 일이 마냥 나쁜 것만은 아니에요. 경우에 따라서는 전화위복이 될 수 있거든요. 그러니 선생님, 너무 낙심하지 마세요!"

세르반테스의 여정을 듣다가 감정이 복받친 유나는 또다시 자기 생각을 입 밖으로 내고 말았다. 세르반테스는 목소리가 떨리는 유나를 따스한 눈빛으로 한번 보더니 다시 말을 이어갔다.

"맞습니다. 하느님은 한쪽 문을 닫으시면서 늘 다른 한쪽 창문을 열어두시죠. 만약 필리프 국왕이 나에게 직위로 후한 대우를 해줬다면, 만약 내가 병참장교와 세금징수관을 지내지 않았다면 나는 영영 농촌의 생활을 겪어

보지 못했을 겁니다. 만약 아무 이유 없이 찾아온 '감옥이라는 재난'을 겪어 보지 않았다면 나는 영영 하층민들의 고통을 체험할 수 없었을 겁니다. 이런 과정들이 없었다면 영원한 명작《돈키호테》역시 빛을 보지 못했겠죠. 이렇게 결론을 내리다 보니 더 이상 원망은 하지 않게 됐습니다."

"와, 선생님의 경험들은 돈키호테와 비교해도 전혀 손색이 없네요."

유나는 또 자기도 모르게 책상을 탁 치면서 말했다.

"하하. 공연히 입만 아프게 말했나 봅니다. 한참이나 설명했는데 여러분은 아직도 돈키호테를 잊지 못하고 있네요. 나보다 훨씬 매력적인 녀석인가 봅니다. 이제 이어지는 이야기는 그에게 양보해야겠군요. 그가 저질렀던 말썽에 대해서는 이미 지겹도록 이야기했으니 하지 않을게요."

세르반테스는 다시 썰렁한 농담을 던졌다. 유나는 살짝 얼굴을 붉히며 손을 들었다.

"저요! 제가 그다음부터 말할게요! 오죽하면 저희 집에 있는《돈키호테》는 하도 뒤적거려서 거의 너덜너덜하거든요."

주변 사람들이 쳐다보든 말든 아랑곳하지 않고 유나는 적극적인 태도를 보였다.

《돈키호테》, 미치광이 기사의 황당한 모험담

"돈키호테의 정식 이름은 '재기 발랄한 향사鄕士'라는 뜻의 돈키호테 데라 만차예요. 50살의 그는 지식이 해박하고 집안 사정이 풍족한 시골 귀족이었죠. 원래 유유자적하며 말년을 보낼 수 있었지만 그는 취한 듯 홀린 듯 기사소설에 푹 빠져 이성을 잃을 정도였어요. 하루 종일 머릿속에는 온통 모험하는 황당한 생각뿐이었죠. 돈키호테는 갈수록 책 속 협객 기사의 이야기가 진짜라는 착각에 휩싸입니다. 그래서 그는 정말 기사가 되기로 결심해요! 천하를 돌아다니면서 의협심을 발휘하고 의로운 일을 하며 거대한 업적을 세우기로 작정하죠. 그는 집안을 샅샅이 뒤져 선조의 유품 중 오래되어 낡고 녹슨 투구와 갑옷을 찾아내고는 마구간에서 비루먹은 말 한 필을 끌어내 로시난테라는 이름을 붙여줍니다. 그런 다음, 손에는 긴 창을 들고 로시난테와 함께 몰래 시골을 빠져나가죠. 그의 첫 번째 여정은 이렇게 서막을 올립니다.”

유나는 자신이 세르반테스가 된 것처럼 소개하고 있었다. 그리고 돈키호테라는 인물에 대한 자신의 생각도 밝혔다.

“돈키호테는 미쳤습니다. 사람들의 눈에 그는 미치광이였죠. 녹슨 쇠붙이를 걸치고 창 한 자루 든 채 말 한 필을 타고 고난과 가난에 빠진 사람들을 구한다며 목청 높여 떠들고 다녔어요. 사랑하는 이의 이름을 큰 소리로 부르면서 그녀를 위해 평생을 살겠다고도 하죠. 하지만 이보다 더 심했던 것은 그가 현실과 환상을 구분하지 못하고 풍차를 흉악한 거인으로 인식해 악전고투를 벌였다는 겁니다. 이 모든 행동들이 다른 사람들의 눈에 얼마나 어이없게 보였을까요? 그들은 돈키호테를 이해하지 못했고 그래서 그가 미쳤다고 말할 수밖에 없었죠.”

돈키호테를 ‘비호’하는 듯한 유나의 말에 형민이 얼른 나섰다.

“돈키호테는 본래 미친 사람입니다. 일반적인 수준을 넘어 기사소설에 지나치게 빠져든 겁니다. 그가 벌인 해프닝이 겨우 풍차를 거인으로 본 것 뿐이겠습니까? 그는 양떼를 군대라 여겼고, 투박한 시골 아가씨를 공주라 생각했고, 이발사의 놋쇠 대야를 전설적인 맘브리노의 황금투구로 착각했습니다. 좋은 마음에서 출발한 것일지라도 얼마나 황당한 일을 많이 했습니까? 기사소설이 아주 심각하게 사람을 망쳐놓았습니다."

"맞습니다. 돈키호테야말로 미친 사람이었죠. 그가 저지른 행동은 셀 수 없을 정도로 많아 아무 예나 들어도 모두 미치광이라고 말할 겁니다. 하지만 그가 '완전하게' 미친 사람이라고 말한다면 그건 또 틀린 말입니다. 왜냐하면 기사소설 속의 일들과 관련 짓지만 않는다면 그는 천문과 지리, 가정과 치국에 대해 날카로운 견해를 가지고 있는 사람이기 때문입니다. 모험과 실수를 거듭하며 황당한 사건들을 벌였지만 다 자신의 용기와 지혜에 의한 것이었습니다. 그리고 수많은 사람들을 위해 근심을 해소하고 난제를 풀었습니다. 이런 관점에서 보자면 돈키호테의 우스운 '발광'은 사실 꽤 감동적이기도 합니다."

이번에 발언한 사람은 성진이었다. 성진은 유나보다 먼저 기회를 잡아 형민의 관점에 반박했다. 학생들의 열렬한 논쟁을 듣던 세르반테스는 속으로 큰 기쁨을 느꼈다. 하지만 부러 대수롭지 않다는 듯 입을 뗐다.

"돈키호테라는 녀석이 도대체 미쳤는지 안 미쳤는지가 여러분과 무슨 상관이 있습니까? 하하. 아까 발언했던 여학생이 계속해서 그의 미친 행동에 대해 설명을 마쳐주겠습니까? 웃음거리가 될 만한 녀석의 행동은 그것만이 아니었을 텐데요?"

그러자 유나는 먼저 성진과 형민의 발언에 대한 자신의 생각을 밝혔다.

"다른 사람들이 어떻게 보든 돈키호테는 자신의 결단 속에서 즐거움을 느꼈죠. 그것이 진실이든 환상이든 자신의 논리 속에서 폭도들을 제거하고 선량한 백성을 평안하게 하려는 소임을 다한 진실한 기사였어요."

유나는 성진과 형민의 표정을 잠시 살피고 나서,《돈키호테》의 줄거리를 소개해갔다.

"첫 번째 여정은 생각지도 못한 상황에 맞닥뜨려 중도에 포기할 수밖에 없었어요. 돌아온 뒤 반성하면서 자신에게 조수가 필요하겠다고 생각하죠. 그는 이웃 농부인 산초 판사를 고용해 자신의 시종으로 삼았어요. 둘 중 하나는 말을 타고 하나는 당나귀를 타면서 웃을 수도, 울 수도 없는 모험을 함께 시작하게 되죠. 그들은 여인숙에서 소란을 피우고, 풍차와 대전을 벌이고, 수사를 강도로 착각하고, 양떼를 군대로 여기고, 죄 없는 시골 사람들을 적이나 마귀로 오인하고, 이발사의 놋쇠 그릇을 강탈해 투구로 삼아요. 한편으로는 공연히 형벌을 받고 있는 범죄자들을 석방하고, 젊은이들이 감정 문제를 해결할 수 있도록 돕죠. 결국 이 '주인과 시종'은 수많은 웃음거리를 만들고 또 수많은 감동적인 이야기를 남깁니다. 이상이 《돈키호테》의 첫 번째 여정이고, 두 번째 여정이 2부에서 진행돼요. 마찬가지로 위풍당당한 사건들을 남기죠. 용감하지만 시의에 맞지 않는 돈키호테 기사는 '흠뻑 얻어맞고 불운으로 곤두박질치고 도중에 고통을 겪은 뒤'에야 마침내 깨달아요. 그가 반평생 해왔던 생활이 그저 일장춘몽에 불과했다는 사실을요. 그래서 그는 죽기 직전에 자신의 인생 전반의 황당함에 대해 후회하고 뉘우칩니다. 그는 이렇게 말합니다. '기사소설은 이제 정말 증오한다'라고요. 자신의 외손녀에게도 '기사소설을 읽어본 적이 없는 사람에게 시집가라'고

신신당부하죠. 모든 걱정거리를 털어놓은 뒤 돈키호테는 편안하게 세상을 떠납니다."

유나는 줄거리를 장황하게 늘어놓지 않고 간결하게 설명했다. 짧게 줄여 이야기해도 이 장렬하고 웅장한 거작을 사람들이 충분히 느낄 수 있다고 생각했기 때문이다.

세르반테스, 《돈키호테》의 숭고한 이상을 말하다

"역시 학생은 돈키호테의 '충실한 팬'이군요. 그의 사소한 일까지도 손금 보듯 훤히 알고!"

분명 과찬이었는데 세르반테스의 입에서 들으니 다른 느낌이었다. 유나는 개의치 않았다.

"《돈키호테》 이야기를 듣고 우리는 그에 대해 훨씬 흥미를 느끼게 됐습니다. 선생님은 그 녀석과 친하니 이제 선생님의 개인적인 견해를 좀 말씀해주셨으면 좋겠습니다."

그때 진수가 세르반테스의 어투를 흉내 내며 익살맞게 말했다.

"좋습니다. 성의를 거절하긴 어렵지요. 그토록 많은 '미친 짓'을 들은 뒤에도 여러분은 여전히 그 녀석에 대한 흥미가 줄지 않았군요. 그렇다면 내키지는 않지만 여러분과 함께 나의 '오랜 친구'에 대해 이야기를 나눠보겠습니다."

세르반테스는 마침내 작품 설명을 시작했다.

《돈키호테》는 기사문학을 풍자한 작품으로, 이 책을 쓴 목적 역시 기사문학의 기반을 완벽히 무너뜨릴 생각에 있었죠. 그리고 아주 다행스럽게도 원래의 목적을 순탄히 이루었습니다.《돈키호테》가 출판되고 나서 기사소설이 정말 소리 없이 종적을 감추었으니까요. 그런데 이 작품은 내가 예상치 못한 파급력도 발휘했죠. 당초 상상하지 못했던 일이었습니다. 이 '미치광이'에게 그토록 열광할 것이라고 누가 짐작이나 했겠느냐 말입니다."

마지막 문장을 말하면서 세르반테스는 일부러 목소리를 높였다. 그의 얼굴에는 만족하는 빛이 드러났다.

"천 년이 지나도 시들지 않는 미치광이의 인기가 나로서는 정말 이해하기 힘들었습니다. 밤낮으로 골똘히 생각하다 마침내 그 비밀을 알아냈죠."

세르반테스는 계속해서 썰렁한 농담을 이어갔다.

"돈키호테가 물론 미치광이긴 하지만, 그는 수많은 모순과 복잡함이 농축된 미치광이입니다. 정신이 맑지 못하고 광기가 있으며 익살맞습니다. 또 숭고한 이상을 가졌고, 용감하며 두려움이 없습니다. 사실 그가 저지른 모든 황당한 행동의 이면에는 선량한 동기가 있습니다. 그가 풍차를 공격한 것은 악랄하기 그지없는 거대한 악귀를 깨끗이 해소하려는 데 있었습니다. 그가 형벌을 받고 있는 죄수를 석방한 것은 노역을 반대하고 사람에게 자유를 주기 위해서였습니다. 그는 정의를 옹호하고, 횡포한 자를 제거하고, 약한 자를 도와주는 것을 천직으로 삼았습니다. 불의를 보면 참지 못하고, 비겁하게 행동한 적이 없고, 정의 수호를 위해 헌신적으로 싸웠습니다. 이것이 돈키호테입니다. 이런 품성을 지닌 미치광이를 사람들은 어떻게 평가할까요? 가소로워할까요, 아니면 가여워할까요? 무시할까요, 아니면 존경할까요?"

세르반테스는 꽤 진지했다. 감정은 고조됐고 알 수 없는 뜨거운 눈물이 눈에 맺혀 있었다. 돈키호테라는 인물에 대해 그가 얼마나 깊은 정을 가지고 있는지 알 수 있었다.

"돈키호테는 인문주의의 화신입니다. 나는 그에게 수많은 이상을 주입했습니다. 물론 기사 제도와 기사 도덕에 대한 그의 요구는 우습고 황당합니다. 우매하기까지 하죠. 하지만 이상에 대한 지지, 자유에 대한 갈망, 억압이 없고 착취가 없는 아름다운 삶에 대한 염원은 사람들에게 감동과 감탄을 줍니다. 이상과 현실 간의 모순은 영원히 화합될 수 없다는 것이 아쉬울 뿐이죠. 역사는 뒷걸음치는 법이 없습니다. 시대착오적인 기사 정신으로 현실 세계에 이상주의를 구현하고자 했던 시도는 실패로 종결될 운명이었습니다. 그래서 황당하고도 우스운 익살극의 배후에는 돈키호테의 비극적 운명이 있는 겁니다."

세르반테스는 자못 비장한 어조로 말했다.

"자, 돈키호테에 대해 너무 많은 말을 늘어놓았군요. 그에 대해 언급할 때면 나는 이렇게 매번 추태를 부리게 됩니다. 이제 그의 좋은 협력자 산초 판사에 대해 이야기해봅시다. 이 '해학적 인물'에게 나는 마음속으로 큰 애정을 갖고 있습니다. 그가 등장할 때면 무척 즐겁습니다."

세르반테스는 다시 웃으며 강의했다.

"《돈키호테》를 읽어본 학생이라면 산초 판사가 이 소설의 또 다른 주인공임을 알 수 있을 겁니다. 그는 품팔이꾼입니다. 생계를 유지하기 힘들 정도로 가난했죠. 결국 돈키호테의 '권유'에 따라 협객의 여정에 오릅니다. 산초는 전형적인 스페인 농민의 특징이 배어 있었습니다. 작은 것에 욕심을 내고, 용기가 없고 겁이 많아 시시때때로 잇속을 따집니다. 편협하고 이기적이며 근시안적인 단면의 표상입니다. 하지만 동시에 성실하며 건강하고 낙관적이며 선량하고 지혜로우며 재치가 넘칩니다. 돈키호테 같은 허무맹랑한 꿈을 꾼 적이 없습니다. 목표가 정확하고 자신에게 무엇이 필요한지 잘 알고 있으며 자신의 권리를 알고 있습니다.”

세르반테스는 잠시 말을 멈췄다. 그리고 무슨 말을 할지 기대에 찬 눈빛으로 지켜보는 학생들을 확인하며 말을 이었다.

“돈키호테의 숭고한 이상이나 원대한 포부와 비교하자면, 산초는 다소 세속적입니다. 하지만 나는 그러한 세속을 경시하지는 않습니다. 이 세속은 돈키호테라는 이상주의자에게는 부족한 것이고, 그렇기에 돈키호테가 비극적 운명을 맞는 근본적 원인이기 때문입니다. 돈키호테는 공상적이고, 산초는 현실적입니다. 이는 곧 주인과 시종의 성격에 딱 맞는 선명한 대비를 이루고 있습니다. 돈키호테는 영원한 이상주의자입니다. 그는 자신의 기사 정신에 언제든지 헌신할 수 있습니다. 그러나 산초는 위험에 맞닥뜨리게 됐을 때 어떤 방법을 써서라도 목숨을 지키는 것이 그의 첫 번째 원칙입니다.”

“저는 산초가 싫어요. 산초는 이기적입니다. 어려움을 만날 때마다 늘 자기 목숨을 먼저 지키는 것만 생각하죠. 눈앞의 이익을 탐내고 멋대로 말하기 좋아해서 돈키호테의 얼굴에 먹칠을 하곤 했습니다.”

조용히 있던 주영이 결국 인내심에 바닥을 드러내며 입을 열었다.

“저는 도리어 산초가 사랑스러웠어요. 그는 재치 있는 재담가예요. 그가 나서기만 하면 대중들은 포복절도했습니다. 교활하고 눈앞의 이익을 탐하지만 원칙이 없는 사람은 아닙니다. 그는 총독 재임 기간에 안건을 심의하면서 자신의 지혜와 공평함을 멋지게 발휘했습니다."

유나가 얼른 반대 의견을 내놓았다.

"두 학생이 산초 판사가 지닌 성격의 단면을 분석했습니다. 거기에 더 평가하지는 않겠어요. 다만 어떠한 모습이든 모두 산초 판사라고 말해주고 싶군요."

세르반테스는 이어서 다시 말했다.

"돈키호테와 산초 판사 중 한 사람은 공상적이고 한 사람은 현실적이며, 한 사람은 우매하고 한 사람은 지혜롭습니다. 한 사람은 결코 현실적이지 않은 고상한 이상을 대표하고, 한 사람은 결코 완벽하지 않은 현실 세상을 대표합니다. 이 둘 사이에는 모순도 존재하지만 그 관계는 불가분합니다. 돈키호테가 꿈과 환상에 빠져 길을 헤매고 있을 때, 산초 판사는 현실적 감각으로 그를 일깨웠습니다. 반대로 산초 판사가 눈앞의 사소한 이익을 탐하고 향락에 빠져 있을 때, 돈키호테는 고상한 도덕심으로 그를 감화해주었습니다."

"선생님은 그렇다면 둘 중 어떤 사람에게 더 애정이 가나요?"

진수가 세르반테스에게 대담하게 물었다.

"내가 할 수 있는 말은 이 두 인물에 대해 각자 분명한 입장을 가지고 있다는 겁니다. 앞서 말했듯이 나의 인문주의 사상을 각자 주입시켰기 때문입니다. '세르반테스가 더 편애하는 한 명은 누구인가'라는 문제에 대해서는 과제로 남길 테니 강의가 모두 끝나면 스스로 생각해보십시오. 내 책 속에 이미 명확한 해답이 있습니다.”

세르반테스가 빙긋이 웃으며 대답해주었다.

《돈키호테》의 ‘불후의 매력’

“정말 많은 말을 쏟고 있는 것 같습니다. 평생 할 말을 다 하는 것 같아요. 이어진 시간에는 공평하게 여러분이 진행하도록 합시다. 자신이 느낀《돈키호테》에 대해 이야기해볼 학생이 있나요?”

갑자기 청중이 조용해졌다.

“음, 없습니까? 그렇다면 방금 나를 부추긴 학생이 먼저 말해볼까요?”

세르반테스가 진수의 발언을 유도했다. 진수는 조금 망설이다 말했다.

“모두 이 작품에 대해 아주 깊게 분석한 것 같습니다. 선생님께서 개인적인 생각을 말해보라고 하셨으니 문학적 관점에서 저의 느낌을 설명해보겠습니다.”

진수는 대범하게 운을 뗐다.

“《돈키호테》를 처음 읽었을 때 저는 그저 황당하다고만 생각했습니다. 그런데 다시 음미해보니 당시 현실에 대한 선생님의 깊은 고민을 느낄 수 있었습니다. 선생님은 ‘풍자’와 과장된 예술적 기법을 차용해 시대에 대한 견해를 충분히 전달했습니다. 이 작품은 현실적 묘사가 주인데, 선생님은 서사시와 같이 웅장한 규모로 독특하면서도 상호 연관된 사회적 장면을 섬세하게 그려냈습니다. 돈키호테와 산초 판사라는 두 주인공을 생동감 있고 현실감 넘치게 그린 것 외에도, 허구와 현실을 결합한 방식으로 직업과 성격이 다른 약 700명의 인물을 창조했습니다. 그들은 서로 다른 시각에서 시대와 현실을 반영하고 있죠. 그러면서 작품 전체를 생동감이 넘치도록 했습니다."

진수의 자신 있는 발언에 모두 집중했다.

"17세기에 처음 출간되어 현재에 이르기까지 수백 년 동안《돈키호테》의 매력은 퇴색하지 않았습니다. 그 이유는 무엇일까요? 저는 그 원인이 다음의 두 가지에 있다는 걸 발견했습니다. 첫 번째로, 세르반테스 선생님은《돈키호테》를 통해 영원히 풀지 못할 난제를 제기했습니다. 이상과 현실 사이의 모순이 바로 그것이죠. 이상과 현실은 어떤 시대, 어떤 사람이라도 직면할 수밖에 없는 문제입니다. 이는 국경과 시공을 넘고, 유행을 타지도 않습니다. 두 번째로 예술적 시각에서 봤을 때 선생님은《돈키호테》창작을 통해 현대소설의 기초를 마련했습니다. 진실과 상상, 진지함과 유머, 정확함과 과장, 이야기에 이야기를 덧씌우기, 작가가 소설 속으로 들어가 소설에 대해 이것저것 지적하기 등의 기법들은 바로《돈키호테》때부터 사용되기 시작했죠. 선생님은 현대소설의 창시자이고,《돈키호테》는 '문학의 전당'의 영원한 고전입니다. 작가와 작품 모두 불후의 매력을 뿜어내고 있습니다."

진수의 말이 끝나자 박수소리가 즉시 터져 나왔다. 진수의 발표에 보내는 찬사이기도 했고, 동시에 세르반테스와《돈키호테》에 보내는 헌사이기도 했다. 박수가 그치고 수업 끝을 알리는 종소리가 울렸다. 또 한 번의 훌륭한 문학 강의가 막을 내렸다. 학생들의 눈에는 너 나 할 것 없이 아쉬움이 어려 있었다. 작별의 인사를 채 하기도 전에, 모든 아름다운 순간이 눈앞에서 사라지고 말았다. 시간이 다 됐다. 꿈에서 깨야 한다.

유나는 또다시 혼자가 됐다. 토끼굴 책방은 늘 그랬던 것처럼 사람들의 발길이 뜸했다. 비록 적막 속에 있지만 유나의 뜨거운 피는 여전히 요동치고 있었다. 마음속의 의혹도 말끔히 사라졌다. 이제 유나는 '돈키호테'식 이상주의는 현실이라는 토양에서 생존하기 어려운 운명이라는 점을 알았다. 꿈을 실현하기 위해서는 현실로 복귀해야 했다. 유나는 창문 밖을 바라봤다. 이토록 실감나게 세상에 존재하고 있다는 느낌을 받은 건 처음이었다.

셰익스피어 선생님, 《햄릿》은 왜 사느냐 죽느냐로 고뇌하나요?

▶▶ 셰익스피어가 대답해주는 '인성의 각성' 이야기

여러분은 햄릿이 어떤 인물이라고 생각하나요?

햄릿은 끊임없이 자기 복수의 정당성을 의심한, 그저 유약한 인간이에요.

행동력이 부족했어요. 결국 복수도, 자신이 꿈꾼 개혁도 실행에 옮기지 못했죠.

인간 햄릿만 보자면 무엇보다 순수한 인물이었어요. 그렇기 때문에 가혹한 현실 앞에 무너질 수밖에 없었고, 복수라는 극단적 결단에도 나서지 못했다고 생각해요.

▶▶ 생각해보기 ◀◀

셰익스피어는 《햄릿》의 비극적 결말을 통해
무엇을 이야기하고 싶었을까?

4월 30일, 맑다. 유나는 다시 수학 문제집을 풀고 있었다. 머리가 지끈지끈했지만 문제집을 덮겠단 생각은 손톱만큼도 하지 않았다. 복잡한 수식 앞에서 현기증을 느낀다 해도 문제 풀이를 멈추지 않을 수 있을 것 같았다. '돈키호테'식 이상주의가 사라진 뒤 유나는 완벽하게 다른 사람으로 환골탈태했다.

'헛된 꿈은 꾸지 말아야지. 시인이 뭐 대수라고. 먼저 성적부터 올리고, 좋은 대학에나 가자.'

하루아침에 180도로 변한 모습을 보고 가장 신난 사람은 바로 엄마였다. 엄마는 유나가 다시금 공부에 흥미를 찾게 적극적으로 도왔고, 유나의 성적도 일취월장했다. 하지만 그거면 다 된 걸까?

종일 교과서, 문제집과 씨름하며 경쟁하는 친구들. 모두 등수가 공개될 때마다 몇 개의 얼굴로 변했다. 이 작은 교실 안에서 유나는 세상의 냉정함을 느꼈다. 이것이 결국 현실인가. 유나는 허무했다. 이렇게 끝까지 살아가야 한다면 차라리 죽는 편이 낫지 않을까 생각했다. 이전에는 아무리 낙담해도 '죽음'이라는 글자를 생각해본 적이 없었다. 그런데 정말 '심각한 상태'에 이른 것이다. 얼른 자구책을 찾아야 했다. 유나는 학교 수업이 없는 주말 오후, 갑자기 토끼굴 책방을 작정하고 찾아갔다.

세계적 대문호, 셰익스피어는 누구일까?

"유나야, 이제 왔구나. 한참 동안 못 봐서 다들 네 얘기 했었어."

막 강의실 입구에 도착하자마자 정미가 반갑게 다가와 유나의 손을 덥석 잡았다. 정미의 살뜰한 모습이 유나는 좀 서먹했다. 유나는 그저 어색하게 웃어주었다.

"오늘 강의할 선생님이 누군지 알아? 아마 넌 꿈에도 생각 못했던 분일 거야. 그분을 모르는 사람은 절대로 없거든. '세계적인 거성'이야. 맞혀봐."

유나는 지금 기분이 너무 안 좋은 상태라 생각하기도 귀찮았다. 그냥 무성의하게 고개만 절레절레 흔들었다. 하지만 정미는 유나에게 착 달라붙어 대답할 때까지 팔짱을 풀지 않았다. 정말이지 어찌 해볼 도리가 없었다. 그런데 그때 '세계적인 거성'이라는 선생님이 모습을 드러냈다.

"Good afternoon, everyone. I'm William Shakespeare. 아이고, 미안해요. '로마에 가면 로마의 법을 따르라'는 말을 잊었어요. 안녕하세요. 나는 영국에서 온 윌리엄 셰익스피어입니다."

셰익스피어가 소개를 마치자마자 교실은 흥분의 도가니가 됐다. '삶에 아무런 미련도 없던' 유나까지도 정신이 번쩍 들었다. 자기도 모르게 힘껏 정미의 팔을 흔들어댔다.

"우리의 만남은 인연이겠죠? 오늘 이곳에 와서 여러분을 만나니 아주 기쁘네요. 환호해주는 열정적인 학생들을 보니 더욱 기쁨이 커지는군요."

셰익스피어는 정중하고도 부드럽게 감사를 표했다.

"앞서 많은 문학가들이 강의하기 전에 자신이 살아온 길을 먼저 소개한 뒤 작품을 소개했다고 들었어요. 하지만 나는 오늘 관례를 깨려고 합니다. 나의 출신과 경력에 대해서는 이미 상당한 설이 돌고 있다고 들었어요. 어떤 건 황당무계하고 또 어떤 건 과대평가되어 있고 또 어떤 건 비방하는 부분도 있더군요. 다 괜찮습니다. 이 자리에서 다 바로잡을 생각은 없어요. 작가로서 가장 중요하다고 생각하는 건 언제나 작품이니까요."

셰익스피어는 곧장 주제로 들어갔다.

"한 작가의 창작에 영향을 미치는 요소는 사실 무궁무진하죠. 가령 크게는 시대적 배경이 있겠고 작게는 개인적인 삶의 경험이 그렇죠. 나의 창작 여정은 사상과 예술의 발전에 따라 3단계 시기로 나뉩니다."

속도감 있는 강의에 모두 자세를 바로하고 집중하기 시작했다.

"첫 번째 시기는 1590년부터 1600년까지로, 그때는 엘리자베스 여왕의 통치 후기입니다. 국내에서는 종교개혁, 피비린내 나는 입법, 농민 봉기 진압 등이 이뤄지면서 자본주의로 가기 위한 길이 열리고 있었죠. 하지만 이때의 영국은 기본적으로 아직 봉건사회여서 봉건세력이 아주 막강한 힘을 과시하고 있었어요. 여왕은 왕권을 비교적 성공적으로 운용해 봉건세력과 신흥 자본계급 사이의 균형을 유지하고 있었죠. 또 대외적으로 영국은 스페인의 무적함대를 무찌르고 자본계급의 민족적 자부심을 강화해주었답니다. 거대한 시대적 배경 속에서 나는 작품 세계를 낙관적인 태도로 발전시키려 했죠."

엘리자베스 여왕 시대의 영국 역사는 유나가 잘 알고 있는 대목이었다. 유나는 셰익스피어의 이야기에 더욱 귀를 기울였다.

"이런 시기에서 나온 나의 창작물은 주로 역사극, 희극, 시 등이 주를 이루었습니다. 9편의 역사극, 10편의 희극, 그리고 2편의 비극이 그것이었죠. 역사극은《헨리 6세》《리처드 3세》《리처드 2세》《헨리 4세》《헨리 5세》《존 왕》입니다. 13세기 초 영국 역사를 서술한《존 왕》을 제외하면 다른 8편은 내용면에서 서로 연결되죠. 나는 역사극을 통해 영국 역사 100여 년 동안의 혼란을 개괄했어요. 긍정적이면서도 부정적인 군주의 이미지를 만들어 냈죠. 그리고 봉건전제와 폭군의 폭정에 대해 비판하고 규탄했죠. 나는 중앙집권을 옹호했어요. 진보적인 군주 한 명이 개혁을 단행해 조화로운 사회관계가 수립되기를 바랐습니다. 역사극 외에도 이 시기의 주요 작품으로 10편의 희극이 있죠.《실수 연발》《말괄량이 길들이기》《베로나의 두 신사》《사랑의 헛수고》《한여름 밤의 꿈》《베니스의 상인》《윈저의 즐거운 아낙네들》《헛소동》《뜻대로 하세요》《십이야》가 그것입니다. 대개 사랑, 우정, 결혼을 주제로 개인의 해방을 주창하고 사랑이 모든 것을 이길 수 있다는 걸 널리 알리고 있죠."

한달음에 희극까지 소개한 후 셰익스피어는 물을 한 모금 마셨다.

"두 번째 시기는 1601년에서 1607년까지예요. 그때는 비극 위주였죠. 가장 유명한 4대 비극인《햄릿》《오셀로》《리어 왕》《맥베스》가 있습니다. 사상과 현실 인식의 깊이가 강화됐고 시대와 인물에 대한 사고도 깊어졌죠."

모두 다 아는 작품이 나오자 더욱 호기심을 가지기 시작했고, 열띤 분위기 속에서 강의는 계속됐다.

"1608년에서 1613년까지는 제 창작의 마지막 시기입니다. 정치적 암흑기로 현실과 이상의 격차가 갈수록 벌어지고 있었지요. 나는 힘겹게 출구를 모색했지만 성과를 얻지 못했고, 창작의 방향을 신화극으로 돌려야 했습니다. 주요 작품은 《페리클리즈》《심벨린》《겨울 이야기》《폭풍우》이지요. 이 작품들은 환상적인 성격을 띠지만, 낙관적인 정신은 충만합니다. 현실이 아무리 암담하더라도 인본주의에 대한 믿음은 흔들리지 않았기 때문이에요."

문단을 뒤흔든 셰익스피어의 4대 비극

"셰익스피어 선생님, 선생님은 평생 많은 작품을 쓰셨는데 그중 가장 만족스러운 작품은 무엇입니까?"

셰익스피어의 말이 끝나자 성미 급한 형민이 나서서 질문했다.

"다 내 자식 같죠. 심혈을 기울여 썼으니 사랑하지 않을 작품이 어디 있겠습니까. 하지만 굳이 편애하자면, 평생을 두고 가장 만족스러운 작품은 '4대 비극'입니다."

"모두 중요하고 권위가 있습니다. 저도 정말 좋아해요. 선생님, 이 작품들에 대해 우리에게 좀 설명해주실 수 있나요?"

정미가 간청하듯 말했다.

"좋습니다. 그럼 먼저 《오셀로》부터 시작하죠. 16세기 후반 이탈리아의 한 단편소설을 개작해 썼어요. 용감하고 성실한 장군 오셀로가 부관 이아고의 간계에 빠져 결백한 아내 데스데모나를 죽이고, 그 뒤 진상이 밝혀지면서 오셀로가 자살로 속죄하는 내용이에요. 본래 애정비극이지만 여기에 훨씬 깊은 의미를 부여해놓았지요. 오셀로는 정직하고 순진한 영웅이었고 그의 아내 데스데모나는 온유하며 지조가 곧은 사람이에요. 이 두 인물에 진선미의 아름다운 이상을 집약해놓았죠. 이들의 결혼은 가장 완벽한 결합이었어요. 하지만 안타깝게도 이아고라는 이기주의의 화신에 의해 모든 아름다움이 파괴되고 맙니다. 이아고는 자기 목적을 이루기 위해 모든 도덕적 예속도 아랑곳하지 않는 인물입니다. 오셀로의 약점을 정확히 파악하고, 성실한 사람으로 위장해 암암리에 헛소문을 내며 다른 사람을 중상모략하거나 시비를 조장하며 없는 사실을 날조하는 등의 수법을 써 무고한 사람을 모함합니다. 결국 목적을 달성하고 직접 오셀로 일가의 비극을 만들어내죠. 곧바로《리어 왕》을 설명할게요.”

셰익스피어는 청중을 둘러보며 계속 말했다.

“《리어 왕》은 5막으로 구성된 이야기입니다. 고대 브리튼 왕국의 리어 왕은 나이가 들자 국토를 세 딸에게 분배하려고 해요. 첫째 딸 거너릴과 둘째 딸 리건은 아버지에게 과장된 존경과 사랑을 표출해 국토를 얻죠. 셋째 딸 코델리아는 솔직하게 말하는 바람에 리어 왕의 분노를 사고 결국 국토도 얻지 못한 채 저 멀리 프랑스 국왕에게 시집을 가게 됩니다. 땅을 받은 두 딸은 이후 입장을 바꿔 아버지를 냉대합니다. 딸들의 배은망덕과 냉혹함에 리어 왕은 미쳐버리죠. 폭풍우 치는 밤에 그는 궁정을 뛰쳐나와 들판에서 무정한 비바람을 맞습니다. 이 일을 들은 셋째 딸 코델리아는 군사를 일으켜 토벌하러 나서지만 그녀와 리어 왕 모두 포로가 돼요. 그 후 코델리아는 교살되고 리어 왕 역시 비통함에 죽고 맙니다. 나는 리어 왕의 비극을 통해 진실과 사랑만이 행복으로 가는 유일한 지름길임을 모두가 명백히 알기를 바랐어요. 자, 다음《맥베스》로 넘어갈 텐데 혹시 나 대신 설명해줄 학생이 있나요?"

셰익스피어는 긴 내용을 쉴 새 없이 말하느라 힘이 달린 듯 말했다. 이때 형민이 자진해 설명을 이어나갔다.

"《맥베스》는 스코틀랜드의 역사에 근거해 집필한 비극입니다. 스코틀랜드의 대장 맥베스와 뱅코는 반란군을 토벌하고 귀환하던 중 세 명의 마녀를 만나죠. 마녀들은 맥베스가 스코틀랜드의 국왕이 되고 뱅코의 후대가 이을 것이라고 예언합니다. 마녀의 예언과 맥베스의 야심, 그리고 부인의 부추김으로 인해 맥베스는 자신의 요새에 손님으로 있던 스코틀랜드의 국왕 덩컨을 죽여 왕위에 오르게 되죠. 왕위를 공고히 하기 위해 그는 뱅코를 죽이지만 뱅코의 아들이 도망가고 말아요. 이윽고 뱅코의 영혼이 나타나고, 귀족들의 의혹에 시달리면서 불안에 떨게 되죠. 다시 마녀를 찾아가 도움을 요청하자 마녀는 귀족 맥더프를 주의하라고 해요. 그래서 맥더프를 죽이려고 시도하지만 맥더프도 도망가 버리자 맥베스는 맥더프의 부인과 아이를 죽이고 맙니다. 연달아 죄를 저지른 맥베스는 공포와 의심으로 매일 불안에 시달려요. 이후 맥베스의 부인은 미쳐버리고 맥베스도 맥더프와 덩컨의 아들에 의해 제거되죠."

형민은 이야기를 멈추고 주위를 둘러봤다. 그때 성진과 눈이 마주치자 형민은 조금의 망설임도 없이 말했다.

"제가 줄거리를 소개했으니 작품 분석은 성진에게 넘기겠습니다."

형민은 일종의 '도전장'을 냈다. 승부욕이 강한 성진은 형민의 정면 도전을 전혀 마다하지 않았다. 되레 자신만만한 미소를 띠면서 설명에 나섰다.

"《맥베스》는 현실 세상에 존재하는 '야심'의 부작용을 비판한 작품입니다. 인본주의자의 '인애'라는 원칙과 '양심'을 인정하면서 인애와 야심은 양립할 수 없음을 보여주었습니다. 인애는 사람의 '천성'이고, 잔혹함은 '인성'을 위반하는 것이죠. 맥베스와 그의 부인은 야심에 불타 수많은 악행을 저질렀습니다. 그들의 죄는 무거웠기 때문에 설령 세상 사람들의 처벌은 피할 수 있을지 몰라도 마음의 악몽에서는 벗어날 수가 없었습니다. 권력과 지위, 명예와 이익을 가졌지만 종일 절망과 고통에서 헤어날 수가 없었죠. 결국 비극으로 마감하고 맙니다. 《맥베스》는 과도한 야심과 욕망은 영원히 돌아올 수 없는 길로 치달을 수밖에 없다는 걸 깨닫게 해줍니다. 또 사람은 마음의 탐욕을 통제할 수 있어야 한다고 말하지요."

성진의 분석 역시 셰익스피어의 칭찬을 받았다. 이어진 작품은 4대 비극 중 단연 압권인 《햄릿》이었다.

셰익스피어, 《햄릿》을 통해 인간의 절망을 고뇌하다

"《햄릿》은 내게 가장 중요한 비극임에 틀림없어요. 이 작품 속에 나는 혼란스러운 사회현실에 대해 깊은 우려를 표명했고 이성, 질서, 새로운 도덕이념, 사회적 이상 등을 외쳤죠. 그러면서 아름다운 인성에 대한 염원과 갈망을 표출하고, 현실에서 욕망과 죄악에 의해 능욕당하는 인성에 대한 심각한 비판을 가했어요."

셰익스피어는 다소 격앙되어 있었다. 작품의 취지만 설명하니 학생들이 맥락을 따라가지 못했다. 셰익스피어는 이를 눈치 챈 듯 화제를 바꿨다.

"미안해요. 내가 마음이 급했나 봅니다. 다음부터는 표면적인 현상부터 다루고 본질로 들어가는 방향으로 하죠. 먼저 입담이 좋은 학생이 우리 모두에게 덴마크 왕자의 복수에 대한 이야기를 해주기로 합시다."

셰익스피어의 말이 끝나자 《햄릿》을 열독한 수많은 학생들이 너도나도 손을 들었다. 결국 가장 열정적으로 손을 들고 흔든 정미가 기회를 얻었다. 정미는 신이 나서 있는 힘껏 목청을 가다듬었다.

"덴마크 왕자 햄릿은 독일 인문주의의 중심인 비텐베르크 대학에서 공부를 하던 중 고향에서 국왕이 급사했다는 부고를 갑작스레 전달받아요. 햄릿은 비통한 심정을 안고 조국으로 향하죠. 하지만 부왕의 죽음은 비극의 서막일 뿐이었습니다. 더 엄청난 충격은 부왕이 죽은 뒤 두 달이 채 안 돼 어머니 거트루드가 죽은 선왕의 동생이자 새로운 국왕인 클로디우스와 결혼했다는 거였죠. 왕궁에서는 논쟁이 일어났어요. 일부 대신은 그녀가 경솔하고 매정하다며 비판했습니다. 그래서 가증스럽고 졸렬한 클로디우스에게 시집을 갔다고 말이죠. 누군가는 클로디우스가 왕의 자리를 빼앗고 형수에게 장가를 들기 위해 은밀히 음모를 꾸며 선왕을 살해했다고 했죠. 햄릿은 여러 가지 소문들에 의혹을 품기 시작해요. 진실은 도대체 무엇일까? 클로디우스는 선왕이 뱀에 물려 죽었다고 선포했지만, 예민한 햄릿은 의심했습니다. 클로디우스가 바로 그 뱀이 아닐까 하고 말이죠. 그리고 자신의 어머니도 그 살해 계획에 가담했을 거라고 추측합니다. 그러던 어느 날 햄릿의 친한 친구인 호레이쇼가 궁정의 경비인 마셀러스와 함께 한밤중 망령을 본 적이 있다고 말해주었죠. 그 생김새가 고인이 된 선왕과 똑같다고 말이에요. 칠흑 같은 수염에 간간히 은색이 섞여 있고 모두에게 너무도 익숙한 선왕의 투구와 갑옷을 입었다고요. 이 얘기를 들은 햄릿은 망령이 분명 아버지의 혼백이라 결정을 내립니다. 원혼이 떠나지 않고 남아 있는 것은 어떤 풀리지 않은 억울함이 있을 것이라 생각하죠. 햄릿은 망령과 만나보기로 작정하고, 달빛이 차갑고 별이 드문 밤에 높은 누대에 오릅니다. 기나긴 기다림 끝에 망령이 나타나요. 망령은 정말 햄릿의 아버지였죠. 그는 햄릿에게 클로디우스가 왕위를 찬탈하고 형수를 얻기 위해 자신을 살해했다고 알려줍니다. 햄릿은 눈물을 머금은 채 망령의 폭로를 다 듣고는 클로디우스를 반드시 죽이고 아버지를 위해 복수하겠다고 약속하죠. 이미 정신적 고통으로 힘들어하던 햄릿은 부왕의 망령이 비밀을 폭로하자 또다시 극도의 심리적 부담을 느끼게 돼요. 더 이상 햄릿은 행복하지 않았죠. 그는 영원히 돌아올 수 없는 복수의 길을 걷게 돼요. 우선 햄릿은 미친 척합니다. 미친 것처럼 가장해야 자신의 내면에 도사린 불안을 감출 수 있기 때문이었죠. 또 안정을 보장받으며 냉정한 시선으로 클로디우스를 관찰할 수 있고 기회를 잡아 복수할 수 있기 때문이었습니다. 모든 것이 순조로웠죠. 사람들은 햄릿이 아버지의 갑작스러운 죽음과 오필리어에 대한 사랑으로 미쳐버렸다고 생각했거든요. 클로디우스와 거트루드마저 아무런 의심을 하지 않았습니다. 복수의 기회가 목전까지 다가왔죠. 하지만 중요한 순간에 왕자 햄릿은 망설여요. 극도로 신중한 성격 때문에 차일피일 미루며 복수에 착수하지 못하죠. 심지어 회의를 품기도 시작해요. 진짜 명확한 근거를 잡을 때까지 기다렸다가 다시 착수하자고 말이죠."

정미는 잠시 헛기침을 한 후 계속해서 설명했다.

"햄릿은 진실을 찾아 나서기 시작합니다. 그는 연극을 꾸며 클로디우스가 정원에서 선왕을 살해하는 장면을 재현하게 하죠. 그리고 옆에서 클로디우스와 거트루드의 반응을 관찰해요. 역시나 클로디우스는 몸이 불편하다는 핑계를 대며 황급히 자리를 떴어요. 클로디우스의 반응으로 햄릿은 망령의 말이 결코 거짓이 아니었다고 판단하죠. 햄릿은 복수의 신념을 더욱 지독하게 다져요. 그런데 햄릿이 복수를 본격적으로 착수하지 않자 오히려 클로디우스가 강력한 선공을 날려요. 클로디우스는 거트루드를 보내 햄릿을 떠보게 하죠. 동시에 폴로니어스를 보내 암암리에 그를 감시합니다. 이때 여러 원인으로 일이 잘못되면서 햄릿은 실수로 폴로니어스를 죽이고 말아요. 그가 깊이 사랑하는 애인 오필리어의 아버지를 말이죠. 그러면서 햄릿이 그동안 미친 척했다는 것이 발각되고, 클로디우스는 각종 잔악한 수단을 동원해 햄릿을 사지로 몰아넣습니다. 잉글랜드 왕의 손으로 햄릿을 제거하게 하려고 그를 잉글랜드로 보내죠. 물론 중도에 음모를 알아차린 햄릿이 덴마크로 돌아옵니다. 한편 오필리어는 아버지가 사랑하는 사람에게 죽음을 당했다는 사실에 실성하고 자살합니다. 국왕은 이 기회를 틈타 폴로니어스의 아들 레어티즈를 부추겨 '검술 대결'이라는 명목으로 독이 묻은 칼을 건넵니다. 그리고 최후의 대결에서 햄릿, 클로디우스, 거트루드, 레어티즈는 모두 같이 죽고 맙니다."

정미는 긴 임무를 완벽히 완수했다. 격정적이고 변화무쌍한 어조로 줄거리를 설명해 강의실에 있는 학생들 모두 그 상황에 직접 있는 것 같은 느낌이 들 정도였다. 셰익스피어도 정미의 설명에 꽤 만족하며 박수를 쳤다. 정미는 얼굴에 기뻐하는 기색을 드러내면서 만족스럽게 자리에 앉았다.

"좋아요. 재미있는 이야기는 다 들었고 이제는 골똘히 생각을 좀 해봐야겠어요. 햄릿이라는 인물에 대해 분석해줄 학생이 있나요?"

좀 어려웠는지 모두 침묵을 지켰고, 이에 셰익스피어도 곤란한 일을 굳이 강요하지 않겠다는 듯 직접 설명하기 시작했다.

"햄릿은 내가 심혈을 기울여 만든 인물이에요. 이 하나에 나의 이상, 모순, 몸부림을 주입했지요. 즉 인문주의자의 모든 미덕, 결핍, 걱정이 총집결됐다고 할 수 있어요. 아버지의 죽음이라는 충격을 겪기 전에 햄릿은 쾌활한 왕자였어요. 그는 고귀하고 우아하며 용감하고 학식 있는 사람이었죠. 또 지위, 명예, 사랑, 화려한 미래가 보장된 인물이었죠. 그때의 그는 동화 속 주인공처럼 마음에 사랑과 희망이 충만했고, 세상과 인류에 대해 아름다운 환상을 가지고 있었죠. 하지만 이 모든 행복은 돌발적인 변고로 인해 산산이 파괴되었죠. 정신적 우상이었던 아버지가 돌연 사망하고, 작은아버지는 신속히 왕위를 찬탈하고, 어머니는 남편의 시신이 채 식기도 전에 재혼을 해버린 거죠. 이처럼 대비할 틈도 없이 받은 갑작스러운 충격은 햄릿의 이상적이고 원대한 계획을 철저히 좌절시켰습니다. '행복한 왕자'는 하루아침에 '우울한 왕자'가 되고 말았어요."

햄릿의 처지에 공감하듯 몇몇 사람이 무거운 탄성을 내뱉었다.

"고귀하고 화려한 외투를 벗으니 왕자도 그저 평범한 사람에 지나지 않았죠. 햄릿에게 가장 낙담과 절망을 안겨준 것은 바로 그의 앞에 놓인 완전히 발가벗겨진 현실이었습니다. 어머니는 더 이상 정결하지 않았고, 친구들은 더 이상 충성스럽지 않았으며, 애인은 더 이상 완벽하지 않았죠. 이전에는 그의 보물이고 신앙이던 모든 것들이 순식간에 무너져 내렸어요. 젊은 햄릿은 고통스러운 번민 속으로 점점 빠져들죠. 하지만 그가 안갯속에서 방황하고 있을 때 부왕의 망령이 그에게 '밝은 길'을 알려줍니다. 복수였죠. 복수의 신념은 햄릿이 무력한 현실 속에서 살기 위해 잡을 수 있는 한 가닥 지푸라기 같은 거였어요. 하지만 안타깝게도 그는 예민하고 결단력이 부족한 인물이었어요. 가슴 가득 뜨거운 피만 흐를 뿐 과감히 행동하는 힘은 부족했지요. 복수의 기회가 지척에 왔을 때 그는 차일피일 행동을 미루기도 했습니다. 여러분, 클로디우스 한 사람을 죽이는 건 쉬운 일일 수 있지만 과연 클라우디우스가 죽는다고 해서 세상이 깨끗하고 투명해질까요?"

셰익스피어의 갑작스러운 질문에 대부분의 학생들이 고개를 가로저었다. 셰익스피어는 다시 말을 이었다.

"세상은 거대한 감옥이고, 덴마크는 그중 최악의 한 칸이었죠. 사람을 절망케 하는 암흑의 현실을 햄릿은 자기 한 사람의 힘으로는 근본적으로 되돌릴 수 없음을 정확히 인식했죠. 복수를 하는 것은 쉬우나 그래봤자 정세를 바로잡는 일에는 수많은 난관이 존재한다는 것을요. 이것이야말로 햄릿을 우울과 고통으로 빠지게 만든 결정적 원인입니다."

셰익스피어가 말하는 햄릿의 고뇌에 학생들 모두 숙연해졌다.

'사느냐 죽느냐'라는 번민

"사느냐 죽느냐, 그것이 문제로다. 가혹한 운명의 화살을 맞고도 죽은 듯 참아야 하는가, 아니면 성난 파도처럼 밀려드는 재앙과 싸워 물리쳐야 하는가. 이 중 어느 편이 더욱 고귀하겠는가?"

유나가 갑자기 일어나《햄릿》중 가장 유명한 대사를 읊었다. 이로 인해 강의실 분위기가 조금 풀어졌다.

"그렇습니다. 햄릿은 분명 누구나 한 번쯤 고민해본 적이 있는 당혹스러운 문제를 안겨주었죠."

셰익스피어는 유나를 보고 미소를 지은 뒤 설명을 계속했다.

"어느 시대든 완벽한 이상과 무정한 현실 사이에 늘 격차가 존재합니다. 햄릿은 시대의 '선지자'였죠. 그는 현실 속에서 불공정과 불합리를 정확히 꿰뚫어봤고, 완벽한 이상과 선한 희망을 갖고 있었으며, 현실을 변화시키기를 갈망했죠. 하지만 정세를 역전시킬 역사적 조건과 단호한 행동력이 부족했어요. 결국 이 모든 것들은 그에게 거스를 수 없는 비극적 운명을 걸머지게 했죠. 자, 이번 강의에서 설명해야 할 내용은 이미 다 끝났군요. 남은 시간 동안 자유롭게 질문하세요."

유나는 셰익스피어를 바라보며 어색한 미소를 지었다.

"왜 그런가, 학생? 햄릿처럼 우물쭈물하는 게 꼭 할 말이 있는 것 같은데?"

셰익스피어는 유나의 복잡한 심경을 읽은 듯 인자하게 말했다. 유나는 수업 내내 가슴에 담아뒀던 질문을 풀었다.

"선생님께서 말씀하신 대로 시대를 막론하고 완벽한 이상과 무정한 현실 사이에 늘 격차가 존재했어요. 당시 햄릿은 깊은 수렁에 빠진 덴마크의 정세를 재정비하는 임무를 감당하지 못해 고통스러워했죠. 그렇다면 저는 어떨까요? 이렇게 행복하고 완벽한 사회에 살고 있고, 먹고 입는 일로 걱정할 필요 없고, 국가와 가정의 일로 고민하지도 않죠. 하지만 저는 어쩐지 즐겁지가 않아요. 제가 기쁘지 않은 것은 사람 사이의 냉혹한 경쟁과 서로에 대한 불신, 냉담을 견딜 수 없기 때문이죠. 요즘 같아선 회의가 듭니다. 사람과 사람 사이에 정감이 흐르는 아름다운 삶은 아예 존재하지 않는다고 생각해요. 세상이 너무 실망스럽습니다. 사느냐, 죽느냐? 어쩌면 저도 같은 고민하고 있는 거죠."

유나의 말을 듣고 학생들 모두 깊은 생각 속으로 빠져들었다. 유나 혼자만의 고민이 아닌 듯했다.

"그 문제는 인류의 영원한 고민이자 숙제인 것 같네요. 하지만 학생들, 햄릿의 비극적 결말에 오도되지는 마세요. 햄릿이 비극으로 치달은 이유는 당시 처한 환경과 스스로의 한계가 결정지은 겁니다. 방금 발언한 학생의 문제에 대해 나는 효과적인 해결법을 제시할 수 없어요. 다만 살든 죽든, 현실이 아름답든 잔혹하든 햄릿은 끝까지 탐색의 걸음을 멈춘 적이 없고 투쟁의 보검을 내려놓은 적이 없었음을 말해주고 싶군요."

셰익스피어의 마지막 메시지는 청중에게 오랫동안 울림이 되었다. 현실의 문제가 완벽히 해결된 건 아니지만 유나 역시 더 이상 이전처럼 마음이 무겁지만은 않았다. 어떻게 헤쳐가야 할지 답을 내릴 수 있었기 때문이다.

몰리에르 선생님,
《타르튀프》는 왜 위선적 인간이 되나요?

▶▶ 몰리에르가 대답해주는 '위선' 이야기

사람들은 위선자를
왜 바로 보지 못할까요?

위선자들의 위장은 완벽해요. 말과 행동이 겸손해 오히려 성인군자처럼
보이기도 하죠. 겉과 속이 달라 구분하기가 쉽지 않아요.

맞아요. 보이는 면만 봐서는 그 속을 알 수 없어요. 내 앞에선 착하지만,
내 뒤에선 욕한다고 생각하면 끔찍해요. 정말 위선자를 가려내는 방법은
없는 걸까요?

—————— ▶▶ 생각해보기 ◀◀ ——————

몰리에르는 신실한 척 모두를 속인
《타르튀프》를 통해 어떤 문제를 보여주고 싶었을까?

셰익스피어의 강의가 있고 나서 유나의 생각과 생활은 점차 제자리를 찾아가고 있었다. 유나는 자신의 시행착오를 인정했다. 감상에 치우쳐 시인이 되겠다고 한 것, 뚜렷한 계획 없이 무작정 학업을 중단하겠다고 한 건 헛된 꿈이었고 바보 같은 결정이었다. 조금 극단적이었고, 이상과 현실 사이에서 우여곡절을 겪을 수밖에 없었다. 그렇다고 원망만 하고 있을 순 없었다. 이번 일을 겪고 유나는 좀 성숙해졌다. 이상과 현실의 차이를 분명히 알아 더 이상 허무맹랑한 생각을 하지 않았고, 지금 자신이 처한 삶에 적극적으로 적응하려 했다.

생각을 바꾸면서 생활도 달라졌다. 은둔형 외톨이였던 유나는 이제 집에만 머무르지 않으려 애썼다. 유나는 '일단 사귀면 사람을 놀랍게 할 정도'로 활발한 아이가 됐다.

요즘 유나는 친구들을 사귀는 재미에 푹 빠졌다. 다른 사람을 알게 되고 또 다른 이야기를 듣고 다채로운 인생을 느낀다는 것이 참 괜찮은 일이라고 생각했다. 하지만 친구들과 한바탕 수다를 떨고 놀다가 헤어진 뒤에는 언제나 유나의 마음속에 말할 수 없는 허전함이 남았다. 오늘도 친구들을 만나고 나서 어김없이 유나는 또 혼자 토끼굴 책방으로 왔다.

몰리에르는 왜 17세기를 대표하는 극작가일까?

"안녕하십니까. 오늘 강의를 맡은 장 밥티스트 포클랭입니다."

유나가 막 강의실로 들어섰을 때 어깨까지 곱슬머리가 내려오는 멋진 문학가가 자기소개를 하고 있었다.

"장 밥티스트 포클랭? 누구지? 들어본 적이 없는데."

청중에서 웅성거리는 소리가 들려왔다. 어떤 대가인지 이런저런 의견을 내놓기도 했지만 정확히 아는 사람이 없었다. 선생님은 뜸을 들이며 말했다.

"내가 누구인지 다들 모르는 눈치인데 일단 퀴즈로 남겨두지요. 나의 '예술계 행적'부터 설명할게요. 들으면서 한번 맞혀보세요."

학생들은 호기심 어린 눈빛으로 문학가를 바라봤다.

"나는 파리의 부르주아 가정에서 태어났습니다. 아버지는 궁정 실내 장식가였고 집안이 경제적으로 부유했지요. 귀족의 자제들이 다니는 클레르몽 학원에서 정규교육을 받았고요. 중등교육을 이수하고 나서 오를레앙 대학에서 법학사 학위를 받게 됐어요. 그런데 어려서부터 희극에 유달리 관심이 있었기 때문에 다른 일에는 흥미가 없었죠. 1643년 갓 스물을 넘었을 때 나는 아버지의 반대에도 불구하고 희극 창작에 전념하기로 결심했습니다. 그 열정으로 베자르 남매 등 10여 명의 청년들과 '성명 극단(일뤼스트르 테아트르)'를 결성해 당시 파리에서 유행하는 비극을 공연했어요. 하지만 공연이 실패하면서 극단은 빚을 졌고 이로 인해 나는 감옥에 갔습니다. 이런저런 경험을 거친 뒤에도 나는 파리에서 이렇다 할 성과를 내지 못했습니다. 하지만 나의 예술에 대한 결심은 흔들리지 않았죠. 파리를 떠나 남프랑스에 가서 계속해서 꿈을 이루어나가기로 결심했어요."

문학가는 일부러 잠시 말을 멈춘 뒤 학생들의 얼굴을 살폈다. 그러나 아쉽게도 선생님이 누구인지 전혀 모르겠다는 표정이었다.

"1645년부터 12년을 떠돌았어요. 그 기간 동안의 고생이 나를 출중한 희극 작가로 단련시켜주었습니다. 게으름 피우지 않으며 노력했고, 한 발 한 발 꿈에 근접하고 있었죠. 1652년 나는 정식으로 극단의 책임자가 되어 극본을 창작하기 시작했어요. 1655년 시 형식의 희극인《경솔한 자》를 리옹에서 상연했고, 1656년 역시 시 형식의 희극인《사랑의 원한》을 베지에서 상연했죠. 이 작품들은 모두 대중적으로 어마어마한 성공을 거뒀어요. 우리 극단의 명성도 날로 커져갔죠. 1658년 루이 14세의 부름으로 우리 극단은 파리에 가서 공연을 올렸고 성황리에 마쳤습니다. 마침내 파리에서도 안정적인 기틀을 잡게 되죠."

"와, 선생님! 몰리에르셨군요! 17세기 프랑스의 가장 위대한 극작가 몰리에르요! 세상에! 장 밥티스트 포클랭이 선생님의 본명이었네요!"

누군가 흥분한 목소리로 소리쳤다.

"그렇습니다. 작품을 이야기하니 좀 아는 것 같군요. 간신히 체면이 좀 섰네요. 하하. 심혈을 기울인 자기소개는 이쯤 해야겠네요."

몰리에르는 그제야 긴장을 풀고 여유를 보였다.

"파리에 정착했다는 것은 희극 창작의 단계로 정식 진입했음을 의미합니다. 1658년에서 1664년까지는 내 창작의 초기입니다. 이 기간에 단막극《웃음거리 재녀들》, 사회문제 희극《남편들의 학교》《아내들의 학교》를 세상에 내놓으면서 좋은 반응을 끌어냈습니다. 1664년에서 1666년까지는 내 창작의 전성기였죠. 이때는 또 다른 새로운 단계로 진입했습니다. 풍속 희극과 성격희극의 결합을 시도해《강제결혼》《타르튀프》《동 쥐앙》《인간 혐오자》등 사상성과 예술성이 모두 높은 작품을 창작했죠. 1666년에서 1673년까지는 내 창작 인생의 후기입니다. 주요 작품으로《억지의사》《조르주 당댕》《수전노》《푸르소냐크 씨》《서민귀족》《스카펭의 간계》등이 있어요. 여기까지 꽤 평범한 여정이었고 사람들을 놀랠 만한 대단한 일이 있었던 것도 아니죠. 상관은 없어요. 아쉬움도 없고요. 작품에 다 남아 있으니까요."

교실 안에는 잠깐 정적이 흐른 뒤 곧 우레와 같은 박수소리가 터져 나왔다.

《웃음거리 재녀들》에서 《동 쥐앙》까지

"중국 고사에 '포전인옥抛磚引玉'이라는 말이 있습니다. '벽돌을 버리고 옥을 얻는다'는 말로 훌륭한 작품을 이끌어내기 위해 미숙한 작품을 내놓다는 뜻이죠. 그래서 '핵심'을 먼저 등장시키기 전에 다른 작품들부터 감상해볼까 합니다.《타르튀프》외에 혹시 관심 있는 작품이 있습니까?"

"몰리에르 선생님, 그럼《웃음거리 재녀들》을 설명해주시겠습니까? 파리로 돌아오셨을 때의 첫 번째 극본이었죠. 상연되자마자 파리의 상류사회에 엄청난 파란을 일으키기도 했고요. 풍자극이라고 알고 있는데 선생님께 직접 들어보고 싶습니다."

형민이 나서서 자신의 의견을 말했다.

"저는 《아내들의 학교》에 대해 더 듣고 싶습니다. 문학사적으로 선생님의 창작이 새로운 단계로 진입했음을 알려주는 획기적인 작품이잖아요. 당시의 윤리 교육에 대한 위선을 파헤친 내용 때문에 한때 상연 금지 조치를 받기도 했다고 들었어요. 아주 흥미로울 것 같습니다."

형민과 항상 경쟁하는 성진이 다른 의견을 제시했다.

"저는 무엇보다 《동 쥐앙》을 듣고 싶어요. 아름답고 고상하지만 방탕하며 종교와 신을 믿지 않는 플레이보이가 등장하죠. 그는 모든 것을 하찮게 대하고 사랑을 조롱하는 염치없는 사람입니다. 또 봉건적 예법을 절대 거부한 시대의 선각자예요. 양면적으로 표현된 인물은 수많은 세월이 지나도 매력이 감퇴하지 않아요. 저는 이 작품을 읽고 또 읽었거든요. 그만 읽으려 해도 손에서 놓을 수가 없었죠."

이번에 발언한 학생은 주영이었다. 강의실 안 모든 여학생들의 마음을 대변하고 있었다.

"좋아요. 총 세 작품이 나왔군요. 여러분을 만족시킬 설명을 하나하나 해 보겠습니다."

몰리에르는 목청을 가다듬고 다시 강의했다.

"앞서 학생이 말한 것처럼 《웃음거리 재녀들》은 내가 파리로 돌아온 뒤 창작한 첫 번째 작품입니다. 희극 속에서 나는 프랑스 봉건사회의 생활과 소위 '우아함'을 자처하는 귀족의 살롱을 비웃었지요. 또한 자연을 왜곡하고 이성을 위반하는 현실을 폭로했습니다. 스스로 고상하고 멋있다고 자처하는 귀족 남녀들에게 신랄한 풍자를 던진 거죠."

작품을 설명하는 몰리에르의 목소리는 점점 커지고 있었다.

"또 다른 학생의 말처럼 《남편들의 학교》와 《아내들의 학교》를 필두로 나의 창작은 연애희극에서 풍속희극이라는 새로운 단계로 전환됐어요. 이 두 작품 속에서 사랑, 결혼, 교육 등 기타 사회문제에 대한 인문주의 관점을 펼쳐놓았죠. 자연히 상류사회에 대한 차가운 조소와 신랄한 풍자, 예리한 비판이 많았습니다. 이 작품이 모습을 드러내자 다시 한 번 엄청난 파란이 일었죠. 살롱의 인물들이 나의 극본이 경망스럽고 음란하며 종교를 모독한다고 했어요. 나는 그들의 의견에 반박하기 위해 비평희극인 《아내들의 학교 비판》과 《베르사유 즉흥곡》을 연달아 썼습니다. 일종의 '전투적인 격문'이었죠. 나는 모두에게 말하고 싶었습니다. 나의 희극은 무대 아래 앉아 이러쿵저러쿵 무책임하게 떠들어대는 귀족 관중을 위해서가 아니라 대다수의 평범한 대중들을 위한 것이라는 사실을요. 나는 문학 장르에 등급을 나누는 것을 반대합니다. 희극의 위상은 비극보다 저열하지 않습니다. 때론 사람을 웃게 하는 것이 울게 하는 것보다 훨씬 어렵습니다. 마찬가지로 시인과 작가의 재능과 작품을 구속하는 데 반대합니다. 극본의 좋고 나쁨은 규율에 복종하는지의 여부에 달려 있지 않다고 생각해요. 작품에서 가장 중요한 건, 관중에게 감동을 주고 즐거움을 주느냐에 있다고 생각해요."

몰리에르는 단호하게 말했다.

"권위에 도전하는 선생님의 용기가 정말 존경스러워요!"

유나가 극찬하자 몰리에르는 미소를 띠었다.

"이어서 《동 쥐앙》을 설명할게요. 나의 두 번째 풍자희극이죠. 17세기 프랑스에 널리 성행했던 스페인의 이야기에서 소재를 얻었어요. 동 쥐앙은 양면성을 지닌 치명적 매력의 악한이죠. 그는 봉건사회가 만들어낸 가장 전형적이고 뻔뻔한 난봉꾼이면서, 또 아름답고 똑똑하고 용감하고 우아한 사람이었어요. 이는 '빛 좋은 개살구' 같은 귀족 계층에 대한 힘 있는 풍자였죠."

"《동 쥐앙》이 또 상영 금지된 건 말할 필요도 없겠네요!"

진수가 갑자기 말을 끼어들었다.

"그렇죠. 《동 쥐앙》은 15회 공연을 마치고 금지 조치를 받았어요. 사실 나는 예상하고 있었습니다. 형식면이든 내용면이든 그 공연은 그들의 요구에 전혀 부합되지 않았거든요. 당시 고전주의 희극은 모두 '3일치의 법칙', 즉 행위·시간·장소가 단일해야 한다는 프랑스 고전주의 연극의 기본 법칙에 따라 창작해야 했죠. 그런데 《동 쥐앙》은 그중 어느 하나도 따르지 않았으니 그 완고한 '아카데미즘'의 분노를 사지 않을 수 있었겠어요? 뭐, 개인적으로는 획기적이고 대담한 혁신이 꽤 만족스러웠지만요."

몰리에르의 얼굴에는 자신만만한 미소가 어렸다.

몰리에르, 《타르튀프》를 통해 위선을 폭로하다

"자, 이제 본격적으로 《타르튀프》의 장을 열도록 하자고요. 앞서 말했던 옥폰은 이 작품이니까요. 《타르튀프》는 사기꾼 타르튀프가 상인 오르공 일가로 섞여 들어 그 아내를 유혹하고 가산을 갈취하려다 결국 진실이 폭로되면서 감옥에 들어가는 내용입니다. 혹시 이 작품의 줄거리를 상세하게 설명해줄 학생이 있나요?"

몰리에르의 질문을 듣고 제일 먼저 일어선 학생은 성진이었다. 이번에는 형민에게 기회를 뺏기지 않았다.

"파리에 살고 있던 거상 오르공은 경건한 천주교 신자로, 국왕을 보좌한 적이 있어 사람들의 존경을 받는 인물입니다. 오르공은 성당에 갈 때면 늘 무릎을 꿇고 온 마음을 기울여 기도하는 신사 한 명을 보게 됩니다. 오르공은 무척이나 경건한 그 모습에 관심을 갖게 됐고, 그가 '타르튀프'라는 이름으로 불리며 원래는 부유한 귀족이었는데 하느님을 섬기는 바람에 자산을 신경 쓰지 못해 결국 가난해지고 말았다는 사실을 알게 됩니다. 그 뒤 오르공은 타르튀프를 경제적으로 돕고 싶어 하지만 타르튀프는 절대 받지 않겠다면서 차라리 그 돈을 다른 사람에게 주자고 합니다. 오르공은 더 큰 감동을 받았고, 두 사람은 점차 친밀해집니다. 둘의 관계는 갈수록 돈독해졌고 오르공은 타르튀프를 집으로 초대하죠. 오르공은 그를 극진하게 대접하며 그를 가장 친밀한 친구이자 성인같이 여깁니다. 오르공의 어머니인 파르넬 부인은 한 술 더 떠 아예 그를 세상 최고의 인간으로 간주하죠. 오르공 일가의 애정 어린 환대에 타르튀프는 감격한 모습을 내비치며 늘 경건한 태도를 취했어요. 아주 사소한 행동도 죄라고 여기고 책임지려고 했죠. 그의 이런 모습에 오르공과 파르넬 부인은 더욱 호감을 갖습니다. 그러나 타르튀프는 사실 위선적인 사람이었습니다. 오르공의 젊고 아름다운 후처 엘미르를 보자 추악한 본성을 완전히 드러냅니다. 그는 겁도 없이 엘미르를 탐하면서, 동시에 오르공의 딸 마리안느와 결혼해 재산을 승계하려고 하죠. 오르공의 아들 다미스는 아버지의 면전에서 타르튀프의 염치없는 행위를 폭로하지만, 되레 집에서 쫓겨나고 말아요. 자신의 죄가 곧 탄로 나리라 예감한 타르튀프는 이제 그만 오르공의 집에서 떠나기로 결심했다고 말하죠. 타르튀프에 대한 믿음이 두터웠던 오르공은 미안함을 느끼고 갑자기 재산을 전부 그에게 주겠다고 선언합니다. 마침내 목적을 달성했다고 여긴 타르튀프는 자신의 처지를 망각한 채 엘미르에게 치근덕거립니다. 엘미르는 남편이 타르튀프의 진면목을 바로 볼 수 있도록 거짓으로 타르튀프에게 밀회를 약속합니다. 오르공은 둘의 만남을 몰래 지켜보다가 타르튀프가 '오르공은 내가 하는 대로 끌려가는 사람일 뿐이에요'라고 말하는 소리를 듣고 비로소 모든 걸 알아채요. 분노를 참지 못한 오르공은 타르튀프에게 욕을 퍼붓고 집에서 내쫓죠. 이제 모두 끝났다고 생각했는데 이튿날 아침 정부의 관리들이 오르공의 집에 들이닥칩니다. 그리고 '타르튀프의 집'을 내놓으라고 하죠. 비로소 오르공은 깨닫습니다. 이전에 자신이 이미 전 재산을 타르튀프의 명의로 해놓았다는 사실을 말이죠. 타르튀프의 계략이 실현되려는 순간, 국왕은 예리한 시선으로 진상을 파악하고 재산을 오르공의 소유로 다시 귀속시키라는 명령을 합니다. 극은 이렇게 대단원의 막을 내립니다."

성진의 청산유수 같은 입담에 모두 이야기 속으로 빠져들고 있었다.

《타르튀프》와 금욕주의의 희생양

"자, 이제 학생의 발언으로 《타르튀프》의 내용을 기본적으로 알게 됐을 것이라 생각합니다. 그 줄거리와 결부해 극의 문학적 의미를 분석해볼까

해요. 먼저 내가 살던 시대의 사회적 배경을 설명할게요. 그때 프랑스는 전제정치가 행해지고 있었고, 종교는 부패되어 가고 있었어요. 타르튀프는 당시 종교의 부패와 종교 신도들의 위선을 보여주는 전형적인 인물이에요. 작품 속 그의 얼굴이 바로 현실에 있는 위선적 신자들의 진정한 얼굴인 거죠.《타르튀프》는 신성한 종교에 대한 믿음이라는 외투를 걸치고 있지만, 그 속은 교활하며 악랄하고 온갖 못된 짓을 저지르는 탐욕과 위선으로 가득 찬 신자들에 대한 대담한 폭로이자 신랄한 풍자입니다. 그런데 인성을 파헤쳐보면 또 다른 의미를 찾을 수 있어요.”

몰리에르는 주변을 한번 둘러보고는 다들 경청하고 있는지 살피고 이내 만족스러워했다. 그때 진수가 일어나 말했다.

“타르튀프는 분명 위선자예요. 처음엔 욕심이 없는 척하면서 종교에 헌신하는 태도를 보였죠. 하지만 돈과 여색에 대한 욕망을 억제하지 못했어요. 사실 쾌락을 추구하고 사랑과 행복을 좇는 것은 인간의 본성이에요. 타르튀프도 인간이기에 피할 수 없는 것이었죠. 타르튀프가 이렇게 뻔뻔하고 부끄러움이 없는 위선자가 된 근본적인 이유는 따로 있습니다. 바로 종교적 윤리관 때문입니다. 당시 종교는 욕망을 억제해야 죄를 짓지 않는다는 금욕주의를 강조했습니다. 하지만 과도한 억제와 금욕은 정반대의 결과를 낳았고 인성의 왜곡을 초래했죠. 이런 극단적 금욕주의에서 발생한 희생양이 타르튀프예요. 그가 저지른 잘못은 세속화되고 관료화된 종교가 저지른 잘못과 같아요. 이런 속담이 있죠. ‘완벽한 순금이 없듯이 완전무결한 사람도 없다.’ 사람은 누구나 약점이 있어요. 이건 절대 부끄러운 게 아니죠. 당당히 자신의 약점을 직시해야 그 결점을 고칠 수 있어요. 늘 ‘완벽주의’만

고집하는 사람들이 더욱 무서운 법이죠. 자기 약점을 바로 보는 걸 원치 않는 사람들은 오히려 죄악의 심연으로 빠지기 쉽습니다."

진수가 소감을 덧붙였다.

"정확합니다. 타르튀프라는 인물을 현실과 결합시켜 인간의 인성을 깊이 있게 파헤쳤네요. 본받을 만한 분석 방법입니다. 좋습니다. 강의는 이제 거의 다 마친 것 같네요. 오늘 여러분과 내 작품에 대해 이야기할 수 있어서 행복했어요. 또 여러분처럼 생각이 있는 젊은이들과 소통할 수 있어서 내게도 큰 이득이었습니다. 기회가 있다면 다시 만나길 바랍니다."

말을 마친 몰리에르는 성큼성큼 강의실을 나섰다. 또 한 번의 강의가 끝났다. 유나는 아쉬웠다. 오늘도 '신비한 강의실'에서 깨달음을 얻었다. 이전의 유나는 누군가 대범한 행동을 하거나 고상한 말투를 쓰면 그 사람을 순간적으로 높이 평가하곤 했다. 이제는 그런 겉모습에 무조건 속지 않으리라 생각했다. 그리고 몰리에르의 강의를 들은 데 대해 안도했다. 만약 몰랐다면 여전히 유나는 '다른 사람이 시키는 대로 끌려가는 사람'이 되었을 거라 생각했다.

루소 선생님,《신 엘로이즈》가 선택한 사랑은 무엇인가요?

▶▶ 루소가 대답해주는 '자연스러운 사랑' 이야기

여러분은 이룰 수 없는 사랑에 대해 어떻게 생각하나요?

비록 헤어지지만 마음만은 헤어지지 못할 거예요. 이룰 수 없더라도 그렇게 사랑은 깊고 영원한 것이라 생각해요.

이룰 수 없다 생각하면 당장은 아프지만, 또 다른 사랑으로 잊히는 게 사랑 아닐까요?

신파적이에요. 소위 말하는 '가난한 남자를 사랑한 부잣집 여자의 이야기'는 너무 통속적이죠. 현실에서는 거의 일어나지 않아요.

───── ▶▶ 생각해보기 ◀◀ ─────

루소는 남편과 옛 애인 사이에서 갈등하던 《신 엘로이즈》의 쥘리를 통해 어떤 사랑을 찬미하려 했을까?

요즘 유나의 삶은 무미건조했다. 그다지 특별한 일도 없었다. 학교와 집을 오가는 반복적인 생활이었다. 친구들과 어울려 놀아도 그리 즐겁지 않았다. 역시 혼자 책을 보고 편안히 쉬는 게 더 좋았다. 그리고 단 하나, 매주 때맞춰 토끼굴 책방으로 가는 일은 빼놓지 않았다.

처음 강의를 들은 것은 정말 우연의 일치였다. 마음이 동했을 때 갔기 때문에 강의에 늦기도 일쑤였다. 하지만 어느 순간 유나는 더 이상 늦지 않았다. 강의 시간은 원래 7시 30분이었는데 일부러 7시까지 가기도 했다. 오늘도 유나는 가장 일찍 왔을 거라 생각하며 왔는데, 성진이 이미 강의실에 먼저 와 있었다.

유나가 웃음을 가득 머금고 아는 척하자 성진도 매너 있게 눈인사를 했다. 유나는 먼저 말을 걸었다.

"일찍 왔네. 혹시 오늘 강의할 선생님이 누군지 아니?"

"글쎄, 잘 모르겠어. 아마도 매번 극비리에 진행되는 것 같아."

유나는 성진과 좀 더 이야기를 나누고 싶었지만 학생들이 하나둘씩 몰려왔다. 곧이어 강의의 시작을 알리는 종소리가 울리면서 '신비한 강의'가 다시 한 번 시작됐다.

루소는 왜 '고독한 산책자'로 불릴까?

"여러분, 안녕하세요. 장 자크 루소입니다. 고독한 산책자죠."

곱슬머리에 희고 깨끗한 얼굴의 문학가가 총총히 강단으로 올라서며 자신을 소개했다.

"헉! 수많은 타이틀을 갖고 계신 루소 선생님이라고요?"

이때 성진이 다소 흥분한 목소리로 불쑥 질문을 던졌다.

"하하, 진정하세요. 그저 철학과 정치에 관련된 작품을 몇 편 썼을 뿐이니까요."

루소는 수줍어하며 성진의 말에 얼굴을 붉혔다.

"초등학생 때부터 독학을 했다고 들었는데 정말인가요? 그런데 그 위대한 업적들을 어떻게 이루신 건가요? 선생님의 인생에 대해 우리에게 설명해주실 수 있나요?"

진수는 자신이 학생의 신분이라는 걸 잊은 듯 단도직입적으로 질문했다. 루소는 개의치 않고 오히려 상냥한 미소를 지으며 유쾌하게 답했다.

"그러죠. 먼저 루소라는 사람에 대해 알려줄게요. 나는 제네바의 캘빈 교파 소부르주아 계급의 가난한 가정에서 태어났어요. 아버지는 이름도 알려지지 않은 평범한 시계공이었죠. 하지만 아버지는 나에게 아주 깊은 영향을 주신 분입니다. 고작 6살밖에 되지 않았을 때 17세기 프랑스 연애소설과 플루타크의 《영웅전》을 읽어주셨죠. 우리는 함께 깊은 밤, 심지어 새벽까지 책을 읽었습니다. 아버지 덕분에 어려서부터 독서 습관을 기를 수 있었어요. 행복했던 유년시절은 빨리 지나가고, 13살부터는 남에게 얹혀사는 견습생 생활을 했어요. 변호사 서기, 조각공의 견습생, 심부름꾼 등을 했죠. 그때는 행복하지 않았죠. 그래서 16살이 됐을 때 나는 도시를 떠나 광활한 세상에서 자유롭게 살기를 원했어요. 이때 우연한 인연으로 바랑 부인을 만났습니다. 이 위대하고 고상한 부인은 내 인생에서 중요한 역할을 해주셨습니다.《고백록》을 읽어본 학생이라면 알 겁니다. 바랑 부인은 나의 운명의 귀인이라는 것을요."

"맞아요. 그분은 가장 도움이 절실할 때 다가와주셨죠. 선생님이 넓은 시야와 건강한 인생관을 가질 수 있도록 정신적 · 경제적 후원을 아낌없이 해주셨죠."

형민은 이미 루소의《고백록》을 읽었는지 갑자기 끼어들며 말했다.

"하하, 바랑 부인에 대해서 더 언급하지는 않겠습니다. 계속해서 나의 인생을 들려줄게요."

루소는 당황스러운지 곧바로 다음 이야기로 넘어갔다.

"몇 년간 안락한 생활을 한 뒤 나는 다시 홀로 인생의 여정에 올랐어요. 생계를 위해 견습생, 하인, 가정교사 등을 지내면서 귀족들의 멸시와 모욕을 받아내야 했죠. 1741년 파리로 와서 드니 디드로 등과 교제하며 계몽사상을 받아들였습니다. 1749년에는 우연히 잡지에서 디종 아카데미의 학술공모전 공고를 보고 〈과학과 예술을 논함〉이라는 제목으로 응모해 1등에 당선됐어요. 사상가로 처음 인정받았죠. 그리고 1755년 두 번째 논문인 〈인간 불평등 기원론〉을 발표했어요. 이 두 편의 논문으로 나는 단번에 세상에 이름을 알렸죠. 가난한 시계공의 아들이 사상가로 유명세를 떨쳤으니 좋아할 법도 하지만 나는 파리에서의 사치스러운 생활이 전혀 기쁘지 않았어요. 1756년부터는 칩거하면서 세 편의 중요한 작품을 완성했습니다. 바로 《신 엘로이즈》《사회계약론》《에밀》입니다. 자, 여기까지가 스스로 노력해서 살아온 인생의 전반부입니다. 후반부는 더 말하지 않을게요. 다만 이후 고생은 많았고 행복은 줄었다는 것만 살짝 알려드리죠."

루소는 미간을 찌푸린 채 옅은 한숨을 쉬었다. 그때가 떠올랐는지 루소의 얼굴에 수심이 가득했다.

《신 엘로이즈》, 루소의 대표 연애소설

"과거 얘기는 그만하죠. 여러분과 이곳에 모일 수 있는 기회는 어쩌면 다시 없을 텐데 지나간 슬픔 때문에 좋은 분위기를 깰 수 없잖아요. 이제 정치, 교육, 철학에 대해선 논하지 말고 문학만 이야기하자고요."

루소의 얼굴에 근심이 걷히고 다시 미소가 드리워졌다.

"선생님, 그럼 선생님의 대작 《신 엘로이즈》에 대해 먼저 이야기해주세요. 당시 파리의 상류사회에서 엄청나게 유행했고 문단에도 거대한 반향을 일으켰다고 들었어요. 쥘리와 생 프뢰의 사랑은 제게도 깊은 감동을 주었거든요."

유나는 루소의 기대에 부응하기라도 하듯 적극적으로 발언했다.

"학생이 그 작품을 잘 알고 있는 것 같군. 한번 설명을 해주겠나?"

루소의 말이 끝나자마자 유나는 자리에서 일어났다.

"《신 엘로이즈》는 서간체 소설이에요. 루소 선생님께서 《신 엘로이즈》라고 제목을 붙인 이유는 12세기 프랑스에 실재했던 젊은 여성 엘로이즈와 가정교사 아벨라르의 실화를 토대로 썼기 때문이죠."

유나는 자연스럽게 줄거리 소개를 이어갔다.

"알프스 산자락 작은 마을의 귀족 아가씨 쥘리와 그녀의 가정교사 생 프뢰가 서로 사랑에 빠졌어요. 하지만 생 프뢰가 별 볼 일 없는 가문이라는 이유로 쥘리의 아버지는 격하게 반대합니다. 쥘리는 사랑을 지키기 위해 반항도 해보지만 어렸을 때부터 교육받은 '도덕' 신념을 거스를 수 없어 아버지의 뜻에 따르고 말아요. 결국 아버지는 가정교사를 내쫓고, 딸을 비슷한 가문의 러시아 귀족 볼마르에게 시집보냅니다. 그녀의 마음속에는 생 프뢰에 대한 사랑이 식지 않았지만 가정에 대한 책임감으로 현모양처가 되기로 해요."

"쥘리와 생 프뢰의 사랑은 그렇게 끝이 나버리는 건가요?"

정미가 안타깝다는 말투로 유나에게 질문했다.

"물론 아니죠. 온 마음으로 사랑했던 연인이 그리 쉽게 헤어지겠어요? 비록 함께 있지는 못했지만 마음만은 늘 그리워했죠."

유나는 정미를 향해 격정을 토한 뒤 계속해서 발언했다.

"6년이 흐르고, 생 프뢰와 쥘리는 다시 만납니다. 이때 쥘리는 이미 남편에게 자신과 생 프뢰의 관계를 솔직하게 알린 후였어요. 볼마르는 그들의 뜨거운 사랑 이야기를 듣고 나서 관대하게도 그를 초대하는 등 둘을 돕겠다고 합니다. 생 프뢰는 그녀를 잊기 위해 세계를 돌아다녔지만 사랑이 더욱 깊어졌다고 그녀에게 고백해요. 이제 다른 남자의 부인이 된 쥘리에게 자신의 감정을 숨기는 행동은 하지 않았죠. 생 프뢰는 옛정을 되살리고 있었지만, 결혼 후 가정의 의무와 책임을 지키는 쥘리는 자신의 정욕을 애써 억제하며 선을 넘지 않았어요. 쥘리도 생 프뢰에게 자신의 사랑을 정열적으로 쏟아내고 싶었죠. 둘은 사랑과 도덕 사이에서 서로 애태웁니다. 그리고 쥘리는 호수에 빠진 아이를 구하고 나서 결국 병에 걸려 죽게 돼요."

유나는 슬프고도 감동적인 애정 소설의 마지막까지 설명을 마쳤다.

루소, 《신 엘로이즈》를 통해 사랑을 사색하다

"아주 훌륭한 소개였네.《신 엘로이즈》를 애절하게 잘 설명해줬어. 나도 모르게 이야기에 도취될 정도로 말이야."

루소는 만면에 미소를 띤 채 유나에게 진실한 찬사를 보냈다. 그때 진수가 말했다.

"저는《신 엘로이즈》를 읽어본 적이 없어요. 그런데 왠지 내용이 익숙하네요. 인터넷 로맨스 소설이나 막장 드라마 스토리와 거의 비슷한 것 같아요. 집안의 반대를 무릅쓰고 사랑한 연인의 이야기나 이미 결혼한 여자의 남편이 묵인하고 도와줬다는 이야기가 말이죠."

거작《신 엘로이즈》를 폄하하는 진수의 '놀라운' 발언에 다들 긴장했다. 모두 루소가 고전을 모독하고 신성을 모멸한 진수를 어떻게 '응징'할지 손에 땀을 쥐고 지켜봤다. 하지만 루소는 여전히 미소를 머금은 채였다.

"현대 사회에 와서 저도 방금 학생이 말한 드라마를 운 좋게 봤습니다. 뭐,《신 엘로이즈》와 거의 비슷한 내용도 많이 봤고요. 당시에는 없었던 이야기인데 내가 처음으로 썼으니 여러분 시대의 '막장 드라마' 시초가 된 셈이네요. 하하. 잠깐 사이에 또 타이틀이 추가됐군요."

루소는 웃으며 말했지만 학생들은 마냥 웃고만 있지 않았다. 특히 여학생들은 직접 손을 들며 진수의 관점에 반박하려 했다. 가장 먼저 나선 사람은 유나였다.

"작품의 특징을 어떻게 줄거리로만 판단합니까? 루소 선생님의《신 엘로이즈》는 구성이 훌륭하고 문체가 우아하며 인물들은 생동감이 넘쳐나요. 대가의 완벽한 글이란 말이죠. 조잡하게 대충 만든 소설이나 드라마를 어디 선생님의 작품과 같이 놓는 거예요? 루소 선생님께서 살았던 시대는 봉건적 예법과 도덕의 압박과 가문에 대한 멸시가 아주 심했던 때였어요. 귀족과 평민의 사랑이 근본적으로 절대 허용되지 않았죠. 당시에는 이런 문제를 감히 건드린 사람도 없었고요. 루소 선생님은 남들이 하지 않은 일을 최초로 용기 있게 도전한 분이에요.《신 엘로이즈》는 요즘의 드라마와 본질적으로 다르다고요!"

흥분한 탓에 유나는 급하게 말하고 있었다.

"유나의 말도 어느 정도 일리가 있어요. 하지만 단편적이에요."

뒤이어 말한 사람은 주영이었다. 그녀는 굳은 표정으로 비평적인 단어를 열거하며 말했다.

"제 생각에《신 엘로이즈》가 문단에서 고전이 된 가장 핵심적인 이유는 수많은 모순을 한 몸에 집합시킨 쥘리라는 여주인공을 창조했기 때문이에요. 쥘리는 무척 현실적인 인물이죠. 인간의 본성 중 선함도 있고 인물 자체가 가진 약점도 있어요. 결코 요즘 드라마에 나오는 미화된 여주인공이 아니라는 거죠."

"흥미로운 관점이네. 더 깊이 설명해주겠나?"

루소의 격려를 받은 주영은 자신감 있는 목소리로 더욱 힘 있게 설명하기 시작했다.

"여주인공 쥘리는 귀족 아가씨예요. 어려서부터 전통적인 윤리 교육을 받았죠. 하지만 그녀는 봉건적 예법과 도덕을 엄수하는 여느 귀족 아가씨들과 다르게 반항적인 일면이 있었어요. 그녀는 감히 가문의 기대를 저버리고 가정교사와 사랑에 빠졌죠. 아버지가 둘을 떼어내고 사랑을 갈라놓으려 할 때 그녀는 가부장적인 아버지를 향해 분개하고 규탄했어요. '아버지는 저를 팔고 있어요. 자신의 딸을 상품이나 노예로 여기죠. 야만적인 아버지, 인성을 상실한 아버지!'라고요. 이런 용감함도 그녀의 성격 중 일부였죠. 하지만 오랫동안 깊이 뿌리박힌 관념을 완전히 내려놓지는 못하죠. 아버지가 딸의 무릎을 잡고 애걸복걸하자 결국에는 뜻을 굽힌 채 요구를 받아들여요. 자기의 욕구를 희생하고 자식으로서의 '소명'을 다하기로 결정한 거죠. 쥘리는 용감하면서도 유약한, 양면적 성격을 가지고 있었던 거예요. 봉건적 예법에 억압받지 않으려는 용기가 있었기에 생 프뢰와 사랑에 빠질 수 있었고, 한편으론 딸로서 유약한 면도 있었기에 아버지의 절규에 굴복하고 말았던 거죠. 이후 못다 한 사랑에 집착해 이미 결혼한 신분인데도 생 프뢰에게 진심을 담은 호소를 하고, 또 한편으론 가정에 대한 책임 때문에 더 이상 한 걸음도 넘으려 하지 않죠. 이처럼 쥘리의 비극은 결국 그녀자신의 이중적 성격으로 인한 것이었고, 바로 이 지점이 《신 엘로이즈》가 고전의 반열에 올라설 수 있었던 분수령인 겁니다."

주영은 대작을 치밀하게 분석했다. 사람들은 그 관점에 감탄했다.

"새로운 시선이네. 쥘리의 성격을 이토록 심도 있게 분석하다니 아주 훌륭해."

루소는 다시 한 번 주영을 칭찬했다.

"또 자신의 의견을 말해볼 학생이 있나요?"

강의실은 순간 조용해졌다. 부담이 되는지 아무도 자발적으로 나서려 하지 않았다.

"발언하려는 학생이 없으니 당사자가 직접 설명해야겠네요."

루소는 목청을 가다듬은 뒤 낮은 목소리로 설명하기 시작했다.

《신 엘로이즈》는 사랑을 주제로 한 소설입니다. 연인 사이에 겪는 갈등을 위주로 전개되죠. 하지만 분명 일반적인 연애소설과는 다릅니다. 내가 이 작품에서 탐구했던 것은 사랑의 감정만이 아니거든요. 나는 사랑의 가치에 대해 아주 깊이 사색했습니다. 나는 사랑을 찬미합니다. 사람과 사람 사이의 자연스럽고 순수한 사랑, 서로 다른 두 성이 끌리는 그런 아름다운 사랑 말이죠. 여기에는 어떠한 정욕의 사념도 섞이지 않아요. 제 소설 속의 쥘리와 생 프뢰처럼요. 그들은 완전한 진심에서 우러나온 '자연스러운 사랑'을 했죠. 결혼 전이든 후든 그들은 늘 순결한 사랑으로 마음속의 정욕을 억제했어요."

학생들은 '자연스러운 사랑'이라는 말에 의아한 표정을 지었다. 하지만 루소의 표정이 사뭇 진지해 아무도 질문하지 못했고, 조용한 분위기 속에서 강의가 계속 이어졌다.

자연스러운 사랑, 도덕적인 사랑, 현대의 사랑

"자연스러운 사랑과 상대적인 것이 '도덕적인 사랑'입니다. 당시 사람들의 도덕적 관념에 부합한 사랑이죠. 부모의 명령에 따르고 중매쟁이의 말을 따르는 그런 사랑 말입니다. 자연스러운 사랑과 도덕적인 사랑이 서로 충돌할 때 우리는 어떻게 해야 할까요? 나 이전의 소설가들은 대개 도덕적인 사랑에 손을 들어주었죠. 하지만 나는 그렇게 생각하지 않고 서로 조화를 이루어야 한다고 보았어요. 내 소설 속 주인공들처럼요. 그들은 도덕적으로 허용되는 범위 안에서 서로의 '자연스러운 사랑'을 영원히 유지했어요. 정욕 때문에 번민하기도 했지만 마음속 순결을 버리지 않았죠."

모두 깊이 생각에 잠겨 있었다. 한동안 침묵이 흐르고 성진이 일어나 자기 생각을 이야기했다.

"저는 루소 선생님께서 제기하신 두 가지의 관점은 우리 현대인들에게도 깊은 의미가 있다고 생각합니다. 선생님께서 계셨던 시대에 '자연스러운 사랑'은 봉건적 규율의 제약을 받았죠. 그 사랑의 장애물은 대개 외부의 압력에서 기인한 것들이었습니다. 현대 사회에서는 그 장애가 거의 없습니다. 그런데 자연스러운 사랑은 지금 규제되지 않는 과도한 자유로 왜곡되어 도덕적 상실과 타락을 불러오고 있는 게 사실입니다. '자연스러운 사랑' 본연의 아름다움을 잃고 만 거지요. 어떤 시대건 이렇게 순수하고 온전히 마음에서 우러나오는, 어떠한 잡념도 섞이지 않는 사랑은 쉽지 않은 모양입니다."

성진이 발언을 끝내고 앉을 때쯤 루소는 이미 자리를 뜨고 없었다. 또 한 번의 문학 강의가 막을 내렸다. 모두 무척이나 아쉬워했다.

유나는 떠나고 싶지 않았다. 유나는 '신비한 강의실'을 사랑했다. 이곳에는 늘 놀랍고도 신비한 문학가가 나와 있었고, 늘 똑똑하고 사랑스러운 친구들이 모여 있었다. 서로 과거도, 미래도 묻지 않았다. 현재를 아끼면 그만이라는 듯.

잠시 이곳에 대해 생각하던 유나는 부지불식간에 현실로 돌아와 있음을 깨달았다. 토끼굴 책방은 여전히 썰렁했다. 하지만 이전처럼 허전하지 않았다. 내일 또 만날 수 있다는 희망 때문이었다. 이 순간 유나는 웃으며 털고 일어났다.

9강

괴테 선생님, 《파우스트》는 왜 악마와 내기를 하나요?

▶▶ 괴테가 대답해주는 '끝없는 탐욕' 이야기

악마와 영혼을 건 거래를 한다면 어떻게 응할 건가요?

인간의 욕망은 끝이 없다고 생각해요. 그러니까 내가 겪어보지 못한 것들을 악마가 다 해줄 수 있다고 해도, 영혼을 파는 짓은 하지 않을 거예요.

파우스트처럼 평생 서재에 파묻혀 살던 사람이 말년에 후회하고 있다면, 그 제안이 엄청 유혹적일 것 같아요. 의미 없이 살았던 삶이 허무할 테니까요. 나도 그런 상황이라면 고민할 것 같아요.

──────▶▶ 생각해보기 ◀◀──────

괴테는 만족 없이 탐했던 《파우스트》를 통해
우리에게 어떤 삶의 의미를 보여주려 했을까?

최근 유나는 책 더미에 파묻혀 지내면서 수많은 국내
외 명작들을 탐독했다. 그러면서 자연스레 인생에 대해 깊이 고민했다. 인
간은 왜 사는 걸까? 어느 날 문득 뇌리에 스친 문제가 오랫동안 유나를 괴
롭혔다. 명예와 이익을 위해서? 부모님을 위해서? 사랑을 위해서? 일을 위
해서? 더 거창하게 인류의 행복을 위해서? 고민에 빠졌지만 해답을 얻지
못했다. 유나는 침대에 누워 이리저리 뒤척이다 결국 박차고 일어나 토끼
굴 책방으로 향했다. 오늘은 목요일이니까 강의가 없는 날이다. 그런데 혹
시나 찾은 '신비한 강의실'에는 이미 사람들로 가득 차 있었다. 강단에는 기
운이 넘쳐 보이는 중년 남성이 격앙된 어조로 열변을 토하고 있었다. 주변
을 둘러보니 웬일인지 익숙한 얼굴은 하나도 없었다.

'여기는 또 다른 사람들이 강의를 듣는 곳인가봐. 정미처럼 각 학교에서
선발된 수재들일까?'

유나는 속으로 짐작했다.

'무슨 강의인지는 모르겠지만 들어봐도 되겠지? 고민하던 문제를 해결
할 수도 있으니까.'

유나는 강의실로 슬그머니 들어가 맨 뒷줄에 남은 한 자리를 골라 앉
았다.

괴테는 어떤 시의 길을 걸었을까?

"자, 지금까지 행복했던 유년 시절의 삶을 간략하게 말했습니다. 이어서 라이프치히에서 보냈던 학창 시절에 대해 이야기할게요. 바로 그곳에서 문학예술과 자연과학에 대한 흥미를 발견하기 시작했거든요."

강단의 선생님은 자신에 대해 진지하게 설명하고 있었다.

'라이프치히? 문학예술? 자연과학? 도대체 누구지?'

유나는 처음부터 듣지 못했기 때문에 애써 추측하려 했다. 하지만 몇 가지의 단서만 가지고는 완벽하게 알 수 없었다.

"라이프치히에서 보내는 동안 나는 작가 겔러트의 시예술 강의를 듣고 그분의 습작 스타일 연습반에 들어가게 됐습니다. 확실히 문학에 대한 흥미를 심어주는 계기가 됐지요. 그 뒤로는 운 좋게도 감미로운 사랑을 맛봤습니다. 사랑은 내 마음속의 들끓는 격정을 폭발시켰어요. 그렇게 문학과 사랑이 서로 만나자 비로소 시인이 되었습니다. 이 시기에 시구가 지닌 밝고 경쾌한 분위기는 사랑의 기쁨이 충만했지요."

그는 지난 시간을 되짚으며, 부드럽고 작은 목소리로 자신이 걸어온 '시의 길'을 설명했다.

"아름다운 사랑은 마치 화려한 불꽃놀이처럼 눈 깜짝할 사이에 지나가 버리지요. 그렇게 기나긴 이별의 고통이 치유된 뒤 나는 다시 마음을 가다듬고 인생에 대해 새로운 탐색을 시작했습니다. 1770년, 스트라스부르로 가서 계속 공부를 했어요. 그곳에서 루소와 스피노자의 사상을 접했고, '질풍노도Sturm und Drang 운동'의 정신적 지도자인 헤르더 등 문학청년들과 교류했지요. 이들의 영향으로 나는 호메로스와 셰익스피어의 작품을 읽기 시작했고 민중의 감정과 삶을 다룬 민요, 민담 등을 연구했어요. 그러면서 점차 초기 궁정문학과 고전주의의 속박에서 벗어나게 됐지요. 또 시 창작에도 상당한 도움이 됐고요. 이 시기에 냈던 〈5월의 노래〉와 〈들장미〉 같은 시들이 진지한 감성과 우아한 선율이 돋보이고 민요적 특색이 짙어 세인들의 호평을 받았습니다. '독일 근대 서정시의 창조자'라는 호칭도 받았지요. 사실 내 입장에서는 이런 찬사가 좀 과분해서 그저 심혈을 기울여 시를 썼을 뿐이었다고 말하고 싶네요."

그는 쉴 새 없이 이야기를 늘어놓았고 학생들도 흥미진진하게 듣고 있었다. 유쾌한 분위기 속에서 유독 유나만 곤혹스러워했다. 철학적 해답을 얻을 수 없어서가 아니었다. 멋지고 호방하고 우아한 말투를 구사하는 눈앞의 문학가가 대체 누구인가 하는 문제 때문이었다.

'이렇게 '개인 정보'를 많이 흘리고 있는데 아직도 갈피를 못 잡고 있다니. 시 제목을 들어도 모르겠어!'

유나는 자신을 원망하며 괴로워했다.

"질풍노도 운동은 내게 큰 영향을 주었고, 당시 내 창작의 주요한 방향이 됐어요. 역사극《괴츠 폰 베를리힝겐》이 대표적이지요. 이 작품은 16세기 독일 종교개혁과 농민전쟁의 역사에서 소재를 얻어왔어요. 주인공 괴츠는 당시 독일의 몰락한 기사입니다. 한때 농민봉기에 참여했지만 결국에는 농민을 배반하지요. 나는 괴츠를 제후와 대항하고 반봉건적이며 자유를 쟁취하는 영웅으로 그렸습니다. 봉건의 폭정에 불만을 품고 나라의 통일을 갈망하고 자유평등의 실현을 꿈꾸지요. 이 작품을 쓸 때 나는 셰익스피어의 작품을 본보기로 삼아 고전주의의 '3일치의 법칙'이라는 속박을 의식적으로 파괴했습니다. 그래서 이 작품에는 인물이 많고, 내용이 복잡하며, 장소가 끊임없이 변화해요. 작품이 발표되고 당시 엄청난 파란이 있었습니다. 독일의 시인 빌란트는 나를 '아름다운 괴물'이라 찬미했지요. 정말이지 내 입장에서는 이러지도 저러지도 못하는 평가예요."

여기까지 말하고 그는 소리를 내며 크게 웃었다.

《젊은 베르테르의 슬픔》이 불러일으킨 공명

"질풍노도 운동은 여전히 지속되고 있었고 나의 사상도 그 영향을 받아 뜨겁게 용솟음치고 있었죠. 그러나 한편으론 고통스러운 마음에 몸부림을 치고 있었습니다. 사랑의 실패는 크나큰 충격을 안겨주었고 그 뒤로 친구가 자살했다는 비보를 들었거든요. 이 두 사건으로 심각한 심리적 타격을 입었고, 그것은 창작적 영감을 직접적으로 자극해《젊은 베르테르의 슬픔》을 쓰게 했습니다. 사실 이 책이 이토록 엄청난 명예와 부를 안기리라고는 상상하지 못했어요. 지금도 이 작품을 기억해주는 이가 많으니까요. 행운의 여신이 특별히 내게 호의를 베풀었다고 생각합니다."

'와, 괴테였어! 세상에나!'

대작《젊은 베르테르의 슬픔》이 언급되자 유나는 비로소 눈앞의 문학가가 누구인지 알게 됐다.

'내 정신적 우상인데 멍청하게도 이제야 알다니. 한때 책 속의 베르테르

에 빠져 제정신이 아니었지.'

유나는 머릿속으로 내용을 떠올리며 상상의 나래를 펼쳤다. 그리고 생각이 창밖 너머로 날아가려고 할 때 나지막하고 매혹적인 목소리에 이끌려 다시 교실로 돌아왔다.

"괴테 선생님, 스스로를 낮추지 마십시오. 선생님의《젊은 베르테르의 슬픔》은 출판되자마자 독일뿐만 아니라 전 유럽에 '베르테르 열풍'이 일게 하지 않았습니까. 모두 취한 듯 홀린 듯 소설에 흠뻑 빠졌고 베르테르와 처지가 같다고 생각한 젊은이들은 자살하기까지 했죠. 그 영향력이 얼마나 엄청났는지 잘 아시지 않습니까."

호리호리한 체형의 한 남학생이 말했다. 그는 날 때부터 가지고 태어난 것만 같은 우울한 기질을 온몸으로 발산하고 있었다. 낮은 목소리조차 비슷해 살아 있는 현대판 '베르테르'를 보는 것 같았다.

"그렇지. 분명 유례없는 일이었어. 하지만 이런 영향력을 끼친 데는 여러 이유가 있다네. 자랑 같겠지만 나도 이 작품의 문학적 성취에 대해 높이 평가한다네. 당시 시대적 상황과 잘 맞아떨어졌기 때문에 열광을 했던 거야. 이전에 나는 이런 비유를 한 적이 있어. '한 개의 폭탄이 폭발하려면 도화선 하나면 충분하다.《젊은 베르테르의 슬픔》이 젊은 독자들 사이에서 일으킨 붐 역시 이런 이치다'라고 말이지."

괴테는 남학생을 향해 엄숙한 표정을 지었다. 자찬하는 느낌은 거의 없었다.

"선생님,《젊은 베르테르의 슬픔》은 마치 마법을 부린 듯합니다. 그 영향력이 비단 한 세대에게만 국한됐겠습니까. 요즘 우리가 읽어도 빠져들고 마는데요. 그 책을 읽었을 때 전 아직 덜 여물고 어리석었습니다. 그리고 처음으로 사랑을 알았던 때였죠. 저는 제가 베르테르의 분신이라고 생각했습니다. 그의 기쁨, 고통, 아득함, 당황에 강렬한 공명을 느꼈습니다."

이번에도 그 남학생이었다. 침착한 말투가 나이와 어울리지 않게 조숙했다. 사람들은 그가 '어떤 알 수 없는 일'을 겪은 게 아닐까 추측했다.

"학생은《젊은 베르테르의 슬픔》에 대해 깊은 소감을 갖고 있는 것 같군. 그렇다면 이번 기회에 모두에게 자신의 소감을 공유해보는 게 어떻겠나?"

괴테가 따뜻한 얼굴로 요청했다.

"베르테르는 부유한 중산층 가정에서 태어났고 양질의 교육을 받았죠. 시와 그림에 조예가 있었고 자연을 사랑했으며 예리한 사고를 할 줄 알았고 풍부하고 섬세한 감정의 소유자였습니다. 루소의 영향을 받으면서 자유 평등을 추구하고 계급제도와 귀족의 특권을 증오하게 됐죠. 어느 초봄, 그는 마음속의 번뇌를 없애기 위해 가족과 친구들에게 이별을 고하고는 경치 좋고 인정 많은 시골로 갔습니다. 그곳에서 로테라는 사랑스러운 소녀를 사귀게 되죠. 두 사람은 한눈에 반해 서로 사랑했습니다. 하지만 안타깝게도 둘은 함께할 수 없었죠. 로테는 이미 베르테르의 친한 벗과 결혼을 약속한 상태였기 때문이죠. 우정 때문에, 사랑 때문에, 그리고 잔인한 현실 때문에 베르테르는 괴로워합니다. 결국 떠나기로 결심하죠. 새로운 곳에서 사업을 하면서 사랑하던 감정을 잊으려 합니다. 하지만 낯선 환경과 인간관계, 개성을 억압하고 자유를 질식시키는 사회의 분위기를 견디지 못하고 다시 로테 곁으로 돌아갑니다. 이때 로테는 이미 다른 사람의 아내가 되어 있었죠. 현실은 베르테르의 모든 기대를 물거품으로 만들었고, 그는 이루지 못한 사랑 때문에 죽기로 결심합니다. 권총으로 목숨을 끊고 말죠."

그는 한달음에 설명을 마쳤다. 그러고는 쉬지 않고 이야기를 이어갔다.

"청년 베르테르는 도대체 무엇을 고민했던 걸까요? 무엇이 그의 인생을 비극으로 치단게 했을까요? 저는 이 책을 읽으면서 내내 고민했습니다. 오로지 실패한 사랑 때문이었을까? 당연히 아닙니다. 베르테르가 그 정도의 사람이었다면 많은 이들의 공감을 얻어내지 못했겠죠. 이 작품 속으로 깊이 들어가 보면, 사랑으로 인한 번뇌는 그저 하나의 도화선에 불과하다는 점을 알 수 있습니다. 사실 베르테르의 고통은 그 자신이 시대를 잘못 타고난 데 원인이 있었죠. 그는 진보적 사상을 지니고 있었고, 당시의 낙후된 제도나 구습, 편견 등 인성을 억압하는 관념을 받아들이지 않았습니다. 그는 개성의 해방과 감정의 자유를 주장했죠. 하지만 그런 생각들은 하나의 구호일 수밖에 없었고, 그는 개혁할 힘이 없었습니다. 베르테르의 고민은 사상적으로 진보한 청년들이 항상 마주하는 고민인 거죠. 우리는 시대의 반항아들입니다. 오래된 구태가 타파되고 더 나은 제도가 수립되기를 갈망합니다. 하지만 현실에 좌절하고 적극적인 행동력으로 이어지지 않습니다. 결국 고통으로 빠져들고 더 심각하게는 인생의 비극으로 치달을 수 있는 거죠."

그의 해석은 청중의 감탄을 자아낼 정도로 깊고 예리했다.

"훌륭하고 완벽하군. 설명을 더할 필요도 없겠어. 나는 사족을 붙이지 않겠네."

괴테는 그의 분석을 인정해주었다. 그리고 시계를 보더니 급하게 다음 주제로 넘어갔다.

괴테,《파우스트》를 통해 '왜 사는가'를 묻다

"이제《파우스트》에 대해 이야기해봅시다."

괴테의 말이 빨라졌다.

"자, 어디서부터 말해야 할까요? 이 작품은 평생을 두고 심혈을 기울인 역작입니다."

괴테는 다소 흥분되어 보였다. 장장 60년 만에 완성시킨 작품이라니 얼마나 소중한지 가히 짐작할 만했다.

"괴테 선생님, 저는《일리아스》《신곡》《햄릿》과 함께《파우스트》가 유럽 고전 4대 명작 중 하나라고 생각합니다. 안타깝게도 제대로 읽지는 못했지만요. 작품을 평론하고 해설하기 전에 줄거리부터 소개해주실 수 있나요?"

멀리서 누군가 손을 들며 침착하게 말했다.

"마침 무엇부터 시작해야 하나 걱정이었는데 학생이 나 대신 생각을 정리해줘서 고맙네."

괴테는 옷깃을 바로잡고 목소리를 가다듬은 뒤 엄숙하고 진지하게 설명을 시작했다.

"하느님이 어느 날 악마 메피스토펠레스에게 파우스트의 상황을 물었습니다. 메피스토펠레스는 무한한 욕망이 파우스트를 절망과 고통 속으로 밀어 넣었다고 설명했지요. 악마는 만족할 줄 모르는 인간의 욕망이 결국 타락을 자초한다고 생각했습니다. 하지만 하느님은 그 생각에 동의하지 않았지요. 어쩔 수 없이 잘못을 저지를 수도 있지만 결국에는 그 갈망으로 인해 진리에 도달할 거라고 생각했지요. 서로 관점이 상반되자 둘은 내기를 걸었어요. 세상으로 내려가 파우스트를 유혹하고 그가 나쁜 길로 빠지는지 확인해보자는 거였어요. 하느님과의 내기에 한껏 신 난 메피스토펠레스가 하늘에서 속세로 내려왔습니다. 파우스트를 타락의 길로 인도할 속셈으로요. 나이가 이미 오십 줄에 접어든 파우스트는 이때 서재에서 안절부절못하고 있었습니다. 반평생 세상과 단절돼 책 더미에 파묻혀 지내다 아무것도 이룬 것이 없다고 생각하니 삶이 허무하다고 생각했습니다. 그렇게 의욕 없이 있다가 독주를 마시고 자살하려 했죠. 하지만 성당에서 울려 퍼지는 부활절 종소리에 삶의 미련을 버리지 못하죠. 파우스트가 생사를 고민하던 바로 그때 악마 메피스토펠레스가 나타났습니다. 파우스트에게 영혼계약을 하자는 제안을 하지요. 그의 하인이 되어서 근심 걱정도 없애주고 향락도 즐길 수 있게 해주고 모든 필요한 것들을 충족시켜주겠다고 말이죠. 대신 어느 순간 만족감을 드러낸다면 그의 영혼은 악마의 소유가 된다는 조건이었어요. 이때 파우스트는 '천국'을 믿지 않았기 때문에 아무런 망설임 없이 악마와 계약을 맺습니다."

괴테는 여기까지 소개하고 잠시 강의실의 분위기를 살폈다.

"자, 이제부터 본격적으로 재미있는 장면이 시작돼요. 혹시 학생들 중에서 이어지는 이야기를 완성해볼 사람이 있나요? 혼자 강의하려니 입이 마르고 혀가 아파서 말이죠."

괴테는 일부러 난처한 기색을 비쳤다.

"제가 대신 해보겠습니다."

얼굴에 빛이 날 만큼 훤칠하고 잘생긴 남학생이 자리에서 일어나 자원했다. 괴테는 미소를 띠며 고개를 끄덕여주었다.

"악마와 계약을 맺은 뒤 파우스트는 '체험의 여정'을 시작했습니다. 우선 악마는 그를 데리고 라이프치히의 지하 술집으로 갑니다. '쾌락'으로 충만한 세속의 삶을 체험시킨 거죠. 술집에는 대학생 무리가 술을 마시며 즐기고 있었고 파우스트는 코웃음을 쳤습니다. 거기선 만족이 없었죠. 이어서 악마는 파우스트에게 마녀가 만든 물약을 마시게 한 뒤 젊음을 줍니다. 곧 파우스트는 아름다운 마르가레테와 사랑에 빠지고 악마의 도움으로 사랑의 달콤함을 누립니다. 하지만 달콤한 꿈은 쉽게 깨어나는 법. 둘은 사랑의 기쁨을 채 누리기도 전에 연달아 살인 사건에 연루되고 맙니다. 마르가레테가 자기 잘못으로 어머니를 죽이고 파우스트도 마르가레테의 오빠를 죽인 거죠. 그녀는 연이은 충격으로 정신착란을 일으켰고, 둘의 사랑은 마침내 비극으로 끝납니다. 속세의 사랑은 파우스트에게 만족감을 주지 못했죠. 메피스토펠레스는 다시 그를 데리고 황제의 궁전으로 갑니다. 파우스트는 열정적으로 정치를 하지만 역시나 그에게 만족을 주지 못했습니다. 그 뒤 파우스트는 운 좋게도 그리스의 미인 헬레네를 보고 첫눈에 반하고 맙니다. 악마의 도움으로 파우스트는 그녀를 지옥에서 구출하고 부부가 되어 아들 오이포리온을 낳습니다. 하지만 아들이 불행히도 죽고 헬레네 역시 비통함에 저승으로 가버려요. 파우스트의 꿈은 다시 한 번 산산이 부서지죠. 마지막으로 악마는 산 정상에 갑니다. 파우스트는 그곳에서 바다를 내려다보다가 가슴속에 뭔가 거대하고 뜨거운 계획이 벅차오르는 걸 느낍니다. 바로 바다를 개간해 간척지로 만들어 인간에게 행동을 안겨주려고 했지요. 결국 악마의 도움으로 파우스트의 소원이 실현되었고, 파우스트는 만족감에 젖어 이렇게 외칩니다. '참으로 아름답도다! 멈추어라!' 이 말이 끝나자마자 그는 쓰러져 죽습니다. 악마가 곧바로 그의 영혼을 앗아가려고 하죠. 그런데 그때 천사가 한발 앞서 파우스트의 영혼을 가져가고 천국으로 데려갑니다."

《파우스트》의 줄거리 설명이 끝났다. '빛이 날 만큼 잘생긴 남자'의 생생한 설명에 여학생들은 넋을 놓고 있었다. 흡사 파우스트와 함께 하늘로 솟았다가 땅으로 꺼진 표정이었다.

괴테가 웃으며 입을 열었다.

"우리는 모두 같습니다. 그리고 모두 같은 문제에 봉착하지요. 가령 '인간은 왜 사는가'에 대한 문제 말입니다."

괴테의 한 마디에 하마터면 유나는 소리를 지를 뻔했다. 요 며칠 머릿속을 떠나지 않던 난제였다. 어디 상상이나 했겠는가. 엄청난 내공을 뿜어대는 괴테라는 대문호가 한낱 자신과 같은 난제를 고민했을 줄 말이다.

"《파우스트》에서 바로 이런 주제를 탐구했지요. 우리는 왜 사는가? 사실은 모든 사람들이 평생에 걸쳐 고민하는 문제입니다. 여러분처럼 나 역시 같은 고민을 해왔지요. 일평생 탐구했습니다. 책에서부터 현실에 이르기까지, 단순한 감각의 기쁨에서 정신적 만족에 이르기까지, 개인적 가치의 추구에서 전 인류의 행복 실현에 이르기까지 한 번도 탐구를 멈춘 적이 없었습니다. 그렇게 모든 고민과 경험을 《파우스트》에 넣었어요. 그러면서 얻은 결론은 '인생은 계속 추구해야 하고 끊임없이 탐해야 한다'는 거죠. 그것이야말로 생명의 의미고요."

강의실 안은 쥐 죽은 듯 조용했다. 모든 사람들이 침묵에 빠졌고, 이 주제는 참으로 심오하고 난해했다.

《파우스트》처럼 끊임없이 탐구하라

"괴테 선생님, 선생님께서 말씀하신 '끊임없이 탐하라'는 어떤 의미입니까? 우둔함을 용서하십시오. 부디 가르침을 바랍니다."

전통 두루마기를 입은 노신사가 점잖게 질문했다. 외형을 보아하니 마치 한국의 파우스트 같았다.

'여기 강의를 듣는 사람들은 되게 다양하구나. 정말 별의별 사람들이 다 있네. 저분은 꼭 조선시대에서 타임머신을 타고 온 것 같잖아?'

유나는 신기하고도 재미있는 상황에 실없는 생각을 했다.

"방금 설명이 좀 추상적이었나 보군요. 더 구체적으로 설명해보겠습니다. 《파우스트》의 서두에 보면 하느님과 악마의 내기가 시작되지요. 즉 그 형식을 통해 기본적인 주제가 밝혀집니다. 인간은 감각기관의 쾌락을 탐내는 동물인가, 아니면 고상한 정신세계를 갖춘 영장인가? 눈앞의 것에 만족하는가, 아니면 부단히 자기를 극복하고 넘어서려 하는가? 이 두 문제는 인간이 조우하는 최대 고민이자 인생에 근본적으로 존재하는 모순입니다. 이 문제를 해결해야만 우리는 삶의 참뜻을 이해할 수 있고 왜 사는지에 대한 해답을 얻을 수 있지요. 답을 찾으려면 직접 실천해야 해요. 그래서 인류의 대표 격인 파우스트가 '체험의 여정'에 나선 거죠. 작품에서 나는 의도적으로 파우스트에게 다섯 단계의 삶을 부여했습니다. 이 삶들은 각기 다른 상징적 의의를 지니고 있어요. 첫 번째 단계에서 파우스트는 나이 오십이 되어서야 마침내 지식과 학문이 삶에 어떠한 의미도 없다는 걸 깨닫습니다. 이윽고 악마와 계약을 맺고 세상의 다양함을 직접 겪어보면서 그 의미를 찾으려 하죠. 자신의 서재를 벗어나 그는 두 가지 세상에 들어갑니다."

심오한 철학이 담긴 것으로 유명한《파우스트》의 작품 해설을 원작자로부터 직접 듣는다는 것이 유나에게는 정말 행운이었다.

"먼저 '사랑의 세계'입니다. 악마 메피스토펠레스는 파우스트를 타락으로 몰아넣으려고 애씁니다. 그가 본능과 향락 가운데서 만족을 얻게 하려는 거죠. 파우스트도 한때 사랑에 지배를 받아 수많은 착오를 저질렀습니다. 하지만 사랑하는 사람에게 결국 고통과 불행이 돌아간다는 것을 알게 되자 파우스트는 자신의 이기심을 깊이 깨닫고 한없는 절망에 빠지고 말지요. 사랑의 달콤함과 고통을 동시에 겪은 파우스트는 이제 '권력의 사회'로 들어갑니다. 정치를 하면서 자기를 확인하고 공을 세우겠다는 희망 때문이었죠. 하지만 부패하고 음탕한 궁정의 생활에 염증을 느꼈고, 그는 다시 그리스의 미인 헬레나를 사랑하게 됐습니다. 그녀에 대한 파우스트의 집착은 고대 그리스 예술에 대한 인간들의 탐색을 상징합니다. 그는 자신이 아름다움에 대한 탐색의 과정에서 만족하리라 여겼지만 아쉽게도 결과는 여전히 비극이었어요. 그 뒤 파우스트는 정신세계에서 의미 없이 떠다니기보다 물질세계에 대한 개선을 위해 노력해야겠다고 결심합니다. 그는 인류의 행복이라는 대업을 실현한다는 생각에 만족감을 얻었어요. 하지만 불쌍하게도 그것은 아름다운 착각이었지요. 대업에는 사회적 희생이 따랐습니다. 어쨌든, 이 결말은 파우스트의 비극만을 의미하지는 않습니다. 나는 이 작품을 통해 삶은 쉬어서도 안 되며 탐색을 멈춰서도 안 된다는 걸 말하고 싶었습니다. 인간은 끊임없는 갈망 속에서 만족해나가야 한다는 거죠."

이때 두루마기를 입은 노신사가 다시 질문을 했다.

"옛말에 '하늘의 운행이 건실하니, 군자는 이를 본받아 스스로 강하게 하기 위해 쉬지 않는다'는 말이 있습니다. 선생님께서 앞서 말씀하신 '끊임없이 탐하라'가 혹시 이런 의미와 통합니까?"

"그렇습니다. 정확하게 파악하셨네요. 파우스트가 평생 끊임없이 탐했던 것이 바로 스스로를 강하게 하기 위해 쉬지 않고 그런 정신을 표출했다는 거죠. 좀 더 여러분이 알기 쉽게 말해보자면, 늙어서도 살고 늙어서도 공부하고 늙어서도 탐구하라는 겁니다. 무슨 의미인지 이해할 수 있겠지요?"

괴테는 웃으면서 말을 이었다.

"열중해서 말하다 보니 어느새 강의 시간이 다 됐네요. 자, 《파우스트》에 대한 강론은 여기까지 합시다. 혹시 기회가 있으면 또 토론해보자고요."

말을 마친 괴테는 큰 보폭으로 강의실을 나갔다. 오늘 문학 대가의 강의는 사람들에게 무한한 열정을 안겨주기에 충분했다. 유나는 감사했다. 마음속 고민을 그 옛날 괴테도 고민했다는 것이 놀라울 따름이었다. 정말 마음을 흔들어놓은 강의였다. 유나는 홀가분했다. 발걸음도 가벼웠다.

'삶을 남김없이 불태워라!'

유나는 속으로 외쳤다. 괴테의 열정은 유나의 마음에도 불씨를 당겼다. 유나는 새로운 내일을 기대하며 강의실을 나섰다.

바이런 선생님, 《돈 주안》이 보여주는 시대정신은 무엇인가요?

▶▶ 바이런이 대답해주는 '개인적 반항' 이야기

사랑과 자유, 공존할 수 있다고 생각하나요?

힘들다고 생각합니다. 한 사람을 사랑하면서 또 자유롭게 생활하기는 쉽지 않아 보이거든요. 결국 하나를 선택할 수밖에 없겠죠.

때에 따라 다르지 않을까요? 적당히 타협할 수 있다고 봐요.

사람은 누구나 양면성을 마음속에 갖고 있어요. 사랑을 꿈꾸면 자유가 절실하고, 자유를 꿈꾸면 사랑이 고플 거예요.

──────▶▶ 생각해보기 ◀◀──────

바이런은 사회의 위선과 낭만적 사랑을 마주한
《돈 주안》을 통해 어떤 시대정신을 보여주려 했을까?

"유나! 너 지금 안 오면 영원히 못 들어올 줄 알아!"

엄마가 내지르는 목소리가 아파트 복도에 쩌렁쩌렁 울렸다. 안타깝게도 유나의 발걸음을 되돌려놓지 못했지만 말이다. 유나는 엄마의 임무를 '미션 클리어'하듯 매번 학원에 빠지지 않고 나갔다. 그러다 유감스럽게 오늘은 토끼굴 책방에서의 강의 시간이 학원과 겹쳤다. 유나도 어쩔 수 없었다. 삼십육계 줄행랑을 치는 수밖에.

엄마와 실랑이를 벌이다 평소보다 30분 늦게 집을 나섰다. 돈으로도 살 수 없는 강의를 놓치지 않으려 유나는 더 빨리 발걸음을 재촉했다. 숨이 차서 헐떡거리다 시계를 보고는 조용히 숨을 내쉬었다.

'아, 그래도 10분밖에 안 늦었네.'

유나는 조심스럽게 문을 열고 교실로 들어갔다. 아직 오늘의 선생님이 도착하지 않은 듯했다. 문 앞에 서서 다행이라고 혼자 중얼거리고 있는데 갑자기 다급한 목소리가 뒤에서 들려왔다.

"학생, 같이 들어갑시다. 수업에 늦어버렸네요."

고개를 돌려보니 깡마른 외모에, 우울한 표정이지만 꽤 훈훈한 남자가 있었다. 젊은 남자는 절뚝거리며 강단으로 올라섰다. 그제야 유나는 그가 오늘 강의할 문학가라는 걸 알았다.

바이런은 왜 자유를 노래하는 시인이 되었을까?

"정말 미안합니다. 오래 기다렸지요? 사과하겠습니다."

그는 공손하게 허리를 굽혀 인사했고 그 모습이 진솔해 보였다. 그러고는 얼른 강의를 시작할 줄 알았는데, 그냥 창밖으로 그윽한 시선을 던지고 있었다. 생각에 잠긴 표정 때문에 누구도 의중을 간파할 수 없었다. 모두 오늘의 선생님이 조금은 유별난 사람일 것 같다고 생각했다. 그는 온몸으로 고독을 뿜어내고 있었다.

"오늘의 날씨를 보니 떠오르는 구절이 있습니다. '만일 그대 다시 만나면 어떻게 그대 다시 맞이할까? 말없이 눈물을 흘리며.' 여러분, 어떤가요?"

그는 깊은 감성으로 천천히 시구를 낭송했다. 다들 무슨 영문인가 했다.

"미안해요. 부디 지금의 감정을 이해해주길 바라겠습니다. 이제 이야기를 본격적으로 시작해야겠죠? 먼저 소개부터 하죠. 나는 영국의 시인 바이런입니다. 여러분을 만나서 진심으로 기쁩니다."

바이런이라는 말을 내뱉자마자 폭탄이 떨어지듯 일순간 강의실에 소란이 일었다.

"영국의 대시인! 바이런이었군요! 사랑을 주제로 쓰신 그 수많은 시들을 제가 얼마나 사랑한다고요! '너는 울고 있었다. 파란 눈에서 빛나는 눈물방울이 흘러내렸다. 그때 나는 제비꽃이 이슬을 머금고 있는 듯하다고 생각하였다.' 시구가 정말 아름다워요!"

가장 먼저 입을 연 사람은 정미였다. 정미는 그 자리에서 외운 시를 읊을 정도로 바이런의 '열성팬'이었다.

"방금 그 시는 바이런 선생님의 〈너는 울고 있었다〉죠. 아름답고 감동적인 시입니다. 하지만 저는 바이런 선생님의 작품 중에서도 열정적으로 자유를 부르짖고 개성을 추구하는 풍의 시들을 가장 좋아합니다. 그런 시를 읽고 나면 늘 심장이 뜨거워지거든요."

이번에는 형민이었다. 형민은 늘 그렇듯 적극적이었다.

"여러분, 흥분하지 마세요. 먼저 바이런 선생님께서 말씀하시도록 시간을 드립시다."

주영이 나서서 사람들을 진정시켰다.

"허허. 학생들이 이렇게 내 작품을 아낀다니 정말 기쁩니다."

바이런은 입가에 웃음을 머금었다.

"하지만 바이런이라는 사람에 대해서는 읽지 못했을 겁니다. 오늘 같은 기회는 다시 오지 않을 테니 여러분과 진심을 나누면서 '바이런과 그의 시'에 대해 수다를 떨어볼까 해요."

학생들의 높은 관심에 바이런도 고무된 듯했다.

"나는 몰락한 귀족 가정에서 태어났어요. 어려서 아버지를 잃었기 때문에 일찍부터 어머니와 가난하고 고독한 유년 시절을 보냈지요. 10살 때 남작의 작위를 물려받았고, 가난한 아이에서 '바이런 경'으로 신분이 바뀌었습니다. 그러면서 내 인생에 엄청난 변화가 몰려왔어요. 이후 해로우 스쿨과 케임브리지 대학에서 공부했고, 그곳에서 계몽주의의 영향을 크게 받았습니다. 졸업 후 상원의원의 자리를 이어받았지만 그곳에서의 삶은 행복하지 않았습니다. 자신감 넘치고 예민하며 반항적인 나로서는 상류사회의 부패와 사치를 견뎌낼 수가 없었어요. 그들 역시 시대에 어울리지 않는 나의 성격을 싫어했죠. 아주 불행했습니다. 결국 나는 조국에서 쫓겨났습니다."

이때 바이런의 투명하고 깨끗한 눈동자에 눈물이 글썽였다.

"조국 잉글랜드를 떠날 때 슬프고 분하고 고통스러웠습니다. 하지만 그 후 나는 좀 더 넓은 경치를 볼 수 있게 됐죠. 포르투갈, 스페인, 몰타, 알바니아, 그리스, 터키 등 수많은 나라들을 돌아다녔어요. 여행은 견문을 넓혀주었고 창작에 대한 영감을 극대화시켜주었죠.《차일드 해럴드의 순례》가 바로 그때 쓴 작품이며,《동방 이야기들》의 소재 역시 그 과정에서 얻었습니다. 나는 결혼과 이혼 등 여러 가지 좋지 않은 일들을 겪었습니다. 여기에 대해 간략히 설명할까 해요. 고뇌는 바람 따라 사라지는 것이고, 기쁨은 영원히 회상할 만하니까요. 잉글랜드를 떠나 나는 한동안 스위스에서 생활했어요. 그곳에서 위대한 시인 퍼시 셸리와 교제했죠. 그녀의 사상과 창작은 내게 큰 영향을 미쳤습니다. 그 후 이탈리아로 이사 갔고, 카르보나리당에 가입해 세계 인민들의 해방을 위해 힘을 보탰어요. 이때 나의 시는 낭만주의의 환상에서 점차 현실주의로 옮겨가고 있었죠. 〈타소의 탄식〉〈벳포〉〈단테의 예언〉 등은 모두 전투적인 빛이 번뜩이는 작품들입니다."

"바이런 선생님, 저는 선생님의 작품을 읽으면서 때때로 비관적이고 상처받은 정서를 드러내기는 하지만 늘 반항적 정신을 가지고 있는 분이라 생각했어요. 자유와 정의는 선생님 사상의 핵심이었죠. 특히 자유야말로 선생님께서 평생을 걸쳐 추구했던 것이잖아요. 당당하게 하시던 말씀이 생각나요. '사람들 사이에 홀로 서 있을지언정 나의 자유로운 사상을 한갓 왕위와 바꾸지는 않겠다.' 일생을 그렇게 인류의 자유를 추구하는 위대한 일에 헌신하셨죠. 선생님은 진정한 영웅이에요."

정미는 마음 깊은 곳에서 우러나온 격정적인 말로 바이런을 찬미했다.

"하하. 어지럽네요. 하지만 나는 영웅이 아니에요. 영웅이 되고 싶었던 시인이죠. 한 가지 자랑할 수 있는 건 세계 모든 사람들의 자유를 위해 평생 노력했다는 겁니다."

바이런은 다시 자신의 삶을 설명했다.

"이탈리아를 떠난 뒤 나는 다시 전쟁의 포화가 흩날리는 그리스로 갔습니다. 그곳에서 군대를 모집하고 직접 전장에 뛰어들었지만, 미처 원대한 꿈을 이루기도 전에 목숨이 다하고 말았죠. 인생이란 이렇게 덧없습니다!"

바이런은 긴 한숨을 쉬면서 오랫동안 아무 말도 없었다. 비관적 생각에 또 휩싸인 모양이었다.

"내 이야기는 이만하고, 본론으로 들어가서 시에 대해 계속 토론해보죠. 바이런이라는 시인을 하룻밤에 드높인《차일드 해럴드의 편력》에 대해 나눠봅시다."

서정과 방랑의 《차일드 해럴드의 편력》

"《차일드 해럴드의 편력》은 내 이름을 세상에 알린 작품입니다. 두 차례 외국 여행 과정에서의 견문과 감상을 기록했어요. 생동감 넘치는 열정적인 기록이자 당시 병든 사회에 경고를 날리는 정치 풍자시였죠. 1장과 2장은 여행 도중에 완성했고, 첫 번째 여정에서 경험한 모든 소감과 인생에 대한 생각을 녹여냈어요. 진실하고 뜨겁게 썼기 때문에 특별히 감동적일 겁니다. 이 기나긴 시의 주인공인 차일드 해럴드는 나의 분신입니다. 내가 겪은 일과 느낌을 그에게 투사했어요."

바이런은 간략히 작품 소개를 마치고 본격적인 이야기를 시작했다.

"영국의 젊은 귀족 해럴드는 상류사회의 사치와 방탕한 생활에 염증을 느끼고는 고독감과 답답함을 견디지 못해 조국을 떠나 유럽을 자유롭게 돌아다닙니다. '우울한 방랑자'는 먼저 포르투갈로 갔어요. 그곳에서 아름다운 자연과 풍부한 유적들을 관람하죠. 동시에, 총탄의 포성 속에 놓인 포르투갈 국민들의 모진 고통을 보게 됩니다. 이후 건너간 스페인에서는 나폴레옹 군대에 대응하는 국민들의 모습을 목격하죠. 여러 나라를 돌아다니는 동안 해럴드의 우울은 경감되지 않았어요. 그리고 알바니아로 가서 호방한 민간 풍속을 느낍니다. 다시 그리스로 가서 여러 고적들을 감상하죠. 하지만 아쉽게도 우울한 마음은 여전했습니다. 몇 년 뒤 그는 워털루, 레만 호수, 베네치아, 로마 등을 두루 돌아다닙니다. 그 뛰어난 경관 앞에서도 삶에 대한 열정은 되살아나지 않았어요. 그러다 마지막으로 끝없이 펼쳐진 광활한 바다를 보며, 마침내 무엇이 힘이고 영원함인지를 깨닫지요."

학생들은 조용히 바이런의 이야기를 들었다.

"이 장편의 서사시는 총 4장으로 주인공 해럴드의 여행 과정이 주된 줄거리입니다. 시에는 유람하는 해럴드 외에도 또 다른 서정적 주인공이 등장합니다. 해럴드는 고독하고 우울하며 비관적이고 오만한 방랑자죠. 그는 현실에 불만을 품고 반역적인 생각을 품지만 적극적으로 행동하지는 않습니다. 그래서 어느 곳에 있든지 극심한 고통을 느끼죠. 서정적 주인공은 해럴드와 상반되게 기운이 충만하고 열정적이며 치열합니다. 반항적 사상을 지닌 관찰자이자 비평가예요. 그는 예리한 시선으로 시대를 살핍니다. 폭정을 비판하고 민족의 압제를 반대하며 자유와 독립을 추구하죠. 그리고 유럽 각국의 해방 투쟁을 찬미합니다. 그는 또렷한 정신으로 현실을 직시하는 민주 투사의 모습을 하고 있습니다."

"바이런 선생님, 시 속에 방랑하는 주인공과 서정적 주인공은 왜 그렇게 성격이 극과 극인 건가요?"

정미가 궁금한 듯 물었다.

"학생의 질문이 바로 이어서 설명할 내용이었습니다. 어느 정도 정보가 있는 학생이라면 내가 대립적 사상이 결합된 모순체라는 것을 알 겁니다. 나는 삶을 사랑하고 자유를 갈망하며 행복을 추구하고 모든 불평등한 제도가 뒤바뀌기를 희망하는 사람입니다. 그런데 독립을 싫어하고 세상을 비판하며 현실을 회피하고 귀족의 습성을 버리지 못하는 면도 있지요. 시에서 나는 이 상충되는 사상을 각각 방랑하는 주인공과 서정적 주인공에게 부여했어요. 그래서 성격이 대비되는 것이고, 결국《차일드 해럴드의 편력》은 내게 매우 중요한 작품이란 거죠. 민족 자유에 대한 강렬한 희망을 토로하면서 수많은 예술적 수법을 대담하게 시도한 시입니다. 서사, 서정, 묘사를 한데 묶어 교차시키고 시공의 한계를 초월했습니다."

"선생님께서《차일드 해럴드의 편력》을 발표하고 겨우 4주 뒤 7쇄 제작이라는 눈부신 성과를 얻었고 그 일로 명성이 자자해졌죠. '어느 아름다운 날 아침에 일어나 보니 내가 유명해져 있더라'고 하셨다던데 정말입니까?"

이번 질문의 주인공은 형민이었다. 부러워하는 기색으로 보건대 형민도 '하룻밤 사이에 유명 인사가 되는' 꿈같은 일이 일어나길 바라는 것 같았다.

"흠, 사실이라네. 너무 오래전 일이라 가물가물하지만. 여하튼 주제를 벗어나는 이야기니 계속해서 강의를 할까요?"

화제는 세상을 뒤흔든 바이런의 또 다른 작품《돈 주안》으로 돌아왔다.

바이런,《돈 주안》에 시대의 영웅을 묘사하다

"《돈 주안》은 내 인생 최대의 성과이자 최대의 유감인 작품이죠. 왜냐면 최종적으로 완결 짓지 못했기 때문이에요.《돈 주안》은 내게 일대의 한계를 극복한 작품이라 할 수 있어요. 새로운 주인공 이미지를 또 만들어냈으니까요. 내 작품 속 주인공들은 공통적인 특징을 지니고 있어요. 앞서 언급한《차일드 해럴드의 편력》도 예외는 아니었죠. 대부분 오만하고 고집 세며 우울하고 고독하며 제멋대로인 데다 현실에 만족할 줄 모르면서도 또 현실을 개혁하기엔 역부족인 인물이죠. 후대 사람들은 그들에게 '바이런식 영웅'이라는 호칭을 특별히 붙였다지요. 정말 웃지도 울지도 못할 일입니다. 자, 어쨌든 간에《돈 주안》으로 들어가 보자고요. 이 인물이 생소하지는 않을 거예요. 이전에 몰리에르가 다녀갔었죠? 아마도 희극《동 쥐앙》을 강의했을 것 같은데 맞나요?"

"맞아요. 몰리에르 선생님도 그 인물을 언급하셨습니다. 돈 주안은 본래 스페인의 전설적인 카사노바이자 불량배였죠. 양면성을 지닌 '치명적 매력의 악한'으로 묘사해서, 빛 좋은 개살구인 귀족계급을 풍자했습니다. 선생님의 시 속에는 어떠한 이미지로 등장하나요? 선생님은 돈 주안에게 어떤 특징적인 의미를 부여하셨나요?"

성진은 심각한 표정으로 마치 날카로운 비평가처럼 질문했다.

"어쩐지 학생의 발언이 좀 도발적인데? 나와 몰리에르가 서로 물어뜯기를 바라는 건가?"

바이런의 말에 모두 깜짝 놀랐고, 분위기는 순식간에 경직됐다.

"하하, 농담입니다. 이제부터 '바이런판' 《돈 주안》을 소개하죠. 나의 서사시 속 주인공은 천진하고 열정적이며 선량한 귀족 청년입니다. 그는 본능에 충실하며, 불합리하고 번잡한 계율에 반항하며, 거짓된 행동을 거의 저지르지 않죠. 사랑하는 사람에게 늘 마음을 다해 대하고 변덕스럽지 않으며 비겁하지도 않습니다. 중요한 시기에 영웅적 기개를 드러내죠. 하지만 결연한 신념이 부족하고 의지가 약하며 유혹에 취약해 남의 장단에 춤추기 일쑤입니다. 어떤 환경에든 잘 적응하지만 자신의 운명을 장악하지는 못하는 사람입니다. 완벽한 영웅이 아니라는 거죠. 그에게는 인간이라면 본질적으로 가지고 있는 수많은 약점이 집약되어 있어요. 그냥 평범한 사람인 겁니다. 나는 이 평범한 인물이 지닌 성격의 이중성을 통해 현실적 삶의 다양함과 도덕의 복잡함을 묘사했습니다. 자, 이것이 바이런판 《돈 주안》입니다. 어때요? 만족스러운가요?"

바이런도 활달하고 유머러스한 일면이 있었다. 본인이 직접 '바이런판'이라는 말을 사용하니 재미있었다.

"바이런판 돈 주안은 정말 매력적이네요. 꼭 선생님처럼요!"

정미는 젊고 멋진 바이런에게 애정을 거침없이 드러냈다. 바이런은 정미와 눈을 마주치며 큰 소리로 웃었다.

《돈 주안》의 시대정신

"이제부터는 학생이 강의의 마지막을 설명해주면 좋겠군.《돈 주안》의 주제를 해부하는 것 말이야."

바이런의 돌발적인 발언에 정미는 잠시 어쩔 줄 몰라 했다. 강의실에 있던 모두가 정미를 걱정했다. 과연 잘 설명할 수 있을까 싶어서였다. 평소에 거드름을 피우고 제멋대로 말을 해서 사람들에게 맹하다는 인상을 주는 그녀였다. 그런데 중요한 순간이 되자, 정미는 침착하게 설명을 해나가기 시작했다.

"본 작품에서 가장 빛나는 부분은 풍자예요. 바이런 선생님은 특별히 주인공을 18세기 말에서 19세기 초까지의 인물로 설정하셨죠. 그리고 여행 과정에서 보고 들은 내용을 통해 독자들에게 '세계 각국 사회의 재미있는 부분'을 보여주셨고요. 반진보적인 세력과 구조를 드러내면서 자유 민주 사상을 표현한 것이죠. 바이런 선생님의 풍자적 필체는 아주 예리해요. 작품 속 제국은 잔혹하고, 집권자들은 날뛰며, 정치가들은 거짓말하고, 문인들은 사리사욕에 눈멀어 있으며, 귀족들은 부끄러움 없이 방탕한 생활을 하죠. 선생님은 통치계급의 허울을 벗기고 당시의 본질적 특징을 폭로했죠. 그것은 봉건전제의 폭정과 사회도덕의 허위였습니다. 결과적으로《돈 주안》은 선명한 시대정신을 지닌 작품이에요. 바이런 선생님도 이런 말씀을 하셨죠. '호메로스가 살던 시대의 정신에《일리아스》가 화답한 것처럼,《돈 주안》도 나 바이런이 살던 시대의 정신에 화답한 것'이라고요."

정미의 발언을 모두 들은 바이런은 박수를 쳤고, 곧 강의실 전체에 우레와 같은 박수가 쏟아졌다.

"훌륭한 설명이군. 한 구절 한 구절 다 내 마음 같아."

바이런의 칭찬에 정미는 얼굴을 붉히며 앉았다.

"자, 좋습니다. 약속된 시간이 거의 다 됐으니 오늘 강의는 이쯤에서 끝내죠. 여러분과 함께해서 아름다운 시간이었어요. 유쾌한 경험이었고요. 하지만 만남이 있으면 헤어짐도 있는 법, 이제 우리도 이별해야겠죠. 인연이 있다면 다시 만날 겁니다."

낭만적인 대시인은 낭만적인 결말로 강의를 마무리했다. 절뚝절뚝 걸어가는 문학가의 뒷모습을 바라보며 사람들은 모두 헤어짐을 아쉬워했다. 정미는 감정을 주체하지 못했는지 작게 울음을 터뜨렸다. 그 모습에 유나도 눈시울이 붉어졌다. 유나는 바이런의 일생을 음미하며 '자유'라는 단어를 곱씹어보았다. 누구나 다 자유로워야 하고 누구나 다 자유가 필요하다. 사회는 사람을 억압하거나 경시해서는 안 된다. 유나는 다시 한 번 스스로를 돌아봤다. 그리고 자기만의 진정한 자유를 위해 투쟁하리라 결심했다.

위고 선생님, 《레 미제라블》의 세상은 무엇으로 구원되나요?

▶▶ 위고가 대답해주는 '자비와 구원' 이야기

빵을 훔쳐서 19년 동안 감옥에 갇혀야 한다면 어떡할까요?

정말 가혹한 처사라고 생각합니다. 겨우 빵 때문에 20년 가까이 감옥살이를 해야 하다니. 법이 항상 정의의 편에 서는 건 아닌가 봅니다.

물론 형평성에 어긋납니다. 너무 무겁죠. 그렇다고 사회 질서를 해쳐서는 안 된다고 생각해요. 그에 따라 응당 죗값을 치러야 합니다.

사회에 얼마나 모순이 가득 차 있는지 알 것만 같아요.

────── ▶▶ 생각해보기 ◀◀ ──────

위고는 주교의 자비로
새 삶을 산 《레 미제라블》의 장발장을 통해
어떤 세상을 이야기하려 했을까?

어느덧 다시 주말이었다. 시간은 빨리도 흘러갔다. 유나는 나른하게 잠에서 깨어나 잠시 침대 위에 누운 채로 일요일을 어떻게 보낼 것인지 가벼운 마음으로 계획하고 있었다. 그때 벨이 울리면서 휴대폰 화면에 모르는 번호가 떴다. 받을까 말까 망설이다 받았다. 전화를 건 사람은 같은 반 미숙이었다. 얘가 웬일이지? 그러다 지난번 미숙에게 번호를 알려줬다는 것을 기억해냈다. 정말로 연락할 줄은 생각지도 못했는데! 미숙은 주말이니 쇼핑도 하고 밥도 먹다가 저녁이 되면 영화도 보자고 말했다. 늘 혼자였던 유나도 반가워서 그러자고 할 참이었는데 생각해보니 꺼림칙한 점이 하나 있었다. 미숙에게 '비밀'을 노출해도 될까? 결국 갑자기 다른 일이 있다며 미숙의 제의를 거절했다.

그 후로 유나는 마음이 불편했다. 자신이 겪은 '기이한 경험'을 모두에게 말하고 싶었지만 입을 열지 못했다. 어떻게 설명해야 할까? 사실은 일요일마다 '꿈의 수업'을 들으러 간다고 말해야 할까? 누가 믿을까? 너무 황당하지 않을까? 모두가 제정신이 아니라고만 생각할 것 같았다. 선의의 거짓말을 하는 게 차라리 나을 것 같았다. 어쨌든 사람들에게 해를 끼치는 것은 아니니까. 남을 속인다는 건 왜 이리도 마음을 찝찝하게 하는지! 잔잔한 물 같던 유나의 마음에 작은 동요가 일었다. 아름다운 주말은 물거품이 되었다. 저녁까지 마음을 억누른 채로 오늘의 문학 강의가 자신을 구해주기만을 기다렸다.

위고로 대표되는 낭만주의란 무엇일까?

"여러분, 안녕하세요. 빅토르 위고입니다. 시인이자 극작가이자 소설가이자… 하하, 더 많은 직함들이 있지요. 하지만 그 어떤 호칭이 붙더라도 나의 일생은 '낭만'이라는 두 글자와 뗄 수 없습니다. 아, 낭만이라! 내 일생일대의 주제이지요."

프랑스 낭만주의의 대표라 부르기에 손색없을 만큼 위고는 시작부터 자신의 낭만적 기질을 보여주고 있었다. 유나는 오늘의 선생님이 위고라 사실 기뻤다. 평소 사실주의 작가를 좋아해 위고의 작품은 별로 읽어보지 못했다. 그런데 최근 영화 〈레 미제라블〉이 인기리에 상영되면서 '위고 열풍'이 일었고, 유나도 그 바람에 《노트르담 드 파리》를 사서 읽었다. 마침 어젯밤 모두 읽고 나서 위고에 완전히 매료되었는데 이렇게 눈앞에 서 있다니, 믿기지가 않았다.

"나는 평생 낭만주의를 신봉했던 시인입니다. 사전에 공부해온 학생들은 내가 12살부터 시를 썼다는 걸 알겠지요. 15살 때는 프랑스 과학 아카데미에서 개최한 시 대회에 참가해 인생의 첫 번째 장려상을 수상했고, 동시에 명망이 높았던 낭만파 선구자인 샤토브리앙의 극찬을 받았죠. 당시 나에게는 엄청난 격려였습니다. 그 순간 결심했죠. 샤토브리앙처럼 되지 않는다면 아무것도 하지 않겠다고요. 내가 세운 첫 번째 포부였고, 이 꿈에 의지해 한 발 한 발 문단의 정상을 향해 나아갔습니다. 이건 자만이 아니고, 여러분도 나처럼 격려를 받길 바라는 마음에서 경험을 이야기하는 거예요. 자, 좋아요! 더 이상 중요치 않은 사적인 일들에 대해서는 잡담하지 않겠습니다. 보아하니 저기 끝에 하품을 하는 사람도 있군요."

위고는 농을 던지며 화제를 본론으로 옮겨갔다.

"희곡《크롬웰》에 붙인 '서문'은 낭만주의에 투신을 결심한 선언문입니다. 이 글에서 나는 낭만주의의 미학적 주장을 명확히 제기했죠. 대조의 기법을 사용해서 말이죠. 추함은 아름다움의 곁에 존재하고 우아함과 고상함의 뒤에 흉하게 숨어 있다고 생각합니다. 또 아름다움과 추함은 공존하고, 빛과 어두움 역시 공존한다고 생각합니다. 그것을 서로 대조한다는 원칙이 내 문학적 창작을 이끌어왔죠. '아름다움과 추함'이라는 단어 때문에 아마도《노트르담 드 파리》를 연상했을 것이라 생각합니다. 이 소설 속에 대조라는 미학적 관점을 가감 없이 드러냈죠. 이 작품은 말하자면 끝이 없습니다. 그러니 잠시 뒤로 미루고 먼저 시에 대해서 이야기해보자고요."

"선생님, 그럼 사랑을 주제로 한 시부터 들려주세요."

진수는 위고가 당황하는 모습을 보고 싶었는지 장난스런 어조로 말을 꺼냈다. 사실 진수는 위고가 줄리에트에게 쓴 연애시에 대해 들어보고 싶던 거였다. 그러나 위고는 진수의 말을 천연히 들어 넘기며 엷은 미소를 띤채 강의를 시작했다.

"나는 평생 26부의 시집을 썼어요. 이 시들의 주제는 대부분 자유에 대한 갈망이거나 민족해방 운동에 대한 지지이거나 폭정에 대한 폭로와 반항이었습니다. 빈부격차의 현실과 중대한 역사 사건에 대한 태도뿐만 아니라 인생, 사랑, 자연을 향한 감탄과 찬미도 들어 있었죠.《동방시집》에서는 그리스 국민들의 민족 투쟁을 찬미했고,《마음의 소리》에서는 가정생활의 회상과 함께 대자연의 아름다운 경관을 묘사했어요. 방랑 기간에 쓴《정관시집》에서는 내 생애에 대해 정리하면서 진지한 감정으로 철학적 내용을 대폭 포함시켰죠. 그밖에도 사람에 관한 시집《여러 세기의 전설》을 썼습니다. 이 작품은 인류의 역사에 관한 시로 성경이나 신화 등에서 소재를 취했고 상상력을 최대한 발휘했죠. 진취적이고 낙관적인 태도를 그 속에 녹여 냈고요. 때문에 이 작품은 일반적인 역사 교과서에 나오는 사실과는 차별화된 진정한 서사시라고 할 수 있습니다. 아, 너무 오랫동안 자화자찬을 했네요. 혹시 나를 대신해 좀 더 시를 분석해줄 친절한 학생이 있을까요?"

위고의 간청에 유나는 자기도 모르게 웃음이 나왔다.

"선생님은 시의 새 영역을 개척하셨습니다. 선생님의 붓끝에서 서정, 풍속, 풍경, 역사뿐만 아니라 철학과 사색도 거침없이 나왔죠. 시로서의 표현 능력이 크게 확장됐습니다."

이번에도 앞장서서 대답한 사람은 형민이었다. 유나는 그의 용기와 빠른 행동에 탄복할 수밖에 없었다. 그 내용조차 꽤 괜찮게 느껴질 정도였다.

"위고 선생님의 시는 격정적이고 호방합니다. 그 도도한 흐름이 끊이지 않고 이어집니다."

진수였다. 방금 전 장난스럽게 질문하던 모습은 온데간데없고 존경의 찬사를 보냈다.

"위고 선생님은 대조를 응용해 종종 사람들의 예측을 깨뜨리곤 하셨죠.

또 은유에도 강했고, 추상적 개념과 구체적 이미지를 서로 결합시켜 새로운 의미를 만들어내셨어요. 상징적 수법과 일맥상통해요."

이번에는 주영이 수사적 관점에서 시를 평가했다.

"선생님의 시는 상상력이 풍부해요. 생명이 없는 것들에 충만한 생기를 불어넣어 독자들이 시를 동경하게 했죠. 사용된 언어도 매우 풍부하고 다채로워요. 음률이 자유롭고 신축이 있으면서 변화가 많아요. 후대에 큰 영향을 미쳤죠."

이번에 발언한 사람은 정미였다. 또 누군가 홀린 듯 손을 들자 위고가 제지하며 말했다.

"자자, 그만. 됐습니다. 여러분의 과찬에 정말 몸 둘 바를 모르겠네요. 시에 대해서는 이제 일단락 짓고 소설로 넘어가 보죠.《노트르담 드 파리》부터 이야기해봅시다."

위고가 다시 엄숙한 표정으로 돌아오자 학생들은 긴장했다.

아름다움과 추함의 대조,《노트르담 드 파리》

"소설의 이야기는 1842년 파리의 노트르담에서 시작합니다. 집시인 에스메랄다는 노트르담 성당 앞 그레브 광장에서 노래를 부르고 춤을 추는 소녀입니다. 부주교인 클로드는 집시 소녀의 아름다움과 생기에 매료되고 말죠. 그날 밤 그는 자신의 양아들이자 노트르담 성당의 종지기인 꼽추 카지모도에게 소녀를 납치하라고 시킵니다. 하지만 에스메랄다는 궁정의 경비대장 페뷔스에 의해 구출되고, 이 멋진 장교에게 사랑을 느끼죠. 그녀는 페뷔스가 겉보기에 화려할 뿐 사실은 형편없는 사람이라는 것을 전혀 몰랐죠. 본성이 이기적이고 경박하다는 것을요. 한번은 에스메랄다가 페뷔스와 데이트를 하는데, 클로드가 기회를 틈타 페뷔스를 찔러 다치게 했어요. 그런데 그 죄를 에스메랄다에게 덮어씌웠고 그녀는 이 일로 교수형에 처해질 위기에 놓입니다. 이전에 자신을 구해준 일로 에스메랄다의 도움을 받았던 카지모도는 얼른 형장으로 달려가 그녀를 구합니다. 그러고는 노트르담의 꼭대기에 숨긴 채 밤낮으로 그녀를 지키죠. 후에 클로드가 군사를 이끌고 또다시 에스메랄다를 체포하려 들자 집시들이 이 소식을 듣고 소녀를 보호하려 해요. 하지만 안타깝게도 군사들에 둘러싸여 죽음을 당하고, 구출은 실패로 돌아갑니다. 무고한 소녀는 불행히도 죽고 말아요. 절망한 카지모도는 클로드를 성당의 꼭대기에서 밀어 죽입니다. 그리고 에스메랄다의 시체를 부여안은 채 쓸쓸한 죽음을 맞이하죠."

위고는 학생들을 하나하나 둘러보았다.

"자, 이제는 생각에 빠질 시간입니다. 이 작품을 분석해볼 학생이 혹시 있을까요?"

위고가 미소를 보이며 말했지만 이번에는 선뜻 나서는 학생이 없었다.

"아무도 없군요. 그렇다면 계속 이야기할게요. 이 작품에 사용했던 아름다움과 추함의 대조에 대해 말해보겠습니다. 소설 속 네 명의 주요 인물은 각각 네 가지의 다른 영혼을 대표해요. 클로드는 겉으로 정직하지만 내면은 부정직한 위선자죠. 내적으로는 악하고 외적으로는 선한 대조를 보이고 있습니다. 페뷔스는 외적으로 준수하지만 내면은 추악하죠. 겉으로 보이는 아름다움과 대조되는 내면의 악함을 역으로 부각시킨 겁니다. 종지기 카지모도는 비록 외형은 추하지만 내면은 정말 아름답죠. 외적인 추함과 내적인 아름다움이 선명한 대조를 이룹니다. 유일한 여주인공인 에스메랄다는 아름답고 순수하며 천진무구하고 선량한 '완벽한 여신'입니다. 그녀는 내적 아름다움과 외적 아름다움이 통일된 극한의 인격입니다. 자, 지금부터는 여러분이 바통을 받아주겠습니까?"

위고가 다시 한 번 질문을 던졌다. 그때 성진이 나섰다.

"그럼 제가 클로드라는 인물을 분석해보겠습니다. 그는 이 작품에서 가장 모순적 인물로, 모든 원한이 그에게서 비롯됐습니다."

성진은 평소 잘 발언하지 않지만 일단 기회가 오면 자기 생각을 강하게 밝히는 학생이었다.

"제 기억에 위고 선생님은 시집《바다의 노동자》의 서문에 이렇게 언급한 적이 있습니다. '종교·사회·자연, 이 세 가지는 인간의 투쟁 대상이다.'《노트르담 드 파리》는 그중 종교를 규탄하기 위해 쓰신 소설임이 분명합니다. 아름답고 순진한 소녀가 뜻밖에도 사제라는 사악한 인물 때문에 무고한 죽음을 당했습니다. 선생님은 그녀의 비극적 운명을 통해 중세 유럽 사회의 암흑과 교회 세력을 공격하려던 건 아니었을까요?"

"클로드를 분석한다 하지 않았나요? 왜 지금 종교를 끌어들이는 거죠? 핵심에서 벗어난 것 같습니다."

성진이 더욱 격정적으로 이야기를 하려는 찰나, 형민이 나서더니 이의를 제기했다. 그러자 성진은 정색하며 답했다.

"왜 그렇게 성급하죠? 작품 속 숨은 의도도 말씀드리고 싶었을 뿐입니다. 본래 클로드라는 인물은 종교 제도의 희생양이자 또 추악한 세력의 대표자입니다. 그의 모순된 성격은 종교적 산물입니다. 그를 분석하려면 당연히 종교에서부터 시작해야 하는 겁니다."

성진의 근거 있는 반박에 형민의 말문이 막혔다.

"클로드는 매우 복잡한 인물입니다. 그가 천성적으로 잔혹하고 음험한 인물이었던 건 아니죠. 그의 영혼은 순전히 종교의 금욕적인 제도가 만들어낸 겁니다. 그 역시 정상적인 인간이라면 가질 법한 정상적인 욕망을 갖고 있었습니다. 하지만 생계의 압박으로 어쩔 수 없이 부주교를 하면서 욕망을 속박했던 거죠. 결국 행복하지 못했기 때문에 그는 세상의 모든 아름다운 것을 증오했습니다. 그는 에스메랄다를 사랑했지만 그녀를 얻지 못하자 오히려 망가뜨리려 했고요. 그의 마음은 불완전했고 인성은 왜곡됐죠. 가증스럽지만 한편으론 가엾습니다."

"아주 훌륭한 분석이었습니다. 더 보충할 필요가 없군요. 시간이 촉박하니 이쯤하고, 또 다른 소설《레 미제라블》에 대해 토론해보죠."

위고는 시계를 한번 본 뒤 화제를 돌렸다.

위고,《레 미제라블》로 세상을 구원하는 '자비'를 말하다

"사람들은 세상이 아름답다고 말하지만 왜 내 눈에 비친 세상은 잔인해 보일까요? 셀 수 없이 많은 사람들이 가난으로 인해 사선에서 몸부림치고 있고 압박과 착취의 현장은 도처에서 발견됩니다. 법은 옳고 그름을 제대로 분간하지 못해 되레 선한 사람들을 모함하기도 하죠. 그런데도 여전히 세상이 아름답다 말할 수 있을까요? 이곳은 그야말로 인간 지옥입니다. 나는 이 현실을 그대로 썼어요. 한 편의 소설로 세상 사람들이 처한 환경을 바로 볼 수 있길 바랐습니다. 사실 법은 그저 가난한 사람들을 억압하는 도구라는 걸 알리고 싶었어요. 법이 아니라 인자한 마음, 곧 자비만이 유일하게 세상을 구할 수 있다고요. 그렇게 탄생한 작품이 《레 미제라블》입니다."

모두 위고의 설명에 집중했다.

"나는 이 소설 속에서 당시 사회에 직면한 세 가지 절박한 문제를 제기했어요. '가난이 남자들의 의욕을 앗아가고, 굶주림이 여성을 타락시키고, 부패가 아이들을 허약하게 한다'고요. 순박한 노동자 장발장은 굶주리는 아이를 위해 빵 한 덩이를 훔쳤다가 19년을 복역하죠. 성실한 여공 팡틴은 사람들에게 기만당하고 사회의 밑바닥에서 떠돌다가 어쩔 수 없이 자신의 몸을 파는 지경에 이릅니다. 그러다 가난과 질병 때문에 쓸쓸히 죽음을 맞습니다. 5살 된 딸 코제트는 테나르디에 부부에 의해 길러지지만 비인간적인 대우를 받죠. 욕설과 학대는 일상이었고요. 코제트는 매일 집과 정원을 청소하고 설거지하고 무거운 물건을 옮기고 어두운 밤에 숲으로 가 물을 길어왔습니다. 동화 속 신데렐라보다 가련했죠. 이 세 사람은 모든 가난한 사람들을 대표하며, 비참한 세상을 대표합니다. 이런 보잘것없는 인물들이 겪는 세상을 통해 나는 사람들이 사회의 죄악을 제대로 볼 수 있기를 바랐어요."

위고의 목소리가 조금씩 떨렸다. 가슴속에서 치미는 감정 때문인지 '인도주의의 대가' 위고는 잠시 강의를 멈췄다.

위고의 인도주의

"선생님, 그럼 이 어두운 세상에서 어떻게 하면 고통에서 벗어나 행복과 아름다움으로 나아갈 수 있을까요?"

정미가 고민을 털어놓으며 질문했다.

"아주 좋은 질문입니다. 사회의 어두움을 폭로한 이유는 사람들에게 낙담만 안겨주기 위해서가 아닙니다. 이런 비참한 현실을 적극적으로 변화시키기를 바라서였죠. 그렇다면 어떻게 변화시킬 수 있을까요? 알다시피 나는 인도주의의 신봉자입니다. 그래서 인자한 마음이 사람의 마음을 감동시키고 세상을 구할 것이라 깊게 믿고 있지요. 《레 미제라블》에서 나는 자비의 화신 미리엘 주교라는 인물을 가공해 넣었습니다. 그는 주교관을 가난한 사람을 돕는 병원으로 개조하죠. 자신의 급료를 자선사업에 기부하는가하면, 은촛대를 훔쳐 달아나는 장발장을 고발하지 않고 도리어 다른 촛대까지 그에게 주죠. 장발장은 주교의 선의에 큰 깨달음을 얻고 또 다른 자비를 베푸는 '사도'로 변합니다. 사랑은 전파되는 것이라 나는 굳게 믿습니다. 누군가 인자한 마음으로 사람을 대하면 그 사람도 자연히 인자한 마음으로 보답할 겁니다. 만약 모든 사람들이 한 조각 자비를 가질 수만 있다면, 그 아름다움은 전파되어 이 세상 역시 천국으로 변할 것입니다."

위고의 얼굴에는 한가득 행복의 미소가 흘렀다.

유나는 사색에 빠졌다. 사랑이 전파될 수 있다면, 악도 전파될 수 있는 게 아닐까? 문득 오전에 거짓말을 했던 사실이 떠올랐다. 내가 사람을 진심으로 대하지 않는다면 상대방도 자연히 날 진심으로 대하지 않을 거라는 생각이 들었다. 선의든 아니든 거짓을 말한다면 사람과 사람 사이에 더 이상 믿음이 존재하지 않을 것이다. 유나는 위고가 말하는 '자비'에 대해서 다시 한 번 생각해봤다. 생각이 얼기설기 뒤엉켰다. 집중하다 보니 위고가 언제 떠났는지도 의식하지 못했다.

그리고 어느새 '현실'이었다. 유나는 망설이지 않고 미숙에게 전화를 걸었다. 그 아이가 어떻게 생각하든 솔직하게 사실을 이야기할 참이었다.

발자크 선생님, 《고리오 영감》은 자본주의를 어떻게 고발하나요?

▶▶ 발자크가 대답해주는 '돈의 죄' 이야기

헌신적으로 했지만 배신당한다면 어떤 기분일까요?

굴욕적이에요. 왜 그랬는지 먼저 물어볼 것 같아요. 서로 오해하는 부분이 있을 수도 있으니까요.

상황을 개선하기 위해 더 노력해야 하지 않을까요? 기분은 나쁘겠지만 결국 누구의 잘못도 아니라고 생각해요.

그런 사람에게는 똑같이 해야겠죠. 다신 그런 상황을 반복하지 않을 거예요.

───────── ▶▶ 생각해보기 ◀◀ ─────────

발자크는 두 딸에게 버림받은 《고리오 영감》을 통해 자본주의의 어떤 면을 풍자하려 했을까?

유나의 마음과는 상관없이 하루하루 시간은 잘 흘러 갔다. '신비한 강의실'을 찾은 유나는 울적한 기분을 그대로 안은 채 구석에 앉아 있었다. 누구하고도 인사를 나누지 않았다. 얼마지 않아 몸집이 크고 건장한 중년 남성이 보무당당하게 강의실로 들어섰다.

"안녕하세요. 프랑스의 사실주의 작가 오노레 드 발자크입니다. 이번 강의에 여러분의 소중한 시간을 내주셔서 감사합니다."

근엄한 생김새와 다르게 그의 말투는 매우 부드러웠다.

발자크가 말하는 사실주의란 무엇일까?

"오랫동안 글을 썼지만 사람들에게 강의한 적은 별로 없어서 어디서부터 말을 시작해야 할지 모르겠습니다. 누가 먼저 내게 가르침을 좀 주겠습니까?"

발자크가 겸손하게 말했다.

"발자크 선생님! 선생님의 '프랑스를 대표하는 사실주의 작가'라는 타이틀부터 시작하는 게 좋을 것 같습니다. 지난번 위고 선생님은 '낭만주의'에 대해서 먼저 설명하셨거든요. 선생님의 사실주의가 낭만주의와 어떤 점이 다른지 알고 싶습니다."

이번에는 성진이 형민보다 먼저 말했다. 좀처럼 보기 드문 일이었다.

"하하. 위고가 나보다 한발 먼저 강의를 했나 보군. 그럼 최대한 기량을 발휘해볼까? 위고에게 비교당해서는 안 되니까."

발자크는 호탕하게 웃으며 말했다.

"하지만 사실주의와 낭만주의의 다른 점이 무엇이냐는 문제에 대해서는 직접적으로 답하지 않겠네. 오늘 강의가 모두 끝나고 나면 분명 스스로 해답을 찾을 테니까."

발자크는 단호하게 말하며 강의를 시작했다.

"사실주의 작품에 대해 말하자면 당연히 《인간희극》부터 시작해야 합니다. 물론 이전에도 수많은 작품을 썼지만 모색의 단계였고 성숙하지도 않았습니다. 《인간희극》의 서막은 1829년에 발표한 《올빼미당원》이 열어주었습니다. 《올빼미당원》은 나의 창작이 본격적인 궤도에 들어섰음을 보여준 작품이죠. 사실 문학적으로 천부적 자질이 있는 사람인지는 모르겠습니다. 행운아는 아니었다고 말하고 싶군요. 수많은 좌절을 겪었고, 심지어 누군가 이런 말도 했으니까요. '당신은 어떤 일이든 다 할 수 있을 겁니다. 문학 분야만 빼고요.' 하지만 이 모든 부정적 상황도 문학에 투신하려는 나의 결심을 흔들지는 못했습니다. '나는 내 붓으로 나폴레옹의 장검이 이루지 못한 위업을 완성하겠다.' 이런 마음속 웅대한 이상과 포부를 안고 있었기 때문에 유례없는 걸작을 탄생시킬 수 있었죠."

"발자크 선생님, 저는 《인간희극》이 〈풍속 연구〉 〈철학적 연구〉 〈분석적 연구〉로 나뉘어 있다고 알고 있어요. 본래는 책 제목을 '사회 연구'라고 지으려 했는데, 후에 단테 선생님의 《신곡》에서 힌트를 얻어 《인간희극》이라고 바꿔 지었다고요. 《신곡》의 원제가 '신성한 희극'이었잖아요. 맞나요?

정미가 천진한 표정으로 질문했다.

"학생의 말이 정확히 맞네. 그런데 누가 좀 더 상세하게 소개해준다면 좋겠군."

발자크는 상냥하고 친절한 얼굴로 학생들을 둘러봤다. 그러자 정미가 다시 한 번 손을 들며 자신 있게 말했다.

"《인간희극》은 발자크 선생님께서 소설 전체에 붙인 제목이에요. 1부 〈풍속 연구〉는 《인간희극》에서 가장 중요한 부분입니다. 사생활, 지방생활, 파리생활, 정치생활, 군인생활, 전원생활 등 여섯 가지의 '생활상'이 반영되어 있어요. 2부 〈철학적 연구〉에서 탐색한 것은 이런 사회 현상을 만든 '원인'이고, 3부 〈분석적 연구〉에서는 '원칙'을 탐구하죠."

"아주 훌륭합니다. 내 작품에 대해 많이 연구한 것 같군요. 자, 《인간희극》에 대해 이제 구체적으로 토론해보죠. 그전에 당시 창작 과정에서 축적된 사실주의 이론에 대해 먼저 소개를 할까 합니다."

학생들 중 몇몇은 노트를 꺼내 메모하기 시작했다.

"먼저, 세상은 다양성이 집결된 총체이고, 피차간에 상호 연관되어 있다고 생각합니다. 그래서 문학이란 마땅히 전체 역사를 반영해야 한다고 생각했죠. 다음으로, 예술의 임무는 진실을 재현하는 데 있다고 생각합니다. 문학에 나오는 진실은 생활 속의 진실과 다르므로 예술적 가공과 선택이 필요하죠. 그러면서 진실성을 배가시키는 겁니다. 이걸 실현하려면 소설가는 반드시 현실의 삶에 직면해야 합니다. 당대 사회의 풍속사가가 되어야 한다는 겁니다. 마지막으로, 소설의 배경 묘사가 매우 중요하다고 생각합니다. 곧 인물이 활동하는 무대이자 인물의 사상과 행동의 기반이기 때문이죠. 그밖에도 나는 예술가라면 마땅히 죄악과 덕행을 묘사하고 그 속에 교육적 의의를 부여해야 한다고 줄곧 생각해왔습니다. 예술가는 도덕가이자 정치가여야 하는 거죠. 이상이, 평생에 견지하고 심혈을 기울였던 사실주의 창작의 원칙입니다. 사실주의와 낭만주의의 다른 점을 알고 싶은 학생들은 위고의 강의 내용과 비교해서 잘 생각해보시기 바랍니다. 곰곰이 되짚다 보면 아마도 소득을 얻을 수 있을 겁니다."

발자크는 자신의 창작 이론을 단숨에 설명했다.

프랑스 사회의 백과사전, 《인간희극》

"앞서 《인간희극》을 간단히 언급했는데 계속해서 이 작품에 대해 논하기로 하죠. 모두 90여 편으로 구성되어 있고 2천 여 명의 인물이 창조되어 있습니다. 제1공화정, 나폴레옹 제정, 왕정복고, 7월 혁명에 이르는 프랑스 역사 속에 각종 계급, 계층, 직업, 활동무대 등을 묘사했습니다. 19세기 프랑스는 딱 봉건주의와 자본주의가 교차되는 시점이었습니다. 이 시기에 돈은 귀족이라는 신분을 대체하기 시작했습니다. 자본계급은 돈을 버는 것이 삶의 목표가 됐고 자본을 축적하기 위해 수단과 방법을 가리지 않았습니다. 나는 《인간희극》에서 이러한 형형색색의 특징을 지닌 자본가들을 중점적으로 묘사했습니다. 이를 통해 자본계급이 어떻게 가문을 일으키는지 대중들이 그 역사를 명확히 바라보기를 바랐습니다."

《인간희극》을 읽어보지 못한 유나는 그 내용이 궁금했다. 발자크는 유나의 마음을 알아채기라도 한 듯 구체적인 설명을 시작했다.

"가령 《고브세크》에서 고리대금업자 고브세크는 오랜 착취자의 대표로 그는 '최신'의 재테크를 배우지 못했습니다. 집 안에 숨길지언정 상품을 자본으로 늘리지는 못했죠. 그는 매점하는 방식으로 화폐를 축적한 구두쇠입니다. 《외제니 그랑데》에서 그랑데라는 늙은이는 더욱 영악했습니다. 그는 오래된 착취자에서 자본주의 기업 경영인으로 가는 과도적 상인입니다. 《뉘생장 상점》의 뉘생장 남작은 신흥 자본계급을 대표합니다. 그는 거짓으로 도산한 척해서 수천의 소액 예금주들을 파산의 구렁텅이로 몰아넣었고, 자신은 백만의 황금을 건졌습니다. 고브세크, 그랑데, 뉘생장 등 전형적인 인물들을 통해 우리는 자본주의의 발전 과정을 정확히 이해할 수 있고, 이 속에서 인간이 어떻게 돈의 죄악으로 한 발 한 발 빠져드는지 분명히 확인할 수 있습니다. 고브세크와 그랑데는 소자본가로 그들은 돈을 어렵사리 벌었습니다. 그들은 인색했고 재물을 목숨처럼 소중히 여겼습니다. 뉘생장은 어마어마한 자본가로 그만의 돈 버는 수법이 있었습니다. 금전적 여유가 있으면 사치하고 낭비하며 점점 탐욕스러워지기 마련입니다. 각종 수법을 동원해 자신의 부를 과시하죠. 그를 통해 표현했던 향락주의와 배금주의는 바로 7월 혁명 시기의 프랑스 금융·자산계급의 특징입니다."

또 한 번의 일장연설을 마친 발자크는 조금 피곤한 듯했다. 이마에도 땀이 비쳤다.

발자크, 《고리오 영감》을 통해 '돈의 죄악'을 꾸짖다

발자크는 주머니에서 손수건을 꺼내 이마를 닦았다.

"그밖에도 자본계급이면서 야심가인 인물들을 많이 묘사했습니다. 《나귀 가죽》의 라파엘 드 발랑텡, 《고리오 영감》의 라스치냐크, 《환멸》의 뤼시앙 뤼방프레라는 젊은이는 사회에 첫발을 내디뎠을 때 '정당한' 경로로 성공하기를 원했지요. 하지만 시간이 흐르면서 상류사회의 악습에 물들고 도덕성이 상실된 야심가로 타락하고 맙니다. 이 젊은이들의 비극은 이 시대가 지닌 비극의 한 측면입니다. 정이 넘치던 가정은 돈이 지배하는 자본주의 아래서 점점 서로 속이고 약탈하는 공간으로 변해가고 있으니까요. 앞서 《외제니 그랑데》의 그랑데 노인은 돈을 위해 자신의 부인을 서슴없이 핍박해 죽이고 딸의 행복을 매장해버립니다. 《고리오 영감》에서 고리오 영감의 두 딸은 아버지의 재산을 다 탕진한 뒤 꼭 짜버린 레몬마냥 아버지를 팽개쳐버립니다. 이것이 자본주의 사회의 폐해 아니겠습니까! 돈 이야기 말고는 쓸데없는 소리인 거죠. 이것이 현실입니다."

발자크는 자신의 작품을 회고하면서 자본주의를 강도 높게 비판했다. 누구보다 냉정하고 객관적인 사실주의의 대가가 감정이 고조돼 목소리를 높였다.

"미안합니다. 너무 흥분했네요."

발자크는 멋쩍은 듯 헛기침을 했다.

"지금까지 거시적 관점에서 《인간희극》을 소개했습니다. 이제부터는 그중 가장 전형적인 작품을 선택해 해설을 더하겠습니다. 좀 더 섬세한 시각으로 들어주시기 바랍니다."

"선생님, 혹시《고리오 영감》에 대해서 구체적으로 설명하시려는 겁니까?"

진수가 발자크의 말을 가로채며 재빨리 질문했다.

"그렇다네. 학생은 내 작품에 대해 조예가 깊어 보이는군. 오랫동안 강의했더니 좀 피곤하기도 한데, 학생이 이야기를 해주는 게 어떻겠나?"

"재능도 없고 학문적 깊이도 부족하지만, 그래도 염치 불구하고 선생님의 말씀을 따르겠습니다."

진수는 옷깃을 여미고 목소리를 가다듬은 뒤 점잖게 발언하기 시작했다.

"사건은 1819년 말에서 1820년 초 파리에서 벌어집니다. 구석진 곳의 보케르 하숙집에 각양각색의 인물이 모여 있습니다. 상류사회의 호화로운 삶을 부러워하고 늘 출세만 꾀하는 가난한 대학생 라스치냐크, 행동거지가 수상한 야심가 보트랭, 그리고 늙어 기력이 쇠해 낙담에 빠진 고리오 영감이 있죠. 이야기는 이 세 인물을 중심으로 전개됩니다. 고리오 영감은 딸들을 끔찍이 사랑했고 아무 조건 없이 딸들에게 재산을 넘겨주려고 합니다. 하지만 결국 딸들에게서 무정하게 버림받고 말죠. 보트랭은 탈옥범으로, 그의 인생 원칙은 '수단과 방법을 가리지 않고 성공하자'였습니다. 그는 빅토린과의 결혼을 이용해 큰돈을 거머쥐려다가 후에 사실이 폭로되고 음모가 발각되면서 다시 감옥에 들어갑니다. 라스치냐크는 청년 야심가의 전형으로서 본래 천진한 꿈을 꾸고 있었죠. 착실하게 노력해서 출세하고 싶었습니다. 그런데 파리로 와서 사촌누이인 보세앙 자작부인과 보트랭의 영향을 받아 점차 자본계급의 사상을 받아들이죠. 돈을 위해선 이기적일 필요가 있다는 것을 깨닫습니다. 하지만 이때 그의 마음은 여전히 동요하고 있었습니다. 일말의 양심이 그나마 남아 있었던 거죠. 그래서 고리오 영감이 하숙집에서 처참히 죽었을 때 그는 나서서 후사를 처리해주었습니다. 그리고 그 죽음이 라스치냐크에게 결정적 깨달음을 줍니다. 고리오의 두 딸과 사위들이 보여주는 인정사정없는 행동에 그는 이 사회의 파렴치한 진면목을 제대로 보고 맙니다. 결국에는 그는 그들처럼 출세하고 돈을 벌기 위해 그나마 남아 있던 마지막 양심을 버린 채 극단적 이기주의의 진영으로 철저히 투신합니다."

"간결하면서도 완벽하게 이야기의 핵심을 잘 설명해주었네. 훌륭해."

발자크는 아낌없이 칭찬했다.

각인각색의 인물을 통해 본 배금주의

"여러분에게《고리오 영감》이라는 작품을 설명한 이유는 여기에 등장하는 다양한 인물들의 시각을 통해 돈이 어떻게 인간을 지배하고, 배금주의 또한 얼마나 많은 죄를 낳는지 그 죄상을 낱낱이 보여주었기 때문입니다. 부녀간의 애정이 돈만으로 계산될 수 있었죠. 돈이 있으면 '좋은 아버지'이고 돈이 없으면 '늙은 놈'일 뿐이었습니다. 또 결혼은 그저 돈을 갈취하는 수단으로, 사랑은 다만 야심과 욕망을 만족시키는 도구일 뿐이었습니다. 한 개인이 성공하려면 '양심'은 개에게나 던져줘야 하고, 무자비하게 타인을 공격해 두려워하도록 만들어야 했죠. 큰돈을 벌려면 과감하게 행동해야 하고, 그렇지 않으면 일이 영 틀어지는 겁니다. 이것이 자본주의 사회의 생존 법칙입니다. 사람과 사람 사이에 정은 없고 돈만 존재하는 겁니다. 돈이 모든 것이죠."

정확한 논리로 정곡을 찌른 뒤 발자크는 말을 이었다.

"돈의 '죄'에 관한 폭로가 끝났습니다. 여러분, 이번 강의는 여기에서 마칠까 해요. 함께 작품을 탐구하고 느낌을 나눌 수 있어 정말 좋았습니다. 다음에 또 만날 수 있기를 바랍니다."

발자크는 올 때처럼 힘 있는 발걸음으로 교실을 나갔다. 유나는 모든 사람들이 자리를 뜰 때까지 묵묵히 뒷모습을 쫓으며 울적한 상태로 구석에 앉아 있었다. 돈은 그렇게 사람의 마음을 병들게 한다. 겨우 돈 때문에 고리오 영감의 두 딸이 헌신짝 버리듯 친아버지를 버렸다고 생각하니 유나는 쓴웃음만 나왔다. 수업이 끝났지만 유나는 더 깊은 고민에 빠져들고 있었다.

톨스토이 선생님, 《안나 카레니나》의 심리는 어떻게 변화되나요?

▶▶ 톨스토이가 대답해주는 '영혼 변증법' 이야기

사람의 마음속 변화는 어떻게 알 수 있을까요?

상대가 처한 상황을 알면 심경의 변화도 알 수 있지 않을까요?

실제 모든 생각과 감정을 읽어내기란 쉽지 않아요. 그게 복잡하기도 하고, 드러내지 않으면 속마음까지 알 수 없으니까요. 그 마음이 변화하는 것조차 모를 때가 있어요.

스스로 돌아보면 주로 외부에 의해 좌우되는 것 같아요.

▶▶ 생각해보기 ◀◀

톨스토이는 철도에 몸을 던지는 《안나 카레니나》를 통해
어떤 복잡한 심리 변화를 보여주려 했을까?

마침내 기다리고 기다리던 주말이 왔다. 유나는 다급히 '신비한 강의실'로 갔다. 이제 매주 한 번씩 열리는 문학 강의는 빼놓을 수 없는 유일한 치유의 시간이 되었다.

"안녕하신가요. 여러분과 만나게 되어 무척 반갑습니다."

강단에서 갑자기 목소리가 들려오자 모두 깜짝 놀랐다. 문학가가 언제 들어왔는지 아무도 눈치 채지 못했기 때문이다. 긴 수염을 기른 노인이 태산처럼 강단의 한가운데 서 있었다. 상냥하고 온화한 표정은 흡사 세상 밖의 신선 같았다. 그는 자기소개가 필요 없는 사람이었다. 그 유일무이한 얼굴을 보기만 하면 누군지 이내 알아차릴 수 있으니까.

그는 러시아의 대문호 레프 톨스토이였다.

톨스토이는 왜 문학을 시작했을까?

"어제 여러분에게 강의를 해달라는 요청을 갑작스럽게 받았습니다. 그 소식에 얼마나 흥분이 되던지요. 알다시피 나는 동양에 관심이 많습니다. 공자와 노자의 작품을 읽어본 적도 있어요. 그러니 동양 문화에 더 호감이 있을 수밖에요. 어제 깊이 생각해봤습니다. 한 시간 동안 무엇을 강의해야 여러분이 많은 걸 얻을 수 있을까 하고요. 결국 나에게는 작품들밖에 없더 군요."

여기저기서 고개를 끄덕였다. 톨스토이는 본격적으로 자기를 소개하기 시작했다.

"나는 귀족 집안에서 태어났습니다. 대학 시절 루소, 몽테스키외 등 계몽 사상가들의 영향을 받아 결연히 학교를 그만두고 고향으로 돌아갔지요. 지 주로서 농노제를 개혁하려는 시도를 했습니다. 하지만 아쉽게도 성공을 거 두지 못했고, 이 일로 낙심해 모스크바 상류사회에서 나태하고 방탕한 생 활을 했습니다. 초조하고 심란한 와중에도 어떻게 하면 도덕과 순결을 지 키고 더 완벽하게 살 것인가의 문제를 고민하기 시작했습니다. 그 뒤로 다 시 입대해 전쟁을 겪었지요. 이때의 군 생활을 통해 상류사회의 부패를 철 저히 목격했습니다. 동시에 그 생활을 깊이 혐오했지요. 그렇게 고민과 사 색을 하면서 습작하기 시작했습니다."

톨스토이의 이야기를 들으며 유나는 시인이 되겠다고 다짐하던 때가 떠 올랐다.

"처녀작인《유년시대》를 포함해,《소년시대》《청년시대》 등의 자전소설 3부작을 냈습니다. 내 문학사의 초보적 시도였죠. 이때부터 청년 작가로 갈 채를 받았습니다. 귀족 생활에 대한 비판적 태도를 표현함과 동시에, 도덕 적 탐색과 심리적 분석이라는 창작 기법을 사용하기 시작했죠. 그리고 중 편소설《지주의 아침》에서는 자유주의를 주장하는 귀족이 개혁을 통해 농 민의 처지를 개선하려 했지만 끝내 실패하는 과정을 그렸습니다. 지주와 농민 사이의 문제점에 대해 개인적인 생각을 담았죠."

톨스토이는 더욱 감정이 고조되어 말했다.

러시아의 대서사, 《전쟁과 평화》

"그렇게 작품을 써나가던 중 장편소설 《전쟁과 평화》가 마침내 모습을 드러냈습니다. 여기에 앉아 있는 학생들이 적잖이 이 책을 읽었을 텐데요."

"당연히 읽어봤습니다. 《전쟁과 평화》는 599명이나 되는 등장인물이 나오는 방대한 이야기 구조와 강력한 문학적 기교를 자랑합니다. 서사시와 연대기의 특색이 고스란히 담긴 대작임은 말할 것도 없고, 세계문학에서 최고의 위치에 있는 작품으로 학생들의 필독서 중 하나죠."

영리하고 재빠른 진수가 먼저 나서서 대답했다.

"학생이 작품을 읽었으니 수고롭겠지만 나를 대신해 간단히 소개해줄 수 있겠나?"

톨스토이가 웃으며 진수에게 말했다.

"네! 《전쟁과 평화》는 볼콘스키, 베주호프, 로스토프, 쿠라긴이라는 네 가문을 중심으로 펼쳐지는 소설입니다. 전쟁과 평화의 교체기에, 러시아 도시에서부터 농촌까지 이르는 광활한 사회 생활상을 담아냈습니다. 1805년에서 1820년 사이에 발생한 일련의 중대한 역사적 사건을 웅장하게 그렸습니다. 그뿐만 아니라 러시아 국민의 애국 열정과 용감한 투쟁 정신을 찬미하고 러시아의 앞날과 운명, 그리고 귀족의 위상과 활로 문제를 탐구했습니다."

진수가 말을 마치자 톨스토이는 흐뭇한 미소를 지으며 말했다.

"꽤 멋진 정리였습니다. 더 부연할 필요가 없겠군요. 시간이 많지 않으니 다음 작품《안나 카레니나》로 들어가겠습니다. 이 작품은 내 창작의 두 번째 이정표이자 평생의 가장 완벽한 작품이지요. 세계관의 모순과 창작의 정수를 집중했으니까요. 이 작품을 통해 나의 비판적 사실주의 창작 문체를 더욱 다각적으로 이해할 수 있을 겁니다."

톨스토이,《안나 카레니나》로 시대와 충돌한 개인을 고찰하다

"《안나 카레니나》는 대등하면서도 서로 관계가 있는 두 개의 줄거리로 구성되어 있습니다. 하나는 상트페테르부르크에 사는 고관 카레닌의 아내 안나 카레니나와 청년 장교 브론스키 사이의 사랑과 결혼, 다툼이지요. 여기서 상트페테르부르크의 상류사회와 차르 정부의 관료사회를 드러냈습니다. 또 하나는 농촌에 사는 레빈과 키티의 가정사예요. 여기에서는 가족의 전통을 고수하고 있는 농촌 생활의 모습을 선보였지요. 이처럼《안나 카레니나》는 가정을 소재로 하고 있는데, 가정 내의 갈등과 충돌을 통해 시대의 모순과 개인이 느끼는 당혹감을 반영하고자 했습니다. 안나는 새로운 생활을 추구하고 개인의 해방을 주장하는 인물입니다. 그녀는 삶에 대한 열정이 충만하며 사람과 사람 사이의 순수한 관계를 동경했어요. 위선적이고 이기적이며 '관료 기계' 같은 자신의 남편을 혐오했지요. 또 거짓이 판치고 사기가 횡행하는 환경도 경멸했습니다. 이후 청년 브론스키의 사랑과 격려로 그녀는 용감하게 현실에 맞서고 망설임 없이 자신의 행복을 추구하기 시작했습니다."

"안나의 선택은 원하던 것이었는데 왜 결국엔 행복을 얻지 못했을까요?"

이번에는 유나가 질문했다.

"때마침 좋은 질문을 해줬군요. 안나의 비극은 그저 개인의 비극이 아닌 시대의 비극이었습니다. 개인의 성향과 사회 환경의 충돌이 빚어낸 필연적인 결과란 거죠. 안나는 귀족사회의 허례허식에 불만을 품고 있었습니다. 마찬가지로 상류사회 역시 안나의 존재를 용인할 수 없었죠. 도덕관에 반하는 그녀를 반드시 '제거'해야 했어요. 남편 카레닌은 안나를 '구한다'는 명목으로 그녀와 이혼하려 하지 않습니다. 아들과는 만나지 못하게 하면서 말이죠. 여론도 그녀를 남편과 아들을 버린 '나쁜 여자'로 매도했습니다. 이 모든 상황은 안나를 견딜 수 없는 극한의 고통으로 몰아넣었죠. 안나는 봉건적 가치관과 개인의 행복 추구 사이에서 큰 갈등을 겪습니다. 그리고 '모든 것은 다 거짓'이라며 개탄하죠. 마침내 '하느님, 저의 모든 것을 용서하소서'라고 목 놓아 슬피 울면서 참혹한 죽음을 택합니다. 안나의 죽음은 봉건 귀족사회에 대한 그녀의 마지막 반항이었다고 볼 수 있습니다."

톨스토이는 유나를 지긋이 보면서《안나 카레니나》의 주인공에 대해 차분히 설명했다.

"이어서 이 소설의 또 다른 주인공인 레빈에 대해 이야기해보겠습니다. 이 인물은 사실 나의 분신입니다. 소설 속에서 그가 생각하고 탐색하는 과정은 내가 생각하고 탐색하던 과정과 상당히 흡사하지요. 레빈은 전통적 가족제도를 부둥켜안고 놓지 않는 귀족 지주로, 자급자족의 방식을 찬양하고 도시 문명을 증오하며 자본가를 경멸하고 서유럽 방식에 물든 지주들의 농촌 경영을 반대했지요. 하지만 러시아의 농노제 붕괴와 자본주의가 성장해가는 현실을 보지 않을 수 없었습니다. 귀족 지주의 몰락을 막기 위해 그는 자신의 대농원을 개혁해보기도 하지만 실패하고 말았지요. 이때 허망함과 절망을 느낀 그는 마침내 생명의 의미는 '마땅히 하느님을 위하고 영혼을 위해야 한다'는 점을 깨닫게 됩니다. 박애와 도덕적인 자아 완성의 길을 걷기 시작했지요."

"선생님, 레빈이 찾은 정신적 귀결점이 바로 사람들이 말하는 '톨스토이주의'죠?"

정미가 갑자기 떠오른 듯 말했다.

"하하, 후대 사람들이 내 이름을 따 '-주의'라고 명명했는데 이 문제에 대해서 대답을 해줄 수가 없네. 나도 잘 모르니까. 하지만 내가 했던 심리 묘사의 기법을 두고 누군가 '영혼 변증법'이라 불렀다는 건 알고 있지. 이 명칭에 대해서는 아주 대단히 만족하네."

톨스토이는 흡족한 표정을 짓고는 탁자 위의 물컵을 들었다. 대문호의 강의는 어느 때보다 진지한 분위기 속에서 진행되고 있었다.

톨스토이의 영혼 변증법

"영혼 변증법이라는 말은 러시아 문학비평가인 체르니셰프스키가 선생님의 심리 묘사의 기교를 비평할 때 이미 언급했죠. 그는 선생님께서 인물의 내면 깊숙이 들어가 사상과 감정의 세밀한 변화까지 포착하는 데 능하다고 했습니다. 강렬하게 변화되는 전체 과정을 하나도 남기지 않고 끈질기게 탐색했다는 거죠. 어쨌든 이와 관련된 말을 많이 했는데 사실 너무 추상적이고 심오해서 아무리 되풀이해 읽어도 그 속뜻을 완벽히 이해하지 못했습니다. 혹시 그 부분에 대해 설명해주실 수 있나요?"

성진이 조심스럽게 손을 들더니 톨스토이에게 질문했다.

"하하. 당연하지. 나로서는 이런 질문을 받는 게 아주 큰 기쁨이네. 분명 다른 학생들도 궁금할 테니 설명하도록 하지."

톨스토이는 자신의 '박애' 정신을 몸소 실천했다.

"소위 '영혼 변증법'은 그저 인물의 심리 활동과 변화의 과정을 묘사하는 방법일 뿐입니다. 추상적인 말로 설명하면 이해가 어려울 것 같으니 작품 속에 등장하는 인물의 심리 변화 과정을 결합해 설명하겠습니다. 그게 훨씬 수월하게 들릴 겁니다.《안나 카레니나》에서 나는 이 기법을 대거 사용했지요. 아무 걱정 없이 평화롭던 카레닌의 가정은 갑자기 부인 안나가 다른 남자와 사랑에 빠지면서 당혹스러운 상황에 처해지고 말았습니다. 그 뒤로 그의 심리 세계는 꽤 복잡해졌지요. 안나가 브론스키와 만나면서 카레닌의 생활, 일, 미래, 가정, 그리고 사회에는 변화가 옵니다. 그 과정에서 겪는 심리적 변화 등을 세밀하게 그려낸 것이 바로 영혼 변증법의 과정이지요."

성진이 여전히 애매한 표정을 보이자 톨스토이는 계속 설명을 했다.

"그럼 다시, 안나가 죽음에 직면하기 직전의 심리 묘사를 예로 들어보겠습니다. 학생들을 위해 더 깊이 설명하는 겁니다. 그때 안나가 하는 심리 독백은 처음 안나가 '죽을 결심'을 할 때의 묘사였지요. 이어서는 거짓과 진실, 시각과 후각과 청각, 상상과 기억 등 각종의 형식을 사용했습니다. 죽음 직전의 안나가 인간 세상에 대해 추측하고 의심하고 오해했던 정상적이지 않은 심리들을 다 묘사해낸 거죠. 그녀는 브론스키가 바람을 피운다고 의심했고 주변 사람들이 자신을 업신여긴다고 생각했어요. 그녀의 생각이 곳곳에서 극단으로 치달은 거죠. 또 수많은 환각을 만들어냅니다. 그리워하던 아들 세료자를 보기도 하고, 브론스키가 나타나 자신에게 키스하다가 이내 거친 말을 하기도 합니다. 그러다 문득 꿈에서 애늙은이가 철판을 치는 것을 봅니다. 17살 때 고모와 수도원으로 미사를 드리러 가던 광경이 펼쳐지기도 합니다. 그녀는 무척 불안해하며 자리에서 갈팡질팡합니다. '죽어버려야겠다' 결심을 하다가도 '안 돼! 어떻게든 살아야지!' 혼잣말도 합니다. 이런 혼란스러운 심리 상태에서 안나는 스스로를 잘못된 길로 차츰차츰 보내고 맙니다."

이때 성진이 다시 질문을 했다.

"선생님의 설명을 듣고 나니 생각이 훨씬 명료해졌습니다. 평론가들은 선생님의 또 다른 명작《부활》도 영혼 변증법을 보여준 전형적인 작품이라고 하던데요. 혹시 그 작품도 설명해주실 수 있나요?"

톨스토이가 흐뭇한 미소로 수염을 매만지며 고개를 끄덕였다. 그런데 바로 그때, 강의의 끝을 알리는 종소리가 울렸다. 예정된 시간이 됐고, 톨스토이는 어쩔 수 없다는 듯 말했다.

"미안합니다, 여러분. 다음에 또 기회가 있다면 그때《부활》에 대해 들려

드길게요."

톨스토이의 눈에는 분명 아쉬워하는 기색이 역력했다. 그사이 오늘의 강의와 학생들에게 애정이 생긴 듯했다. 하나둘씩 교실을 빠져나갔고, 유나도 현실로 돌아왔다.

'신비한 강의실'에 가면 항상 의외의 소득을 얻는다. 이번 톨스토이의 강의도 단순히 문학적 영감에 그치지 않아 좋았다. 안나의 비극적인 이야기를 듣고 나서 더욱 호기심이 생긴 유나는 이참에 《안나 카레니나》를 직접 사서 꼭 읽어봐야겠다고 결심했다.

헤밍웨이 선생님,《노인과 바다》의 사투는 무엇을 의미하나요?

▶▶ 헤밍웨이가 대답해주는 '방황과 투쟁' 이야기

85일째 바다에서 사투를 벌이는 노인이 있습니다. 승리일까요, 패배일까요?

결과적으로는 실패했어요. 그 긴 시간 동안 미련하게 싸운 거잖아요. 끝이 보이지 않는 일을 계속 붙잡고 있을 필요는 없다고 생각해요.

잘 모르겠어요. 승리도, 패배도 아닌 것 같아요. 그의 노력에는 박수를 쳐줘야 하지 않을까요?

나 역시 조금만 더 버티면 좋은 결과가 생길 거라는 믿음 때문에 결단을 내리지 못한 적이 많아요. 그렇다고 모두 실패라고 봐야 할까요?

──────── ▶▶ 생각해보기 ◀◀ ────────

헤밍웨이는 빈손으로 온《노인과 바다》이야기로 인간의 어떤 면을 보여주려 했을까?

요 며칠 유나는 조용한 나날을 보냈다. 고민이 점차 해결법을 찾아가고 있었다. 시간은 어찌나 빨리 흘러가는지 어느덧 13번째 강의를 들은 후였다. 모두 18번을 듣고 나면 '신비한 강의실'에서의 강의도 끝이라고 했다. 생각만 해도 슬프고 안타까웠다.

인생은 왜 늘 아쉬운 일의 연속인 걸까? 과거는 붙잡을 수 없고, 현재는 영원히 머무를 수 없으며, 미래는 미지수일 뿐이다. 삶은 죽음을 기다리는 동안의 시간을 견뎌내는 일인 것만 같다. 끝없이 생각하다 보니 의미 있는 것은 아무것도 없어 보였다. 유나는 또다시 고민에 빠졌다.

헤밍웨이가 묘사한 '길 잃은 세대'는 누구일까?

"안녕하세요, 여러분."

키 크고 잘생긴 남자가 씩씩한 걸음으로 강단에 올라서고 있었다. 구레나룻과 덥수룩한 수염 사이로 얼핏 미소를 머금은 듯했지만 잘 보이지 않을 정도였다. 의연한 눈빛 속에서 따스한 마음이 풍겨오는 느낌이었다. 편안했다.

"미국의 작가 헤밍웨이입니다. 한 번쯤 이름을 들어봤겠지요."

간결한 문체를 사용하기로 유명한 대작가 헤밍웨이라니! 언제쯤 나올까 했는데 직접 만나니 정말 반가웠다. 마치 글을 보듯 그의 동작 하나하나가 기품 있었다.

"우선 강의에 불러주셔서 영광입니다. 문단에서 한 획을 그은 분들이 앞서 강의를 했다고 들었습니다. 하하, 부담감이 더 커지는데요. 하지만 나의 독특한 모습도 여러분이 평생 잊을 수 없을 거라 믿습니다. 자, 귀중한 시간이니 쓸데없는 말은 그만두고 바로 오늘의 주제로 들어가겠습니다."

헤밍웨이답게 말과 행동에 군더더기가 없었다.

"내 창작을 논하자면《해는 또다시 떠오른다》에서부터 시작해야 합니다. 문단에서 나를 알린 장편소설이기 때문이죠."

"선생님, 저도 들어봤습니다. 미국의 '길 잃은 세대'를 대표하는 작품이잖아요. 세계 문단에서 그 명성이 자자하죠."

자신이 잘 아는 작품이 나오자 형민은 기회를 놓치지 않고 말했다.

"맞습니다.《해는 또다시 떠오른다》가 묘사한 것은 분명 '길 잃은 세대'였지요. 이 소설을 창작할 때 막 1차 세계대전을 겪었거든요. 전례 없는 인류 대학살을 직접 목격했고, 전쟁이 우리에게 가져다주는 고통을 경험했지요. 나는 민주·해방·희생이라는 구호가 사람들을 속이고 있다는 생각이 들었습니다. 한 번도 겪은 적 없는 실망감을 사회와 인생에 느꼈고, 절망과 방황에 허우적댔지요. 그렇게 탄생한 원고가《해는 또다시 떠오른다》였습니다. 표정을 보니 잘 모르는 학생들도 있는 듯하군요."

대부분 헤밍웨이의《노인과 바다》는 익숙했지만, 다른 작품은 많이 접하지 못한 상태였다.

《해는 또다시 떠오른다》에서 보여주고자 한 것은 1차 세계대전 뒤, 제이크 반즈라는 청년이 겪은 정신적 혼란과 낙담이었어요. 그는 파리에서 일하는 미국 기자인데, 전쟁 중 상처를 입고 성불구가 됐습니다. 영국 여성인 브레트 애쉴리를 사랑했지만 두 사람은 사랑을 나누지 못하죠. 정신적 고통과 무료함을 달래기 위해 둘은 뜻이 서로 맞는 친구와 함께 스페인의 피레네 산맥 부근을 돌아다닙니다. 사냥하고 물고기를 잡고 바스크 투우를 관람하면서 세월을 보내죠. 하지만 자연의 아름다운 풍광도 그들의 상처 입은 마음을 위로해주지 못해요. 결국 술주정과 향락과 질투로 티격태격 치고받고 싸웁니다. 심적 고통으로 사실은 모두 몸부림치고 있었던 거지요. 그 후 반즈는 투우사가 보여주는 용감한 정신에 자극을 받습니다. 인간의 본질적 힘을 본 듯했죠. 인생의 참뜻을 깨달은 겁니다. 하지만 이마저도 순간의 열정일 뿐이었습니다. 그는 또다시 삶에 대한 실망과 권태 속으로 빠져들고 말아요. 소설의 말미에 이들은 실망감을 안고 파리로 돌아옵니다. 고민과 혼란을 해결하지 못한 이 세대의 청년들은 이미 고독하도록 정해져 있었던 거죠. 하나로 결합될 수 없고 그저 환상 속에서만 위로를 얻는 겁니다."

헤밍웨이가 간결하게 자신의 소설《해는 또다시 떠오른다》를 소개했다. 그때 유나가 발언했다.

"선생님, 우리는 전쟁을 겪어보지 않아서 그들 세대가 겪은 고통을 오롯이 이해하기 힘들어요. 하지만 소위 말하는 평화의 시대에 사는 우리도 종종 비관적이고 무력한 느낌에 빠지곤 하거든요. 사는 이유도 잘 모르겠고요. 우리 역시 또 다른 '길 잃은 세대'가 아닐까요?"

유나는 자기 연민에 빠진 채 헤밍웨이를 향해 질문했다.

"너무 비관적으로 생각하진 말게. 혼란이 어느 한 시대의 주제만은 아니니까. 모든 청년들이 '꼭 거치는 길'이지. 오히려 그런 당황이 깊은 사색을 유도하고 인생을 고민하게 한다네. 나는 전쟁의 그늘 때문에 붓 끝에 놓인 인물들에게 비관적이고 염세적인 감정을 드러냈던 거야. 그런 부정적인 감정 외에도 자네는 내가 결코 포기하지 않았던 노력과 투쟁을 보아야 하네."

헤밍웨이는 침착하고도 결연한 눈빛으로 설명했다.

《노인과 바다》, 불굴의 인간다운 투쟁

"인생은 본래 부단한 투쟁을 수반하기 마련입니다. 나는 고통스러운 전쟁을 겪은 '길 잃은 세대'이기 때문에, 다른 사람들보다 훨씬 더 노력해서 현실이나 운명과 투쟁해야 했습니다. 내 작품을 숙지한 학생이라면 방황 속에서도 완강히 투쟁하는 '불굴의 인간'이 작품 속에서 수없이 등장한다는 것을 알 겁니다. 그들은 강인하며 용감하고 정직하지요. 대가 없이 고통과 죽음을 마주합니다. 그들은 격렬한 외부적 모순과 내적 갈등에 처해 있고, 냉혹하도록 비관적인 운명과 함께하고 있지요. 하지만 인간의 존엄과 용기를 잃지 않았습니다. 시시각각 닥쳐오는 위기 앞에서도 기품을 잃지 않았어요."

"헤밍웨이 선생님, 《노인과 바다》에 나오는 늙은 어부 샌디에고도 '불굴의 인간'의 대표적 인물인가요?"

성진이 다시 질문했다. 이번 강의에서 그는 적극적이었다.

"그렇지. 아주 정확하게 알고 있군. 《노인과 바다》에 나오는 어부는 '불굴의 의지를 지닌 완벽한 인간'의 대표 이미지이지. 이전에 묘사한 인물과는 좀 다르다네. 시공을 초월하는 존재로 운명의 힘을 능가하거든. 이제 이 작품으로 넘어가려는데, 학생이 줄거리를 좀 말해줄 수 있겠나?"

헤밍웨이의 말에 성진은 기다렸다는 듯 일어났다.

"쿠바의 늙은 어부 샌디에고는 장장 84일 동안 고기를 한 마리도 낚지 못하고 있었습니다. 사람들은 그가 최악의 사태인 '살라오(저주받은 존재)'가 되어버린 거라고 생각했지만 그는 낙심하지 않았지요. 다음 날 85일째에도 그는 바다로 나갔고, 더 먼 해역으로 나갔습니다. 그러다 지금껏 본 적 없던 거대한 청새치를 사투 끝에 제압합니다. 그리고 돌아올 준비를 할 때 상어 떼를 마주하게 됩니다. 승리의 노획물을 지키기 위해 늙은 어부는 상어 떼와 하룻밤 동안 죽을힘을 다해 싸웁니다. 마침내 상어 떼는 멀리 달아났지만 그의 청새치는 상어에게 다 먹히고 뼈만 남았습니다. 파김치가 된 어부는 집으로 돌아와 그대로 누워 깊은 잠에 듭니다. 그날 밤 그는 꿈속에서 아프리카 초원의 왕 사자를 봅니다."

성진의 내용 소개가 끝나자 헤밍웨이는 칭찬했다.

"잘 정리해주었군요. 《노인과 바다》는 구체적인 시간이나 공간 배경 없이 이루어진 간단한 이야기예요. 일부 평론가들은 이 작품을 두고 예언적 소설로 상징성이 풍부하다고 했지요. 어디까지나 그들의 추측입니다. 내가 말하고자 하는 바는 바다는 바다고, 노인은 노인이고, 물고기는 물고기라는 겁니다. 좋은 것도 아니고 나쁜 것도 아닙니다. 애써 상징적인 의미를 찾아 해독할 필요는 없어요. 어느 예술사가의 말처럼, 진정한 예술품은 그 자체로 독특한 상징과 우화적 의미를 자연스레 드러내지요. 아마 이 작품이 성공을 거둔 지점도 바로 거기에 있을 겁니다."

《노인과 바다》가 이야기되면서부터 헤밍웨이의 감정은 고조되고 있었다. 그에게 이 작품이 주는 의미가 아주 크다는 걸 알 수 있었다.

헤밍웨이, 《노인과 바다》를 통해 인간의 저항정신을 보여주다

"선생님, 저는 조금 혼란스러워요. 그렇다면《노인과 바다》는 상징적인 작품이 아닌 건가요?"

정미가 생각이 뒤섞인 얼굴로 질문했다.

"하하. 내가 에둘러 말한 모양이군요. 좋습니다. 이제부턴 솔직하고 기탄없는 태도를 취해야겠습니다."

헤밍웨이가 멋쩍게 웃고는 강의를 이어갔다.

"《노인과 바다》의 줄거리는 사실 매우 간단하고 또 심도 있는 상징적 은유도 없습니다. 그러면서도 깊고 넓은 의미를 지니고 있지요. 이 두 가지는 상충되지 않습니다. 노인이 청새치나 상어와 벌였던 투쟁은 사람이 자연이나 사회, 운명과 벌이는 투쟁입니다. 이길 수 없는 힘 앞에서 인간은 실패하도록 정해져 있습니다. 하지만 '죽더라도 그 자체로 영광'이었다고 말할 수 있어야 한다고 생각했습니다. 그리고 그 점을 사람들이 알기를 바랐습니다. 이야기 속의 늙은 어부처럼 말이죠. 그는 사력을 다했지만 결국 청새치를 온전히 가져오지 못했습니다. 그렇지만 상어와의 투쟁 과정에서 인간 영혼의 존엄을 수호했고, 한 사람의 능력이 어디까지 갈 수 있는지 '자기 극복'의 의지를 보여주었습니다. 그래서 실패한 영웅이고, 승리한 실패자인 겁니다. 가장 완벽한 '불굴의 인간'의 이미지예요. '네가 그를 소멸시킬 수는 있겠지만 결코 그를 이길 수는 없을 것이다.' 육신은 무너뜨렸지만 불굴의 저항정신은 영원히 무너뜨릴 수 없다는 거죠. 이것이 여러분에게 전하고 싶었던 '불굴의 인간' 정신입니다."

헤밍웨이의 '빙산 이론'

"자, 이미지에 대한 이야기는 거의 다 한 것 같습니다. 이제 화제를 돌려 이론적 내용으로 가봅시다."

헤밍웨이는 셔츠의 소매를 위로 걷어 올리고는 다시 이야기를 시작했다.

"후대 문학가들이 내가 소설을 쓸 때 사용했던 독특한 '빙산 이론'에 영향을 받았다는 걸 잘 압니다. 소설의 내용이나 독특한 스타일로 노벨문학상을 받기도 했고요. 빙산 이론은 무엇일까요? 혹시 여기에 아는 학생이 있나요?"

"선생님께서《오후의 죽음》이라는 책에 이렇게 적으셨죠. '만일 작가가 자신이 무엇을 쓸 것인지 충분히 알고 있다면 자기 자신이 이미 알고 있는 것들은 생략할 수 있다. 작가가 충분히 진정성 있게 글을 쓴다면 글에서 강하게 드러날 것이다. 빙산의 움직임이 장엄한 것은 다만 그 8분의 1이 수면 위에 나와 있고 나머지는 잠겨 있기 때문이다.' 아마 제 기억이 틀리지 않을 거예요."

박학다식하고 진지한 주영이 교과서적인 답안을 내놓았다.

"상당히 전문적인 답변이군요. 물론 내가 남긴 말을 그대로 옮긴 것이긴 하지만. 맞습니다. 나는 문학이 장엄한 면모를 갖추려면 빙산과 같아야 한다고 비유했습니다. 그래서 앞서 작품에 나타난 줄거리와 이미지는 '8분의 1'이고, 감정과 사상은 '8분의 7'이었습니다."

"선생님, 고민이 하나 있습니다. 선생님의 빙산 이론은 산문을 쓸 때 꽤 유용한데, 이것을 소설 습작에 응용할 땐 어렵습니다. 어떻게 해야 선생님의 이론에 따른 소설을 쓸 수 있겠습니까?"

성진이 다시 질문했다.

"아, 좋은 질문이네요. 빙산 이론은 산문을 습작하면서 최초로 언급했습니다. 다들 알다시피 나는 기자였고, 엄격한 쓰기 훈련을 받았죠. 그래서 간결하고 명쾌하고 활동적인 문체를 갖게 됐습니다. 빙산 이론은 이때 구상됐죠. 우선, 일반적이지 않은 방식으로 소설을 써보라고 권하고 싶습니다. 《노인과 바다》나《누구를 위하여 종은 울리나》처럼 말이죠. 나는 문체를 간결하게 썼고 현실은 여기에 손을 들어주었습니다. 수확이 꽤 괜찮았던 셈이죠."

헤밍웨이는 청중을 바라보며 이어서 설명했다.

"빙산 이론을 기반으로 한 소설을 쓰고 싶다면 먼저 내포된 두 가지 측면에 주시해야 합니다. 소설은 간결하고 또 간결해야 합니다. 있으나 마나 한 글은 쳐내야 하죠. 형용사나 부사, 아니면 과장이나 수사, 비유나 대구 등을 잘라내는 게 좋습니다. 최소화함으로써 큰 성과를 얻을 수 있죠. 마치 동양의 수묵화 기법과 흡사합니다. 상세히 서술하지도 말고 그것이 또 전부처럼 보여서도 안 됩니다. 딱 8분의 1만 충족시키면 거죠. 둘째는, 경험의 생략입니다. 사람들이 경험으로 아는, 충분히 상상할 수 있는 부분은 과감히 생략하라는 겁니다. 빠짐없이 쓰려고 하지 말고 쉼 없이 설명하려고 하지 말아야 합니다. 빙산 아래의 8분의 7은 독자들이 채울 수 있도록 남겨둬야 합니다."

질문했던 성진뿐만 아니라 모든 학생들이 정신을 집중하고 들었다. 헤밍웨이는 옅은 미소를 띠면서 계속 강의해갔다.

"그밖에도 빙산 이론을 기반으로 한 소설은 구조적으로 독특한 장점이 있어요. 나는 한 번도 전통적인 서사적 소설 구조를 취한 적이 없습니다. 다만 이야기의 한 단락이나 시점을 취해 중대한 주제와 역사적 사건을 집중적으로 반영했습니다. 그러면서 그 과정이나 배경을 빙산의 8분의 7로 간주하고 해수면 아래에 깊이 숨겨두었지요. 즉 함축하고 드러내지 않은 겁니다. 그럼에도 독자들은 숨겨진 의미를 강렬하게 느낄 수 있는 거죠. 자, 오늘 강의는 여기까지 마무리하겠습니다. 마지막으로 헤밍웨이의 빙산 이론에 대해 곰곰이 생각해보는 시간이었길 바랍니다."

최후의 발언을 마치고 헤밍웨이는 힘찬 보폭으로 강단에서 내려왔다. 그는 자신의 문체와 꼭 같은 사람이었다. 말이 간결했고, 행동의 맺고 끊음이 정확했다.

또 한 번의 훌륭한 강의와 작별한 유나는 마치 냉수로 목욕이나 한 듯 고민이 씻겨나가는 느낌을 받았다. 어쩌면 사소한 일로 감상에 빠져 있었다고 생각했다. '새로운 길 잃은 세대'라는 말 따위는 괴로움을 자초하는 뜻밖에 되지 않았다. 번민하지 않는 청춘이 어디 있을까? 모든 삶에는 기쁨뿐만 아니라 고통도 따르기 마련인데, 이 때문에 스스로 삶을 포기해야 할까? 아니면 《노인과 바다》의 늙은 어부처럼 용기를 내고 의지를 가져야 할까?

유나는 새로운 생각들로 머릿속을 채우기 시작했다.

카프카 선생님, 《변신》 속
현대인의 진짜 모습은 무엇인가요?

▶▶ 카프카가 대답해주는 '황당한 세계' 이야기

어느 날 곤충으로 변해 있는
자신을 발견한다면 어떡해야 할까요?

무서울 것 같아요. 도대체 왜 내게 이런 일이 벌어졌는지 이해할 수 없겠죠. 그대로 미쳐버릴지도 몰라요.

나라면 가장 가까운 가족에게 말할 거예요. 가족이라면 이상하게 쳐다보지 않고, 믿어줄 것 같거든요. 하지만 끝까지 날 돌봐줄 수 있을지는 장담하지 못하겠어요.

인간이 아닌 나를 누군가 진정으로 보듬어줄 수 있을까요? 피해 주기 싫어서 떠날 것 같아요.

▶▶ **생각해보기** ◀◀

카프카는 곤충으로 변한 남자의 《변신》을 통해
무슨 말을 하고 싶었을까?

주말 저녁, 토끼굴 책방에서 유나는 책상 위에 오래되어 누렇게 변한《고대 그리스 신화》를 뚫어져라 쳐다보고 있었다.

그리고 여느 때처럼 능숙하게 1007쪽을 폈다. 늘 그랬듯 내용이 바뀌어 있었다. 오늘은 이렇게 적혀 있었다. '그레고르가 불안한 꿈에서 깨어났을 때 침대 위에 있는 자신이 거대한 곤충으로 변해 있음을 발견했다. 그의 등은 강철의 갑옷 같은 단단한 거죽이 되어 있었다.' 유나는 침을 꿀꺽 삼켰다. 경험을 되살려보면 책에 나온 내용은 분명 오늘의 선생님과 관련 있었다.

'거대한 곤충'이나 '강철의 갑옷 같은 단단한 거죽'과 같은 문구는 어디선가 읽어본 듯한데 유나는 언뜻 생각나지 않았다. 그런데 그때 벽에 걸린 오래된 괘종시계와 액자가 흔들리기 시작했다. 정신이 몽롱해지면서 곧 '신비한 강의실'에 도착했다.

카프카는《심판》으로 어떤 성장 과정을 보여줬을까?

유나는 책 속의 구절을 떠올리느라 여념이 없었다. 강의실 분위기는 여느 때와 좀 달리 가라앉아 있었다. 너무 조용해서 숨소리조차 부담스러울 정도였다. 오늘의 선생님은 대체 어떤 분일까? 유나는 갈수록 궁금해졌다.

삐걱하고 문 여는 소리가 가볍게 들리자 모두 시선이 문 쪽으로 향했다. 큰 키에 잘생기고 마른 남자가 느린 걸음으로 강단에 올라섰다. 그는 양미간을 살짝 찌푸리면서 투명한 눈동자로 공허하게 먼 곳을 바라봤다. 뭔가를 생각하는 것 같기도 하고 또 아무 생각을 하지 않는 것 같기도 했다.

"프란츠 카프카입니다. 프라하가 고향이죠. 나는 국적이 없습니다. 고독한 방랑자입니다."

그는 낮은 목소리로 간략하게 자신을 소개했다.

'모더니즘의 화신' 카프카였다. 프랑스의 마르셀 프루스트와 아일랜드의 제임스 조이스와 함께 서구 모더니즘 문학의 선구자로 불리는 작가였다.

"왜 이곳에 있는지 잘 모르겠습니다. 강의에는 정말 재주가 없는데요. 하지만 여러분이 원해서 오게 됐으니 매우 기쁠 따름입니다. 나는 고독을 사랑하지만 다른 사람과의 접촉을 배척하는 건 아닙니다. 사람들과 내 작품에 대해 이야기하는 것은 늘 즐거운 일이지요."

카프카는 차차 긴장이 풀리는 듯했다.

"《심판》은 내가 가장 아끼는 작품입니다. 작품 속 부자 사이의 갈등은 개인적인 성장 경험이 들어가 있습니다. 먼저 이 작품부터 시작해보죠.《심판》의 줄거리는 간단합니다."

카프카는 곧장 작품의 줄거리를 소개했다.

"주인공 게오르그 벤더만은 상인입니다. 어머니가 세상을 떠난 뒤 아버지와 함께 생활하죠. 그러던 어느 날, 그는 방에서 러시아 친구에게 편지를 써서 자신이 약혼했다는 소식을 전합니다. 편지를 다 쓴 다음 아버지의 방으로 갔는데 아버지가 자신에게 불만이 가득하다는 사실을 불현듯 알게 되죠. 아버지는 자신이 일찍 죽기를 아들이 바란다며 질책합니다. 그러다 순간적으로 게오르그가 친구를 속이고 있다며 조롱하죠. 이미 그 러시아 친구와 편지를 주고받으면서 게오르그가 약혼한 사실을 알렸다고 말합니다. 게오르그는 아버지의 말을 들을수록 화가 나서 견디지 못하고 대듭니다. 아버지는 아들에게 강에 가서 빠져 죽어버리라고 홧김에 말했고, 결국 그 말대로 게오르그는 몸을 던져 죽고 맙니다."

강의실에 잠시 정적이 흘렀다.

"카프카 선생님, 솔직히 말씀드려서 좀 충격적입니다. 홧김에 쏟아낸 아버지의 한마디에 정말 강물에 몸을 던질 수 있을까요? 이 작품은 도대체 무슨 의미를 담고 있는 건가요?"

형민은 기탄없이 마음속 말을 꺼냈다.

"물론 황당하게 들리겠지만 사실 아주 깊은 뜻이 숨어 있습니다. 나는 과장과 확대의 방식으로 부자간의 친밀한 관계 뒤에 감춰진 '공격성'을 보여주고자 했습니다. 주인공 게오르그는 사실 나의 그림자입니다. 나는 유태인 집안에서 태어났는데 아버지는 성공한 상인으로 성격이 거칠고 고집스러웠죠. 어려서부터 '폭군'처럼 독단적이고 가부장적인 교육을 했습니다. 아버지는 내 성격에 두 가지 영향을 미쳤죠. 하나는 내가 그분을 무척 어려워하면서도 존경하고, 그분처럼 되고 싶거나 그분을 넘어서고 싶게 했다는 겁니다. 또 하나는 그분의 강함으로 인해 성격이 반사회적이고 우울하며 내성적이고 비관적으로 변하고 말았다는 겁니다. 나와 아버지 사이의 감정은 상당히 복잡미묘했고 나의 내면은 매우 고통스러웠다는 거죠. 소설 속

아버지는 늘 위대하고 강인하며 이성적이지 않습니다. 반면 순결하고 착한 아들은 아버지 눈에 죄인이자 비참한 인간이죠. 아버지의 위세 아래서 아들은 늘 겁을 먹고 이성과 지혜를 상실할 정도로 공포에 떨다가 결국 스스로 죽음으로 몰고 만 거죠."

카프카는 잠시 말을 멈추고 학생들을 둘러봤다. 학생들은 조용히 카프카의 강의에 집중하고 있었다.

"왜 게오르그가 자살해야 했을까요? 사실은 그를 향한 아버지의 판결뿐만 아니라 그가 스스로에게 판결을 내린 데도 원인이 있습니다. 게오르그는 죽기 전 낮은 목소리로 변명을 하죠. '사랑하는 부모님, 그래도 저는 늘 부모님을 사랑했습니다.' 이는 사실 주인공에게 투영된 나 자신의 가장 은밀한 마음의 소리이기도 합니다. 나는 그분들을 사랑했지만 그분들과 나 사이의 갈등은 사라지지 않았죠. 그 뒤에 숨은 이야기는 권위와 모욕 아래 살면서 뒤틀린 인간의 심리입니다. 나는 판결하는 주체가 '아버지'뿐만 아니라 아버지가 아들을 압박하는 것처럼 사람들을 압박하는 모든 '통치자'라고 생각했습니다. 우리가 어떤 중압 속에 살고 있는지 사람들이 제대로 바라보기를 바랐지요."

《성》을 통해 본 카프카의 비애

"많은 사람들이 나의 작품에 대해 난해하다고 이야기하는 걸 알고 있습니다. 한 편의 글에서 수십 번의 생각을 한다지요? 소설의 줄거리에 개연성이 부족해 아예 무슨 말을 하고 있는지 이해하지 못하겠다는 이야기도 들었습니다. 정말 그런가요?"

잠시 침묵이 흘렀다. 카프카는 모두가 말하고 싶지만 누구 하나 감히 말하기 어려운 문제를 스스로 언급하고 있었다.

"여러분은 이런 말을 하지 않습니까? 한 사람의 작품을 이해하려면 먼저 그 사람의 성격을 알아야 한다고요. 사실 나의 작품이 난해하게 보이는 이유는 주로 근저가 없는 사고방식이나 행동방식과 관련이 있습니다. 소위 부조리한 사고에는 매사 완전히 상반된 방향으로 설명하거나 생각하기를 좋아하거든요. 심지어 그렇게 행동하기를 좋아합니다. 예를 들어 나는 몇 차례 약혼하고, 또 파혼한 경험이 있습니다. 그리고 아버지를 비난하기도 하고, 동시에 동정하기도 했죠. 창작을 생명이라 여기면서도, 작품을 전부 불태워버리고 싶기도 했습니다. 어느 쪽에도 서지 못한 불안과 비사회성의 표출인 거죠."

"카프카 선생님, 선생님의 그런 부조리한 행동에 대한 자료를 본 적이 있습니다. 도대체 무엇이 그런 생각을 만든 건가요?"

성진이 호기심 가득한 얼굴로 질문했다.

"이 문제는 좀 대답하기 어렵습니다. 아마도 어렸을 때부터 굳어온 환경이나 생각, 만난 사람과 관련 있겠지요. 우리 집안은 온화하고 화목한 듯 보였지만 나는 한 번도 행복해본 적이 없었습니다. 나는 늘 외로웠죠. 가족 중 누구도 진정으로 나를 이해하려 하지 않는다고 생각했어요. 그 속에서 나는 낯선 사람들보다 훨씬 낯선 존재였죠. 외로움 외에도 공포는 일상적인 심리 상태였습니다. 내 입장에서 안정이나 평온이라는 것은 언제나 거짓이었습니다. 공포야말로 내 삶의 본질인 듯했죠. 그런데 난 도대체 무얼 두려워했던 걸까요? 때때로 나도 잘 모르겠습니다. 나라는 사람에게 세상은 그저 장애로 가득한 곳이어서 모든 장애들이 날 파괴하는 것만 같았죠."

카프카는 진솔한 말투로 청중의 마음 문을 열려고 했다. 이전처럼 어색해하거나 주저하지 않았다. 아마도 자신의 성격을 이해하면서 작품 속 진실에 좀 더 다가가기를 바라는 듯했다.

"카프카 선생님, 저는 선생님의 그 독특한 성향 덕분에 이처럼 위대한 작품을 쓸 수 있었다고 생각해요. 선생님의 부조리한 사고방식이 작품 어디에서 표현되었는지 좀 설명해주실 수 있나요?"

성진이 계속 질문했다.

"한 사람의 사상은 그의 창작을 결정하죠. 사실 나의 부조리한 사고는 모든 작품 속에 어느 정도 표출되어 있습니다. 가장 집약적으로 표현된 작품을 말하자면 단연 장편소설《성》입니다. 이 작품을 읽은 학생이 있을지 모르겠군요."

카프카는 지극히 차분한 어조로 말했다. 그때 형민이 주저 없이 일어났다.

"제가《성》에 대해 간단히 발표하겠습니다. 토지 측량사인 K가 이름이 알려지지 않은 성에서 토지 측량을 의뢰받습니다. 하지만 성 내에 그 어떤 기관이나 사람도 K라는 사람이 의뢰되었다는 사실을 모릅니다. K는 홀로 고군분투하죠. 약속을 지키기 위해 관료 세도가와 계속해서 투쟁을 벌입니다. 하지만 안타깝게도 결국 그는 성에 들어가지 못하고, 소설은 이렇게 황망하게 끝이 납니다."

형민은 자기 감상을 감추지 않고 말했다. 간결하지만 의미심장했다.

"그래요. 많은 사람들이 봤을 때 《성》은 황당무계한 이야기일 뿐이죠. 하지만 그 황당함 속에 사회와 인생, 혈육의 정, 사랑에 대한 깊은 고민이 내포되어 있습니다. 사람들 대다수가 '성'이 무엇을 상징하는지 추측하려 하죠. 여기에 나는 결론을 내리고 싶지 않습니다. 그것은 그저 하나의 성이기 때문이고, 또 학생이 생각하고 싶은 그 무엇일 수도 있기 때문이죠. 어쨌든 K는 해결점을 모색하기 위해 노력했지만 원하는 바를 얻지 못했습니다. 황당하고 무정한 세상은 우리에게 수많은 장애를 설치해놓습니다. 어떤 노력을 들이든지, 또 무엇을 원하든지 결국에는 헛수고일 뿐이죠. 이야기가 말하고자 하는 바는 생각의 부조리이자 인류 사회가 보이는 부조리입니다. 즉 인간의 노력은 자신의 염원과 상반된 방향으로 흘러가기 마련이고, 그것은 곧 《성》에서의 K의 경우와 흡사하다는 거죠. 그는 평생 노력을 쏟아부었지만 결국 자신의 거주 문제는 처리하지 못했죠. 그러다 죽음 직전, 갑작스럽게 '성'은 그에게 마을에서 살라는 허락을 내립니다. 이런 풍자적인 결론이 어디 K라는 한 사람의 비애에 국한되겠습니까? 황당하고 부조리한 세상에 사는 모든 사람의 비애겠죠."

카프카, 《변신》을 통해 세상의 황당함을 드러내다

"세상의 부조리를 말할 때 저는 문득 선생님의 또 다른 작품인 《변신》을 떠올립니다. 제 기억이 맞다면, 이 소설은 인간이 거대한 곤충으로 변해버린 불가사의한 이야기죠. 분명히 또 다른 깊은 뜻이 있을 거라 생각합니다.

우리에게 이에 대해 설명해주실 수 있나요?"

카프카의 분석을 모두 들은 형민은 자신만만하던 태도를 바꿔 겸손하게 질문했다.

"그렇습니다.《변신》은 분명 깊은 의미가 내포되어 있는 소설이죠. 이 작품 속에 저는 신화적 모델을 차용해 진실하면서도 부조리한 세상을 표현했습니다. 인간의 변신을 통해 현대인들의 정신세계의 왜곡된 변화를 그려낸 거죠. 또한 사람과 사람 사이에 흐르는 따뜻한 기류의 이면에 존재하는 고독감과 소외감을 묘사했습니다."

카프카는 잠시 말을 멈추고는 물로 입술을 축였다.

"이 소설은 모두 세 부분으로 이루어져 있습니다. 첫 번째 부분은 세일즈맨인 그레고르가 잠에서 깨어났을 때 자신이 거대한 곤충으로 변해 있는 것을 발견한 상황을 그렸죠. 그는 조급해졌습니다. 때맞춰 출근하지 않으면 회사에서 해고될 것이고, 만약 해고되면 집안의 생계를 짊어질 사람이 아무도 없었기 때문이죠. 그의 변신은 전체 가족을 공황 상태에 빠뜨립니다. 두 번째 부분은 그레고르가 점차 곤충의 습성을 배워가지만 인간의 의식을 유지하고 있는 상황을 담았습니다. 그는 가족을 진심으로 아끼지만, 더 이상 돈을 벌 수 없다는 걸 안 가족은 그를 오히려 짐으로 여깁니다. 점차 그를 회피하기 시작하죠. 세 번째 부분은 그레고르가 가족에게 버림받는 상황이 전개됩니다. 그는 배고프고 병들어 깊은 절망에 빠지죠. 가족의 따뜻함과 사랑에 대해 회의를 품고 결국 세상을 떠납니다. 한편 가족들은 곤충으로 변한 그레고리라는 '부담'을 버린 뒤로 새로운 집에 이사해 자급자족의 새로운 생활을 시작하죠."

"황당하면서도 비극적인 이야기네요. 비극은 사람의 비극이고, 황당함은 비극적인 사람이 처한 세계의 황당함이고요."

《변신》의 줄거리를 듣고 유나는 탄식을 금치 못했다.

"얼핏 보기에는 황당무계하지만 또 얼마나 진실합니까! 선생님은 이 황당한 이야기를 통해 현대인의 내면을 정확히 보여주셨습니다. 한 사람이 곤충으로 변한 후에, 즉 그가 가정에서 유지했던 존재 가치를 잃은 후에 가족들이 그에게 해준 것이라고는 고작 어머니의 멸시와 아버지의 분노, 동생의 회피 같은 대우뿐이었습니다. 결국 가장 가깝다고 생각했던 가족까지 그를 버렸고, 그는 그저 고독하고 비참하게 죽어야 했습니다. 《변신》의 이야기는 정말이지 다시 들어도 몸서리가 쳐집니다."

유나의 말에 이어 성진도 자신의 소감을 말했다.

카프카가 남긴 '인생을 위한 고민'

"한 작품을 통해, 사람의 인생과 처한 환경에 대해 한 번쯤 생각할 수 있는 시간을 제공했다는 점이 나에게는 꽤 고무적입니다. 단 하나의 이야기를 전달하고 싶었을 뿐, 어떤 주관적 색채를 섞어 독자들의 생각을 좌지우지하고 싶진 않았습니다. 내 작품을 읽어본 사람이라면 꼭 알아야 합니다. 그 어조가 늘 객관적이고도 냉정하다는 것을 말이죠. 나는 한결같습니다. 나와 관계없는 일에는 전혀 관심이 없는 사람입니다. 나는 독자들을 위해 경치와 사물을 세심하게 묘사한다거나 줄거리를 구상하지 않습니다. 인물의 내면을 상세히 분석해 독백, 회상, 연상, 환상 등의 방식으로 현대 사회에 살고 있는 소외된 하층민들의 면면을 바로 볼 수 있게 할 뿐입니다. 그들은 모순이 가득하며, 왜곡되고 변형된 세상에서 두려워하고 불안해하며, 고독하고 방황하죠. 억압을 받아도 반항하지 않고, 반항할 기운도 없어요. 미래를 향한 출구도 찾지 못하고요. 이런 인물상들은 사실 나의 분신입니다. 그들의 고통이 곧 나의 내면이 받고 있는 고통인 거죠. 내 인생은 고독했습니다. 글을 쓰는 것만이 내가 견딜 수 있는 유일한 안식처였죠."

카프카는 기나긴 독백을 마친 뒤, 이내 조용히 몸을 돌려 강의실을 떠났다. 멀어져가는 모습을 보면서 학생들은 번민에 빠졌다. 이 황당한 세상에서 우리는 고군분투하며 살 수밖에 없을까? 어쩌면 우리 모두 곤충과 같은 존재로 살고 있는 건 아닐까? 개성과 자아의 가치를 잃고 우리를 기다리는 건 오로지 버림받는 운명뿐일까? 카프카의 메시지는 깊은 여운을 남겼다.

마르케스 선생님,《백 년 동안의 고독》에 마술적 사실주의가 있나요?

▶▶ 마르케스가 대답해주는 '환상과 현실' 이야기

시대가 바뀌어도 똑같이 반복되는 역사는 무엇을 의미할까요?

🧑 오랜 시간이 흘러도 인간의 삶은 거의 변하지 않기 때문인 것 같아요.

👩 사람들의 사고방식이 비슷하다는 것 아닐까요? 세대가 교체되어도 사회 인식에는 고정관념이란 게 있으니까요.

🧑 분위기에 따라 변하는 것도 있어요. 하지만 정해져 있는 운명 같은 것도 존재한다고 생각해요.

──────── ▶▶ 생각해보기 ◀◀ ────────

마르케스는 부엔디아 가문에 일어난
《백 년 동안의 고독》의 기이한 순환에
어떤 의미를 담으려 했을까?

시험 기간 동안 너무 열중한 탓일까. 유나에게는 침울한 분위기가 풀풀 풍겨나고 있었다. 오늘 드디어 모든 시험이 끝나고 다시 여유를 찾은 유나는 자신이 가장 사랑하는 토끼굴 책방에 가서 한가롭게 서가를 쭉 둘러봤다. 꽤 오랫동안 오지 못했더니 새로운 도서가 여러 권 진열되어 있었다. 유나는 책의 바다에서 마르케스의 《백 년 동안의 고독》을 찾아냈다.

세계적으로 유명한 고전이지만 문체가 너무 환상적이어서 난해하다는 평 또한 받고 있는 명작이었다. '문학광'인 유나는 엄청난 호기심을 느꼈다. 어렵다는 이 책이 어째서 현대인들 사이에서 열렬한 호응을 얻고 있는 것일까? 그 답을 얻기 위해 유나는 한번 읽어보기로 결정했다.

자리를 잡고 앉아 《백 년 동안의 고독》을 찬찬히 읽었다. 뭐랄까, 무비판적으로 내용을 꿀떡 삼킨 느낌이 든다고밖에 표현이 되지 않았다. '환상적인 세상' 속에서 혼란스러운 감정에 휩싸이고 말았다. 어쨌든 오늘은 일요일이고, 유나는 마르케스에 대한 정보를 입수한 상태였다. 마침 강의가 있는 날이니 모든 수수께끼가 풀리지 않을까 생각했다.

마르케스는 어떤 작가일까?

"여러분, 안녕하십니까. 가브리엘 가르시아 마르케스입니다. 오늘 여러분과《백 년 동안의 고독》을 토론할 수 있어서 무척 기쁩니다."

인자하고 선한 인상의 노신사가 느린 걸음으로 강단에 올라서더니 온유한 어조로 자신을 소개했다. 문학 대가의 상냥하고 다정한 표정 덕분에 사람들은 절로 호감을 느끼고 있었다.

"나라는 사람은 분수를 잘 알아요. 대부분의 학생들이《백 년 동안의 고독》을 통해서야 비로소 나를 알기 시작했겠지요. 강의를 시작하기 전에 먼저 나에 대해 상세히 소개하겠습니다."

마르케스는 두 차례 가벼운 기침을 한 뒤 겸손하게 말했다.

"나는 콜롬비아의 아라카타카라고 불리는 작은 도시에서 태어났습니다. 유년 시절 내내 외할아버지 집에서 보냈어요. 외할머니는 열심히 일하는 농촌 부녀자였는데 그분의 머릿속은 신화나 전설, 요괴 이야기들로 가득 차 있었죠. 나는 외할머니가 들려주는 은밀하고 기이하며 환상적인 세상에서 서서히 성장했죠. 이런 것들은 모두 창작의 중요한 원천이 됐습니다. 대학에 들어가서 나는 갈증을 해소하듯 각종 세계문학 명작을 탐독했습니다. 그중 스페인 황금시대의 시는 내게 큰 영향을 주었죠. 그때의 독서는 나의 습작에 탄탄한 기반이 되었습니다. 이 기간에 처녀작인 단편소설《세 번째 단념》을 발표했거든요. 대학을 졸업한 후에는 기자로 일하며, 첫 번째 장편소설《낙엽》을 발표했죠. 이 작품 속에서 나는 '의식의 흐름'이라는 기법을 사용해 마콘도라는 가공의 땅에 사는 사람들의 갈등과 혼돈과 고독의 심리적 상태를 표현했죠. 이 소설은 《백 년 동안의 고독》의 기초가 된 작품이랍니다."

마르케스는 자신의 소개를 담담히 마쳤다.

"자, 한담은 꽤 많이 했으니 어서 주제를 향해 달려갑시다. 여러분이 가장 관심 있는 《백 년 동안의 고독》으로요."

6대의 흥망성쇠를 다룬 《백 년 동안의 고독》

"여기 있는 학생들 중에서 이 작품의 줄거리를 간략하게 설명해줄 학생이 있나요?"

"저요! 저요!"

유나가 흥분해서 소리를 질러댔다. 막 《백 년 동안의 고독》을 다 읽은 터라 열정이 하늘을 찌를 듯했다.

"《백 년 동안의 고독》은 기이하고 다채로운 부엔디아 집안의 6대에 걸친 권력과 욕정의 순환으로 벌어지는 흥망성쇠의 역사를 다루고 있어요. 부엔디아 가문의 시조인 호세 아르카디오 부엔디아는 사촌동생인 우르슬라와 결혼해요. 우르슬라는 자신의 결혼이 친족 간이라 혹시 긴 꼬리가 달린 아이가 태어나지 않을까 걱정합니다. 그래서 남편 부엔디아와의 잠자리를 거절해요. 한번은 부엔디아가 이웃 아귈라와 닭싸움을 붙이다 언쟁이 났어요. 아귈라가 아내에게 잠자리를 거절당한 사실을 조롱하자 부엔디아는 화가 난 나머지 긴 창으로 아귈라를 죽이고 말죠. 이때부터 죽은 자의 혼이 밤낮으로 부엔디아 집안에 출몰합니다. 이 일로 가족들은 불안에 시달려요. 귀신을 피하기 위해 부엔디아 부부는 마을을 떠나 '거울의 성'이라 불리는 작은 마을 마콘도로 이사해 정착하죠. 그리고 부엔디아 가족의 100년 동안의 흥망성쇠가 시작돼요."

이야기의 포문을 연 유나는 잠시 숨을 고르며 주위를 둘러봤다. 마르케스와 학생들이 집중해 듣는 것을 보고 다시 흥미진진하게 설명해갔다.

"1대 호세 아르카디오 부엔디아는 창조성이 강한 인물이에요. 그는 갖가지 방법을 이용해 마을에 부를 쌓았어요. 하지만 연금술에 빠져 종일 집안에만 처박혀 '작은 황금물고기'를 만들다 결국 죽어요. 2대는 부엔디아 부부가 낳은 아들 둘과 딸 하나예요. 첫째 아들은 마콘도로 가던 도중 낳았는데, 어느 날 집시들을 따라 사라졌다가 커서는 마콘도로 돌아와 부엔디아 가문의 양녀 레베카와 사랑을 나누죠. 하지만 결국엔 알 수 없는 이유로 암살당하고 말아요. 둘째 아들 아우렐리아노는 내전에 참가해 대령이 되었지만 나중에는 아버지처럼 연금술에 빠져서 이내 죽어요. 딸 아마란타는 조카와 근친상간을 하고 죄책감 때문에 스스로를 방에 가둔 채 온종일 수의를 만들어요. 몹시 고독하게 지냈죠."

유나는 줄거리를 줄줄 꿰고 있었다. 막힘없는 소개는 계속됐다.

"3대는 두 명의 사촌만 존재해요. 한 명은 생모와 사랑에 빠지고, 다른 한 명은 자신의 고모와 사랑에 빠져 결국 평생의 한으로 남아요. 4대와 5대에도 역시 이전의 사건들이 악순환돼요. 방탕하고 몽롱한 세월을 보내면서 대가 이어질수록 상황은 더 나빠지죠. 그러다 6대인 아우렐리아노 부엔디아가 그의 고모인 아마란타 우르슬라와 근친상간을 해서 돼지 꼬리가 달린 딸을 낳고 말아요. 그 아이가 부엔디아 가문의 7대 계승자가 되죠. 신생아는 이후 개미떼에게 먹힙니다. 한편 아우렐리아노 부엔디아는 집시들이 100년 전 산스크리트어를 사용해 양피지에 기록해놓은 비밀을 해독합니다. 책의 서문에는 이렇게 친필로 적혀 있었어요. '최초의 인간은 나무에 묶일 것이고, 최후의 인간은 개미에게 먹힐 것이다.' 바로 부엔디아 가문의 역사가 적혀 있었던 거죠. 그리고 마지막 한 장을 해독한 순간에 갑작스러운 폭풍이 마콘도 마을을 덮칩니다. 운명이 결정한 대로 '백 년 동안 고독'했던 가족의 이야기는 영원히 존재하지 않게 돼버린 겁니다."

유나의 유창한 설명에 마르케스는 흡족한 듯 말했다.

"좋습니다. 모두에게 잘 요약해주었어요. 관계도가 꽤 복잡해 아마도 혼란스러웠을 겁니다. 하지만 하나의 작품을 이해하기 위해서 중요한 점은 '현상을 통해 본질을 간파하는 이치'를 알아야 한다는 겁니다. 이어서는 직접 여러분에게 구체적인 해석을 해주어야겠군요."

마르케스, 《백 년 동안의 고독》이 그린 순환을 해석하다

마르케스는 양복 윗옷을 벗고 소매를 접어 올리더니 본격적으로 강의하기 시작했다.

"《백 년 동안의 고독》을 다 읽은 사람들이 한 가지 공통된 질문을 해왔습니다. '이 소설은 대체 뭘 말하려는 건가?' 많은 사람들은 한 가문의 세대들이 매번 비슷한 세월을 보내고 또 비극이 고스란히 이어지는 모습만 보았죠. 알 수 없는 출생과 또 알 수 없는 죽음이었습니다. '황당무계하고 장황하기만 하지 재미도 없고 무슨 말인지 도통 모르겠다'고 생각했겠죠. 하지만 사실 말하고 싶은 건 따로 있었습니다. 바로 과거와 현재와 미래를 통틀어 끝없이 순환되는 상징적 틀 속에 세워진 '현대적 신화'였습니다. 이 환상적인 세상에 부엔디아 가문의 백 년 동안의 흥망성쇠를 표현하고 싶었어요. 무지하고 낙후된 상태에 처한 콜롬비아 사람들에 대한 생활도 가감 없이 말하고 싶었고요."

마르케스의 어조는 그 인상만큼이나 온유하고 부드러웠다. 학생들은 꿈꾸듯 강의에 빠져들었다.

"시간은 계속 되풀이되고, 역사는 다람쥐 쳇바퀴와 같고, 무지와 낙후는 예전과 다를 바 없죠. 망했다 흥하고, 흥했다 다시 망하는 원점의 반복입니다. 이것이 바로 하나의 거대한 순환적 기현상입니다. 부엔디아 가문은 근친상간을 했었고, 6대에 와서도 변함없이 근친상간을 하다가 돼지 꼬리가 달린 아이를 낳았습니다. 맥락을 따라 자세히 들여다보면 사실 소설은 기괴한 순환을 수없이 묘사하고 있다는 점을 발견할 수 있을 겁니다. 여러분이 여기에 주목을 했을지 모르겠군요."

"선생님, 1대 호세 아르카디오 부엔디아는 인생 후반에 오두막에서 황금물고기를 만들다 죽었고, 그의 아들 아우렐리아노 부엔디아도 최후에 연금술에 빠져 있다가 죽었습니다. 이것도 하나의 순환인가요?"

정미가 쭈뼛쭈뼛 질문을 했다.

"아주 적절한 예시를 들어주었습니다. 그 작은 물고기를 계속 만든 것처럼, 사실 부엔디아 가문의 모든 사람들이 한 행동은 과거와 현재와 미래의 반복 속에 있어요. 4대 아우렐리아노는 문과 창문을 고치는 데 매일 매달리고, 5대 레메디오스는 많은 시간을 목욕하는 데 쓰죠. 6대 아우렐리아노는 말년에 쉬지 않고 수의를 만들었습니다. 이는 역사적으로 순환되고 있는 상황들에 대한 미세한 묘사입니다. 그뿐만 아니라 주의 깊은 학생들은 소설 속 인물의 이름과 천성 역시 순환되고 있다는 걸 알아차렸을 겁니다. 부엔디아 가문의 남자 이름에는 늘 아르카디오나 아우렐리아노가 중복되고 있다는 사실을요. 타고난 성격도 마찬가지로 연속됩니다. 역시 반복 재생입니다. 집시들이 여러 차례 마콘도 마을에 왔지만 마을 사람들은 그때마다 마치 처음인 것처럼 자석이나 돋보기 등 문명 세계의 물품들을 다루느라 쩔쩔매기 일쑤였죠. 시간이 아무리 흘러도 마콘도 사람들의 가치관이나 사고방식은 여전히 100년 전과 같이 변함없다는 걸 보여줍니다."

"선생님은 왜 끊임없이 이런 순환과 반복을 묘사하고 강조하셨나요?《백 년 동안의 고독》속 크고 작은 기현상의 이면에 어떤 깊은 의미를 숨겨놓은 건가요?"

마르케스의 말이 채 끝나기도 전에 형민이 다급하게 질문했다.

"학생의 질문이 바로 이 소설의 핵심이자, 내가 이어서 중점적으로 설명하려는 문제입니다. 그래요. 나는《백 년 동안의 고독》을 통해 순환의 기현상을 썼지요. 부엔디아 가문의 운명은 이미 비밀의 양피지에 적혀 있었습니다. 알지 못하는 사이에 어떤 신비한 힘이 인도하고 있었던 거죠. 비극은 정해져 있습니다. 그들이 아무리 고통스럽게 몸부림치더라도 결국은 헛수고일 뿐이죠. 그런데 대체 어떤 신비한 힘이 이 가문을 악순환의 기현상으로 빠지게 했을까요? 그 답은 소설 속에 이미 밝혔습니다."

"문명 수준의 하락과 정치적인 무관심, 경제적 낙후나 빈곤, 그리고 사상적 보수성 같은 것들 아닌가요?"

성진이 갑자기 힘차게 일어나더니 깔끔한 답변을 내놓았다.

"하하. 정확하군. 내 작품에 대해 꽤 깊이 연구한 모양이야. 학생이 좀 더 상세하게 발표해줄 수 있겠나?"

마르케스는 만족스러운 미소를 띠며 성진에게 물었다.

"기꺼이 하겠습니다."

성진이 시원시원하게 대답했다.

"먼저 첫 번째를 설명하겠습니다. 문명 수준의 하락이죠. 매우 오랫동안 무지몽매한 상태에 있었기 때문에, 부엔디아 가문은 100년을 하루처럼 근친상간을 해왔고 또 매번 집시들에게 속임을 당했습니다. 그들은 현대 문명을 배척했습니다. 기차를 괴물로 여겼으며 변화를 두려워했죠. 그래서 그 낡은 것을 기를 쓰고 놓지 않을 수 있었습니다. 다음으로, 정치적 무관심으로 인해 마콘도 사람들은 늘 어리바리하게 당파 투쟁의 도구가 되었습니다. 수많은 시민들이 헛되이 생명을 잃었는데도 사회적 진보에는 전혀 도움이 되지 않았죠. 비극이 아닐 수 없습니다. 세 번째로, 경제적 낙후 때문에 마콘도 사람들은 외국 식민 개척자들에게 의존할 수밖에 없었죠. 대농장이나 공장, 다국적 기업이 출현하면서 마콘도 사람들이 창조한 부는 식민 개척자들의 수중으로 끊임없이 유입됐습니다. 또 하나의 악순환이죠. 그래서 그들은 점차 가난해졌고요."

성진의 목소리는 또랑또랑했다. 마르케스는 성진이 말하는 내내 흡족한 표정을 짓고 있었다.

"마지막 하나는 사상적 보수성입니다. 이것은 소설 속 곳곳에서 발견할 수 있죠. 작은 황금물고기 만들기, 수의 짓기, 창문 수리하기, 목욕하기 등이 그겁니다. 이 모든 행동들은 마콘도 사람들이 현실의 낡은 것을 놓지 않으려는 표면적 행위입니다. 이 폐쇄적인 사상 때문에 마콘도 사람들은 운명의 마수에서 벗어나지 못하고 그저 무력하게 제자리를 지키면서 '돼지꼬리'의 재현을 기다릴 수밖에 없었습니다."

성진의 조리 있는 발표가 끝이 났다. 학생들은 손뼉을 치며 찬사를 보냈고, 마르케스 역시 흐뭇하게 웃었다.

마르케스의 '마술적 사실주의'

마르케스가 다시 입을 열었다.

"작품 속 이면에 있는 깊은 의미를 해석했으니, 이어서 이 작품의 문학적 의미에 대해 토론해봅시다. 후대 독자들의 배려 덕분에 이 소설은 '마술적 사실주의의 대표작'이라 불리고 있는데, 이에 대해 나는 오만을 부리지 않고 겸손히 받아들여야겠지요. 하지만 과도하게 겸손을 부릴 생각은 사실 없습니다. 솔직히 말하자면 이 작품은 확실히, 무척이나 '환상적'인 사실주의 작품입니다. 이제부터 이 작품에 표현한 '환상성'에 대해 핵심만 분석하겠습니다."

"선생님, 외람되지만 제가 분석을 대신해도 될까요?"

마르케스가 막 설명을 시작하려는데 이번에는 형민이 나섰다. 형민은 자신의 라이벌인 성진이 마르케스의 관심을 받는 게 부러웠다.

"되고말고. 누군가 대신 설명을 해준다는데 당연히 기쁘지. 과감하게 용기를 낸 걸 보니 훌륭하게 말해줄 것 같구먼. 잘 해보게, 젊은이!"

마르케스는 기꺼이 격려해주었다. 이에 형민은 더욱 자신감을 갖고 설명을 해갔다.

"《백 년 동안의 고독》의 환상성에 대해 말하자면, 가장 전형적인 부분은 사람과 귀신의 뒤섞임입니다. 소설 속에는 부엔디아 가문이 힘겹게 추적하는 아클라라는 영혼이 있습니다. 또 천문과 지리에 능하며 과거를 알고 미래를 예측하는 집시들이 있습니다. 그들은 양피지에 비밀을 적어놓아 부엔디아 가문의 비극적 운명을 알려주죠. 이 모든 묘사가 초자연적인 색채를 띠고 있습니다. 다음으로, 기괴하면서도 신기한 사물에 체현되어 있습니다. 예를 들어 집시들이 가져온 담요는 사람을 태운 채 날 수 있습니다. 자석을 끌고 거리를 다니면서 집 안의 솥과 쇠그릇을 끌어당기기도 하고요. 이러한 상황 모두 초현실적인 거죠."

마르케스는 형민의 답에도 매우 흡족한 표정을 지었다.

"세 번째로, 마르케스 선생님은 소설 속에 수많은 신화와 전설을 사용했습니다. 이는 환상적 특징을 배가시켰죠. 서두에서 호세 아르카디오 부엔디아가 '선악과를 몰래 훔쳐 먹고' 고향에서 떠나는 내용이 나옵니다. 여기서 어렴풋이 아담과 하와의 그림자를 발견할 수 있습니다. 또 이들의 기나긴 여정은 곧 성경의 〈출애굽기〉에서 아브람이 하란을 떠나는 정황과 유사합니다. 이처럼 함축적 의미를 띤 부분은 소설 속에 수없이 나와 일일이 다 셀 수 없을 정도입니다."

형민이 세 번째 내용에 대한 설명을 마치자마자 종소리가 울려 퍼졌다. 강의가 끝나면 반드시 떠나야 한다는 것이 '신비한 강의실'의 규칙이기 때문에 아쉽지만 모두 일어나야 했다. 유나는 급히《백 년 동안의 고독》을 펼쳤다. 마르케스의 강의를 들었으니 책 속에서 다시 한 번 깊은 의미를 읽어낼 수 있을 거라 기대했다.

나쓰메 선생님, 《나는 고양이로소이다》는 어떤 현실을 그리나요?

▶▶ 나쓰메가 대답해주는 '풍자와 비판' 이야기

여러분은 지금 살아가는 현실을 제대로 보고 있다고 생각하나요?

글쎄요. 객관적으로 바라보긴 힘들지만 분명한 잣대를 가지려고 노력해요. 편협한 사람이 되고 싶진 않거든요.

가끔 내 친구나 집에서 기르는 강아지 시선에서 바라보곤 해요. 이 녀석은 나를, 혹은 세상을 어떻게 보고 있을까 하고요. 그러다 보면 신기하기도 하고 또 다른 시각을 생각해볼 수 있어요.

한 사람의 시점에서 현실을 똑바로 보는 건 사실상 힘들죠.

▶▶ 생각해보기 ◀◀

나쓰메는 《나는 고양이로소이다》 속
고양이를 통해 일본의 어떤 현실과
삶을 보여주려 했을까?

문득 뒤돌아보면 시간은 날개를 단 듯 저 멀리까지 날아가 있다. 유나가 처음 무의식중에 '신비한 강의실'을 왔을 때는 한 번의 우연이라 생각했다. 이렇게 많은 이야기가 이어질 줄은 상상도 하지 못했다.

어느새 17번째 강의였다. 마지막 한 강의만 더 남겨놓고 있었다. 유나는 무거운 마음으로 일찌감치 강의실에 도착했다. 사람들로 강의실이 꽉 차기 전에 찬찬히 둘러볼 참이었다. 강단과 칠판, 책상과 의자 모두 유나에게는 특별했다. 누구도 경험할 수 없는 추억이 담겨 있었다.

셰익스피어와 톨스토이가 저 높은 강단에 서서 강의를 했다. 여전히 그들의 음성이 귓가에 맴도는 듯했다. 느릿한 걸음으로 책상 하나하나를 스치며 지나갔다. 주영, 형민, 성진, 정미의 얼굴이 차례로 떠올랐다. 유나는 자기 자리로 가 앉았다.

'기억을 영원히 복제할 수는 없으니 현재를 충실히 보낼 수밖에 없겠지. 오늘 역시 다신 돌아갈 수 없는 어제가 될 테니까.'

유나는 그렇게 착잡한 마음으로 새로운 강의가 시작되기를 조용히 기다리고 있었다.

나쓰메는 어떻게 동서양 문학의 특징을 결합했을까?

줄이 잘 선 양복을 매끈하게 차려입은 중년의 동양인이 교실로 들어섰다. 단정하고 가지런히 빗어 넘긴 머리와 팔자수염이 인상적이었다. 그는 엄숙한 표정을 하고는 큰 강의실에 혼자 앉아 있는 유나를 유심히 바라봤다. 뭔가 알 수 없는 경외감을 일으키는 문학가였다.

"음, 학생. 내가 강의실을 잘못 온 건가?"

"잘 오셨어요, 선생님. 제가 조금 일찍 온 거예요. 다른 사람들도 지금 오고 있을 거예요."

유나는 오늘의 선생님을 앞에 두고도 긴장하지 않았다. 한눈에 나쓰메 소세키라는 걸 알아봤으니까. 천 엔짜리 일본 지폐에서 몇 차례 봤던 터라 익숙했다.

"지금까지는 모두 서양의 문학가들이 수업을 진행했었어요! 그래서 이번 강의에서 선생님을 만나 뵙게 될 줄은 상상도 못했어요. 나쓰메 소세키 선생님, 정말 반갑습니다!"

유나는 진심으로 반갑고 존경하는 마음을 표현했다.

"아, 이전에 강의한 분들이 모두 뛰어난 명사들이었단 건 들어 알고 있습니다. 그중에 한 명으로 여기에 초청받은 것도 나에겐 사실 놀랍고 큰 기쁨입니다."

나쓰메는 겸손하게 대답했다. 두 사람이 한참 조용히 대화를 나누고 있을 때 강의 시작 종소리가 울렸고, 다른 학생들도 일제히 자리를 찾아 앉았다. 이로써 나쓰메의 강의가 정식으로 막을 열었다.

"여러분, 정말 모두 정시에 도착했군요! 1분도 늦지 않았어요."

나쓰메는 시계를 보면서 감탄을 금치 못했다.

"선생님, 저는 선생님의 본명이 긴노스케라는 점을 알고 있습니다. '소세키'라는 필명은 22살 때 중국어로 글을 쓸 때 처음으로 사용했죠?"

형민이 곧바로 아는 체를 했다. 자기소개를 하려던 그는 학생들이 이미 자신에 대해 너무 잘 알고 있다는 걸 깨닫게 됐다. 청중의 표정들을 확인한 나쓰메는 놀랍기도 하고 기쁘기도 했다.

"사전에 적잖이 공부해온 것 같은데, 좋습니다. 그럼 여러분에게 발언할 기회를 주겠습니다. 나의 문학 창작에 대해 누가 설명을 좀 해볼까요?"

나쓰메의 말이 끝나자마자 그동안 말수가 별로 없던 주영이 벌떡 일어났다.

"나쓰메 선생님은 동서양의 문학적 특징을 결합한 작품을 썼고, 늘 현실에 관심을 둔 작가예요. 어려서 전통적인 한시와 하이쿠에 매료됐고 이후에는 서구의 민주 사상과 문화의 영향을 받았죠. 그렇게 동양과 서양, 전통과 현대의 수많은 문학과 문화적 요소를 비교하던 중 선생님은 현대 사회에 걸맞은 일본 문학관을 만들어냈어요. 선생님은 일본 문학의 청아하고 한적한 고유의 특징을 계승해야 한다고 생각한 동시에, 서구 문학을 공부하고 본받아 '삼위일체'의 문학관을 세워야 한다고 여겼어요. 즉 작품이란 자신을 위해, 일본을 위해, 사회를 위해야 한다고 말이죠."

나쓰메는 주영의 설명에 감탄했다.

"나에 대해 잘 알고 있군요. 감사합니다. 자, 바로 강의를 시작해도 되겠군요."

그는 미소를 띠며 말했고 화기애애한 분위기 속에서 본격적으로 강의가 시작됐다.

나쓰메의 'F+f의 문학 공식'

"나를 말할 때 사람들이 빼놓지 않고 얘기하는 것이 있어요. 아, 혹시 아까 학생이 내가 제시한 문학 공식도 한번 설명해줄 수 있겠나?"

주영은 마치 기다렸다는 듯이 답했다.

"네, 선생님은 생전에 유명한 공식을 제기하셨죠. 문학적 내용과 형식은 곧 F+f라는 겁니다. 이는 대문자 F인 '사실'과 소문자 f인 '정서'의 결합입니다. 문학예술은 정서를 통해 실현되지만 사실에 대한 인식론적 요소를 배제하지 말아야 한다고 했죠. 인도주의 사상을 포함한 현대 서구의 철학, 미학, 심리학 등이 인식론적 요소에 속하고, '인생을 위하고 사회를 위한다'는 동양의 전통적인 문학정신이 바로 정서적 요소에 속하죠. 나쓰메 선생님은 이 두 가지가 유기적으로 결합되어야만 인간이 사회와 세계를 인식하는 데 문학이 도움을 줄 수 있고, 인생 의미의 최대 가치를 탐구하며 해석할 수 있다고 여겼어요."

주영은 전문적인 어조로 나쓰메의 문학관에 대해 설명했다. 주영의 설명이 끝난 다음, 형민이 얼른 일어나더니 보충 설명을 했다.

"선생님께서 제기하신 F+f의 문학관은 그야말로 독창적이면서 통찰력 있는 공식이라고 할 수 있습니다. 현실비판주의는 당시 자연주의 문학이 성행하던 문단에 엄청난 파란을 불러일으켰죠. 심지어는 독자적으로 '소세키 문파'를 이루었습니다. 엄청난 영향력이라 할 수 있죠."

주영과 형민의 설명이 끝난 뒤 마침내 나쓰메가 입을 열었다.

"두 학생이 서로 죽이 잘 맞는군요. 나를 지나치게 띄워주고 있어요. 하하. 이제는 당사자로서 직접 설명하겠습니다."

나쓰메는 유쾌하게 웃더니 설명을 시작했다.

"사실 과장된 찬사를 제외하고는 방금 두 학생이 내 문학관에 대해 정확히 소개했습니다. 여기서 쓸데없는 말은 하지 않겠어요. 작가로서 늘 모든 것은 작품에 근거해 말해야 한다고 생각하니까요. 그래서 이론은 제쳐두고 먼저 여러분에게 소설 한 편을 소개하려고 합니다. 아마 이 소설을 들으면 현실비판주의 창작 스타일에 대해 좀 더 정확히 이해할 수 있을 겁니다."

"선생님께서 설명하시려는 작품이 《나는 고양이로소이다》 맞죠?"

진수가 말했다. 나쓰메는 그를 향해 빙긋이 웃었다.

나쓰메, 《나는 고양이로소이다》로 인간의 민낯을 보여주다

"《나는 고양이로소이다》는 처녀작으로, 본래는 단편에 불과합니다. 그런데 잡지에 발표하고 나서 엄청난 반응이 있지 뭡니까. 그래서 더욱 힘을 기울여 장편소설로 완성하게 됐지요. 나는 이 작품에서 20세기 초 일본의 중소 자본계급 지식인들의 생각과 생활을 가감 없이 그려냈습니다. '문명개화'를 내건 메이지 시대의 사회상에 대해 날카로운 폭로와 비판을 가했죠.

소설은 고양이를 이야기의 서술자로 정하고, 고양이가 보고 들은 내용을 통해 고양이의 주인인 가난한 교사 진노 구샤미의 평범하고 사소한 삶을 묘사했습니다. 그리고 그의 친구인 메이테이, 간게쓰, 도후, 야기 등의 인물들이 옛날과 지금의 일을 이야기하거나 세상을 조롱하거나 시를 쓰면서 멋있는 척하는 무료한 세태를 그렸지요. 이밖에도 옆집 가네다 아가씨와의 혼사 과정에서 벌어졌던 분쟁의 과정도 넣었습니다."

나쓰메는 차분하게 《나는 고양이로소이다》의 줄거리를 소개해갔다.

"자본가 가네다의 부인인 하나코는 딸 도미코를 곧 박사 학위를 받은 간게쓰에게 시집보내려고 하지요. 그러고는 일부러 구샤미 집에 가서 장래 사위의 상황을 알아보게 합니다. 구샤미는 본래 순전히 돈밖에 모르는 가네다 집안에 대해 큰 반감을 가지고 있었어요. 그래서 그 자리에서 하나코 부인을 비난했고, 후에 간게쓰에게 이 혼사를 거절하라고 강력히 조언합니다. 이로 인해 구샤미는 가네나 부부의 무자비한 학대를 받게 되지요. 그들은 먼저 사람들을 조종해 욕설을 퍼붓고 비방했으며, 구샤미의 동료를 부추겨 보복하게 했습니다. 또 사립중학교의 개구쟁이 학생들을 매수해 소란을 피워 그를 못살게 굴었지요. 마지막에는 구샤미의 과거 동기를 불러 타이르고 겁을 주기까지 했습니다. 구샤미 집안은 시끌벅적 난리가 났지요. 소설의 마지막에 간게쓰는 고향집에서 다른 사람과 결혼하고, 도미코는 구샤미의 문하생이었던 다타라 산페이에게 청혼을 받습니다. 그는 결혼 전날 밤 맥주 한 박스를 가지고 구샤미 집으로 가는데 사람들은 그 참에 온통 놀 생각뿐이지요. 깊은 밤 사람들이 떠난 뒤 고양이도 주흥이 한껏 일어 술을 실컷 마시고 술기운에 물독으로 들어갔다가 빠져나오지 못합니다. 그저

'나무관세음보살'을 외우다가 조용히 죽지요."

"선생님, 저도 이 작품을 읽어본 적이 있어요. 읽은 뒤의 감상은 뭐랄까, 마치 아무 말도 하지 않은 것 같다고 해야 할까요? 반대로 모든 걸 말한 것 같기도 했어요. 왜 그런 걸까요?"

정미가 주뼛주뼛 질문했다.

"학생이 그런 느낌을 받은 게 결코 이상하지 않은 이유는 독자들이 소설을 읽을 때 줄거리에만 편중하는 경향이 있기 때문이에요. 그런데 이 작품은 기본적으로 완결된 줄거리가 없습니다. 그래서 아무 말도 하지 않은 것처럼 느껴진 것이죠. 한편으론 모든 걸 말하는 것 같다고도 했습니다. 그것이 이 작품의 매력이지요. 사실 맨 처음 구상할 땐 고양이의 시각을 통해 이 세상을 냉정한 시선으로 방관할 참이었어요. 이 고양이는 보통의 고양이가 아니거든요. 물론 동물의 습성을 지녔지만 인간의 사상의식을 지닌 존재이자 독특한 허구적 이미지죠. 이 고양이는 매일 사람과 함께 생활하면서 인간들의 천태만상을 직접 보고 또 야박한 세태를 직접 느낍니다. 그래서 고양이는 가장 객관적인 서술자이고 심판자입니다."

유나는 강의를 들으며 일본인들이 유독 고양이를 특별하게 생각한다는 사실을 떠올렸다. 나쓰메의 설명은 계속됐다.

"고양이의 서술을 통해 우리는 당시 가장 진실한 사회의 모습을 볼 수 있었습니다. 고리대금에 기대어 가세를 일으킨 가네다의 극도로 포악하고 탐욕스럽고 잔인한 민낯을 그대로 보게 됐습니다. 그는 뻔뻔하게도 자신이 부를 축적한 비결이 '세 가지 결핍'에 정통했기 때문이라고 선언합니다. 의리의 결핍, 인정의 결핍, 염치의 결핍이라고 말이지요. 그가 신봉한 원칙은

'코와 눈을 돈에 맞추고, 돈을 벌 수만 있다면 어떤 일이든 해낼 수 있다'는 것이었습니다. 돈을 목숨보다 더 중요하게 여긴 겁니다. 그는 돈과 지위를 이용해 남을 괴롭히기 시작했어요. 성실하고 정직한 주인공 구샤미 일가를 못살게 굴었지요. 난 고양이의 눈을 통해 배금주의에 물든 사회 풍조를 사람들이 바로 볼 수 있기를 바랐습니다. '가네다가 제일 나쁜 인간이다'라고 말이에요."

"선생님의 구상력은 정말 뛰어납니다. 그 고양이의 시각을 빌어 우습기도 하고 서글프기도 하며 혐오스럽기도 한 인간을 조롱했으니까요. 그래서 사람들이 모두 선생님의 작품을 풍자적이면서 유머러스하다고 찬미했나 봅니다. 고양이의 공이 컸네요!"

진수는 나쓰메의 말이 끝나자마자 덧붙이듯 말했다.

"그렇습니다. 아주 정확한 평가입니다. 고양이 덕에 우리는 우스꽝스럽고 추한 인간 백태를 볼 수 있었던 거죠. 이 고양이는 무척이나 예리했습니다. 가네다의 배금주의를 비난함과 동시에, 주인공 구샤미를 필두로 한 메이지 시대 지식인들의 수많은 약점에 신랄한 풍자와 조소를 보냈지요. 그 지식인들은 정직하고 선하며 속세를 무시하고 부패한 사회 세태에 나쁜 물이 들지 않았다는 '빛나는' 부분이 물론 있었어요. 하지만 그들은 가슴에 원대한 포부도 없었고 하는 일도 없었습니다. 스스로 자신들의 인품이 고결하다고 여겼지만 무료하고 통속적인 생활을 하고 있었지요. 그들은 정신적 자극을 찾고 삶의 공허를 채우기 위해, 지식을 과시하고 일부러 고상한 척하며 세상을 조롱했어요. 이러한 모순적 생활 태도와 개성은 당시의 상류층 통치자들에 대해 불만을 품으면서도 대중과 동반자가 되지 않고, 사회

중간 상태에 있는 중소 자본계급 지식인들에 대한 전형적 묘사였지요."

나쓰메는 여기까지 말하고 잠시 강의를 멈추었다. 그리고 뭔가 떠오르는 듯 생각에 잠기더니 다시 강의를 이어갔다.

"다들 알겠지만 나 자신도 이 계급 출신이기 때문에 이들의 생활 습관과 성격과 특징에 대해 아주 잘 알고 있었습니다. 그랬기에 더욱 적나라하게 드러낼 수 있었지요. 나는 그들의 약점을 숨김없이 죄다 폭로하려고 했습니다. 비록 내 붓끝이 날카롭기는 했어도 신랄한 풍자의 이면에는 나 스스로에 대한 엄청난 고민과 비애가 숨어 있었지요."

나쓰메는 연거푸 한숨을 지었다.

"선생님께서 이렇게 말씀하신 적이 있었습니다. '그들을 조롱하는 것보다 나는 나 자신을 훨씬 더 조롱했다. 나라는 사람이 거리낌 없이 제멋대로 쓴 글은 쓰디쓴 여운을 남기게 마련이었다.' 그렇죠?"

성진의 세 번째 참견이었다.

"맞아요. 기억력이 좋군요. 내 마음을 가장 정확히 묘사한 말이었지요."

나쓰메는 시계를 쓱 보더니 시간이 얼마 남지 않은 것을 알아차리고 급히 화제를 돌렸다.

비판의 깊이와 독특한 스타일

"《나는 고양이로소이다》를 통해 여러분이 내 창작 스타일을 대략적으로 이해했으리라 생각합니다. 감히 자랑은 못하겠지만 나는 새로운 문학의식을 지닌 작가이며 내 소설은 현실 생활을 세세하게 반영해왔다고 생각합니다. 농촌 청년들이 도시로 와 생활하면서 겪은 어려움을 묘사했고 또 지식 청년들의 일과 공부, 애정 생활, 그리고 가정 속의 수많은 갈등을 다뤘습니다. 더불어 가정의 쇠퇴와 시민 생활의 평범함, 노동자 삶의 빈곤함, 학교 교육체제의 문제 등을 그렸습니다. 이런 객관적이고 사실적인 세부 묘사와 암흑에 휩싸인 현실에 대한 비판을 통해 사람들이 자신의 현실을 정확히 바라보며 고통에서 벗어날 수 있기를 바랐지요."

시간을 의식해서인지 처음보다 말의 속도가 빨라졌다.

"내가 쓴 소설《그 후》《태풍》《산시로》《도련님》등이 모두 물질만능의 세속성을 비판하는 원칙에 입각해 창작됐습니다. 내 작품들이 그 무엇보다 정교하고 뛰어나다고 말하지는 못하겠습니다. 다만 최소한 작가의 사명에는 부끄러움이 없습니다."

여기까지 말한 나쓰메는 뭔가 깨달은 듯한 표정을 지었다. 막간을 틈타 형민이 다시 발언했다.

"겸손하십니다. 선생님의 소설은 내용과 형식 모든 면에서 일본의 비판적 사실주의 문학의 신기원을 열었을 뿐만 아니라, 특히 예술 형식 면에서 선생님만의 독특한 '소세키 스타일'을 형성했습니다."

"하하. 고맙습니다. 아까 나를 추켜세웠던 학생이군요? 또 할 말이 남았나요?"

형민이 일어나자 나쓰메가 재치 있게 놀렸다.

"네, 제가 여기 학생들에게 선생님의 독자적인 '스타일'에 대해 소개를 좀 해도 되겠습니까? 참으면 정말 괴로울 것 같습니다."

형민은 일부러 억울한 얼굴로 발표할 기회를 얻으려 했다. 나쓰메는 어쩔 수 없이 고개를 끄덕였고, 그때부터 형민은 열린 수도꼭지처럼 말을 뱉어내기 시작했다.

"먼저, 나쓰메 소세키 선생님은 소설 창작 과정에서 일본 고전과 민간 문학 전통을 발전적으로 계승했습니다. 또 속어, 중국어, 프랑스어, 바른말, 비속어 등 다양한 언어를 자유자재로 사용하면서 선생님의 소설은 독특한 희로애락과 유머를 지니게 됐습니다. 어디에든 통하는 풍자성을 형성하게 됐고요. 이러한 특징들은 나쓰메 선생님의 초기 문학 속에 두드러지게 표현되어 있습니다. 다음으로, 선생님은 서구 문학에서 정수를 흡수하고 그것을 기묘하게 자신의 것으로 만들었습니다. 중후기의 창작 소설은 명확한 심리 소설의 특징을 드러냅니다. 서유럽 문학의 일반적 심리 묘사와 심리 분석을 당시 일본에서 유행하던 '사소설' 묘사 예술과 유기적으로 결합시킨 것이라 할 수 있죠."

나쓰메는 자신의 문학 스타일을 자신 있게 소개하는 형민을 지긋이 지켜보았다.

"마지막 특징은, 평범하면서 자연스럽고 매우 일상적인 소설 구조입니다. 선생님의 소설 작품을 면면히 보면, 고정된 구조 모델이 없고 모든 작품들이 각각의 형식을 이루고 있는 것을 발견할 수 있습니다. 어떤 작품은 심지어 완결된 스토리가 없고, 또 어떤 작품은 마음대로 취한 편린처럼 무성의하게 글이 쓰여 있죠. 어쩌면 작가가 무책임하다고 여길 수도 있습니다. 하지만 자세히 읽고 나면 알 수 있습니다. 이 질박하고 자연스러우면서도 다양화된 소설 구조가 나쓰메 선생님의 심오한 비판적 사실주의의 예술 정신을 드러내고 있다는 사실을 말이죠."

형민은 나쓰메 소세키만의 독특한 스타일을 논리 정연하게 설명해냈다. 사람들이 그의 작품을 얼른 경험하고 싶게 만들 정도였다. 나쓰메는 곁에서 웃기만 할 뿐 아무 말도 하지 않았다. 그의 겸손한 미소 속에서 문인으로서의 자신감과 자부심을 엿볼 수 있었다.

아름다운 시간은 늘 순식간에 지나간다. 좀 더 나쓰메 소세키와 그의 작품에 대해 감상해볼 틈도 없이 종소리가 울렸다. 유나는 남은 친구들과 솔직한 이야기를 나누고 싶었다. 하지만 눈을 떴을 때는 이미 텅 비어 적막한 토끼굴 책방이었다. 유나는 홀로 외로이 집으로 갔다. 마음속 작은 온기는 이제 유일하게 남은 마지막 강의에 대한 기대감뿐이었다.

타고르 선생님, 《기탄잘리》의 사랑은 어떻게 완성되나요?

▶▶ 타고르가 대답해주는 '평화와 박애' 이야기

여러분은 신을 어떻게 생각하나요?

신은 모든 곳에 있고, 그래서 그 모든 것이 신이기도 해요. 평소에 그 사실을 인지하고 도덕적인 삶을 살수록 신과 가까워질 수 있다고 생각해요.

모두 신을 찾고 있지만 어디에 있는지, 누가 진짜인지, 왜 찾아야 하는지 잘 모르겠어요.

종교는 사회적 문제와 결부됩니다. 위선자들이 나타나 현혹하기도 하죠.

───── ▶▶ 생각해보기 ◀◀ ─────

타고르는 신과의 결합을 말하는 《기탄잘리》를 통해
어떤 삶의 이상을 실현하려 했을까?

'생이별보다 더한 슬픔은 없고, 새로운 님 사귈 때보다 더한 기쁨은 없다.'

　유나는 타고르의 시구를 읽으면서 유독 마음이 심하게 요동침을 느꼈다. 오늘은 마지막 강의가 있는 날이다. 새로 사귄 친구도, 오래된 벗도 만남이 있으면 이별이 있는 법이다. 다만 처음 만날 때의 기분만큼 얕은 관계와 얇은 감정이 계속된다면 쉽게 헤어질 수도 있을 것이고 슬픔과 기쁨이 별 의미 없을 것이다. 그런데 그게 가능할까? 만남이 잦으면 마음이 절로 깊어진다. 헤어짐 앞에 슬프지 않으려면, 오직 자기 마음을 다스릴 수밖에 없다.

　'하늘에 날개의 흔적은 없으나 나는 이미 날아갔노라.'

　지나갔으니 그걸로 충분하다. 사귐이 다했지만 후회가 없다. 유나는 타고르의 부드럽고 따스한 시들과 함께 마지막 순간을 맞이해보기로 했다. 언젠가 빛나는 기억으로 소중히 남으리라 여기기로 했다.

　"학생들, 안녕하십니까. 나는 인도의 라빈드라나트 타고르라고 해요. 오늘이 '신비한 강의실'에서의 마지막 강의라고 들었습니다. 이런 막중한 임무를 맡다니 진심으로 영광이군요."

　혈색 좋은 노인이 하얀 수염을 흩날리며 강단에 서 있었다. 그는 종소리가 울리는 듯 우렁찬 목소리에 편안하고 자상한 기운을 뿜어내고 있었다.

"직접 뵈니 너무 반갑습니다, 타고르 선생님. 저는 선생님의 팬입니다. 선생님의 시는 마음이 침착하지 못할 때마다 제게 안정을 줍니다."

형민이 가장 먼저 나서서 타고르에게 존경의 뜻을 밝혔다.

"우리는 세상이 우리를 속인다고 말합니다. 삶은 여름 꽃처럼 찬란하고, 죽음은 가을 잎처럼 아름다워야 합니다."

성진도 지지 않고 타고르의 시구를 인용하며 존경심을 나타냈다. 둘은 강의 내내 서로 경쟁하듯 문학가들의 주의를 끌려고 했다. 마지막 강의라고 다르지 않았다. 형민과 성진은 열과 성을 다해 타고르에게 마음을 전했다.

"성진이 읊은 시는 시집 《길 잃은 새》의 한 구절입니다. '만일 그대가 태양을 잃었다고 눈물을 흘린다면 그대는 별들도 잃고 말 것이네.' 저도 읽었거든요."

유나도 동참했다. 시간이 흐른 뒤 그저 침묵하던 한 관객으로 기억되고 싶지 않았다.

"아, 좋습니다. 여기 학생들은 내 시를 꽤 알고 있군요. 정말 기쁩니다. 《길 잃은 새》는 평생 남긴 수많은 창작품 중에서 일부예요. 이번 강의를 통해 좀 더 전체적으로 나에 대해 알 수 있기를 바랍니다."

학생들은 타고르를 만난 흥분을 가라앉히며 마지막 강의에 열중했다.

타고르의 범신론은 무엇일까?

"작품에 대한 강의를 시작하기 전에 먼저 사상을 소개할까 해요. 내 모든 창작품은 바로 이 사상에 기초해 있기 때문이지요. 사상의 핵심은 범신론으로, '인간 경험의 진리'를 강조하고 있습니다. 그렇다면 무엇을 인간 경험의 진리라고 할까요? 이 문제와 관련해 나는《시인과 종교》라는 책에 대답을 해놓았지요. '시와 예술을 기르는 최후의 진리는 바로 인간 경험의 진리다. 이러한 믿음은 일종의 종교적인 것으로 사람들이 곧바로 이해할 수 있다. 분석과 변론을 제공하는 형이상학적인 학설이 아니다.' 바꿔 말해 내가 믿는 신은 만물 속에 있고, 사람과 만물은 모두 신의 표상이라는 거죠. 이것이 바로 '범신론'입니다. 이해가 됐는지 모르겠군요."

타고르는 혹여나 설명이 너무 추상적일까봐 걱정하고 있었다.

"선생님께서《생일》에 이런 문구를 쓰셨던 걸로 기억합니다. '농민은 논밭에서 호미를 휘두르고, 방직공은 방직기계에서 베를 짜고, 어민들은 그물을 치고 고기를 잡네. 그들의 갖가지 노동은 사방으로 퍼져 있으니, 전 세계 전진에 동력이 되고 있구나.' 이 시를 통해 저는 선생님의 범신론을 이해했죠. 신은 모든 곳에 계신다는 뜻으로 생각했습니다. 즉 가난하고 천한 사람들 가운데서 너덜너덜한 옷을 입고 함께 걷고 함께 일하고 있죠. 그분은 당신일 수도 있고 나일 수도 있어요. 우리가 도덕적으로 꾸준히 완벽하고자 한다면 점차 그분에 가까워질 거예요."

이번에 발언한 사람은 주영이었다. 역시 조리 있게 말했다.

"아주 훌륭했어요. '범신론'을 제대로 말해주었군요. 모두 분명히 이해했을 겁니다. 사상에 대해 먼저 이야기한 것은 작품을 이해하기 위해서라고 앞서 말했죠? 배경 작업을 이제 잘 마쳤으니 노벨상을 받는 데 크게 기여한《기탄잘리》로 들어가 볼까요?"

《기탄잘리》, 신에게 바치는 시

"《기탄잘리》는 범신론이 담긴 철학적인 시집이에요. 기탄잘리의 뜻은 '헌시', 즉 신에게 바치는 시라는 말이지요. 신과의 만남을 흠모하고 갈구한다는 주제로 쓴 시예요. 나는 이 시에 신의 한없는 은혜와 사랑, 끝없는 의지를 찬미했고, 신과의 결합을 갈망하는 마음을 표현했어요. 신과 분리되면 인생이 고통받고 현실은 어둠으로 변할 것이지만, 일단 신과 결합하면 괴로움은 물러가고 족쇄와 수갑이 산산조각날 것이기 때문이지요. 더불어 나와 나의 조국은 영원히 자유와 행복을 누릴 것이고요."

"타고르 선생님, 선생님께서 찾는 신은 도대체 어디에 있나요?"

정미가 궁금함을 참지 못하고 질문했다.

"학생의 질문에 대해 나로서는 참 대답하기가 어렵습니다. 다만 내 글에 나오는 '신'은 하느님도, 이슬람교의 알라도, 힌두교의 크리슈나신이나 브라흐마나 시바나 비슈누도 아니에요. 내가 말하는 신은 볼 수도 없고 잡을 수도 없지만, 늘 그분의 존재를 감지할 수 있고 그분의 은혜를 받고 그분의 계시를 얻을 수 있지요. 그분은 안 계신 곳이 없어요. 불속에, 물속에, 길에 핀 식물 속에, 우리 사는 사회 속에 다 있어요. 다 해진 옷을 입은 채 가장 비천하며 또 가장 외로운 사람들 속을 거닐고 있지요. 그분은 '만물의 왕'이면서 친구이자 형제이자 가족입니다."

"그 신이 누구든 그분이 어디에 계시든, 우리가 애써 그분을 찾는 목적은 그럼 무엇일까요?"

이번에도 정미가 다시 질문했다.

"아주 좋은 질문을 했어요. 종교학자들은 나를 범신론자로 분류하는데 이에 대해 따로 표명할 생각은 없습니다. 모든 명칭은 형식일 뿐이니까요. 우리가 진실로 해야 할 것은 형식을 벗어던지고 진리를 찾는 거죠. 그래서 내 시 속의 신은 사실 내가 찾는 '이상과 진리의 화신'입니다. 신에 대한 찬미를 통해 나 스스로의 이상에 대한 갈망을 추구했던 거죠."

타고르는 숨을 고르고는 힘주어 말했다.

"마음에 두려움이 없어 머리를 높이 치켜들 수 있는 곳, 지식이 자유로울 수 있는 곳, 작은 칸으로 세계가 나뉘지 않는 곳, 말씀이 진리의 깊은 데에서 나오는 곳, 피곤을 모르는 노력이 완성을 향해 팔을 뻗는 곳, 이성의 맑은 흐름이 무의미한 관습의 메마른 사막에 꺼져들지 않는 곳, 님의 가르침으로 마음과 생각과 행위가 더욱 발전하는 곳, 그런 자유의 천국으로 나의 조국이 눈뜨게 하소서. 나의 님이시여!"

타고르가 자신의 시를 낭송했음을 학생들은 곧바로 눈치 챘다. 청중은 조용히 타고르의 다음 말을 기다렸다.

"여러분, 이 시를 읽으면 내가 왜 애써 그림자도 형상도 없는 '신'을 좇는지 이해할 수 있을 겁니다. 신이 있는 곳만이 행복과 빛이 있기 때문이지요."

"선생님, 그토록 오랫동안 신을 찾아왔는데 이상의 세계로 통하는 길을 찾으셨나요?"

진수가 질문을 했다. 내내 장난스럽던 진수가 마지막 강의에서는 침착한 모습을 보였다.

"이상을 실현하고 싶다면 인간과 신이 일체가 되어야만 합니다. 인간은 두 종류로 구분되는데, 하나는 인성이 없는 물질적 인간이고 다른 하나는 인성을 갖춘 인격적 인간이지요. 신의 세계는 곧 '무한한 인격'의 세계입니다. 인격이 있는 사람과 무한한 인격이 결합했을 때, 사람은 좁고 이기적인 세계에서 해방되어 완벽한 경지에 이르는 거죠."

"전 아직 잘 모르겠습니다. 인간과 신, 혹은 선생님께서 말씀하신대로 인간과 무한한 인격은 어떻게 하면 결합될 수 있는 건가요?"

진수는 자못 진지한 표정으로 마음속의 고민을 계속해서 털어놓았다.

"사랑이지요. 사랑을 출발점으로 삼아야 비로소 인간과 신의 완벽한 결합을 이룰 수 있습니다. 나는 시 속에 이렇게 부르짖었죠. '당신의 손길에 나를 맡길 수 있는 사랑을 기다리고 있었습니다.' 우리는 가난한 사람을 사랑하면서 신과 결합하고, 노동하고 땀을 흘리면서 신과 결합하고, 사상 속의 허위와 마음속의 추악함을 버리는 과정에서 신과 결합하지요. 결론적으로 사랑과 도덕이라는 자기완성을 통해서 이상을 실현할 수 있습니다."

진수는 더 이상 질문하지 않았다. 자리에 앉은 학생들은 모두 고개를 끄덕였고, 타고르는 기쁨과 안도가 섞인 미소를 내보였다.

타고르, 인도인의 서정을 표현하다

"좋습니다. 시에 대한 강의가 끝났으니 이제 여러분에게 내 소설을 소개할게요. 사람들은 내가 50여 부의 시집을 남긴 시인이라고만 알 뿐 12편의 중장편소설과 100여 편의 단편소설을 썼다는 건 잘 모르더라고요."

인자한 태도로 강의하던 타고르가 의외로 목소리를 높였다.

"여러분에게 내 문학의 이력을 과시하려는 게 아니라 격려하는 거예요. 나는 '뛰어난 신인들'이 더 많고 더 좋은 작품을 쓸 수 있기를 바랍니다. 더 많고 더 좋은 작품을 쓰려면 어떻게 해야 할까요? 우선 오래 살아야 하지요. 내가 만약 80세까지 살지 않았다면 어떻게 60여 년이라는 긴 시간 동안 글을 쓸 수 있었겠습니까?"

타고르는 흰 수염을 쓰다듬으면서 우스갯소리를 했다. 그제야 학생들은 이 상냥하고 친절한 대가에게도 짓궂고 사랑스러운 면이 있다는 점을 발견했다. 편안하고 재미있는 순간이 한차례 지나가고 타고르는 계속해서 강의를 했다.

"60여 년 동안의 창작은 대체로 세 시기로 나뉘어요. 초기의 창작은 주로 이야기 시집과 60여 편의 단편소설이었지요. 이야기 시집은 대부분 민간일화와 종교, 역사전설에서 소재를 얻었어요. 길이가 짧고, 옛것을 빌려 현실을 설명했습니다. 또 이 시기의 단편소설은 대개 구조가 단순하고, 서정과 서사가 결합된 신선하고 소박한 분위기를 자아냈어요. 다음으로 중기는 내 평생 가장 풍부한 작품을 남기고, 가장 중요한 창작을 했던 시기예요.《기탄잘리》《신월》《정원사》《길 잃은 새》같은 시집이 바로 이 시기의 성과물이지요. 이밖에도 장편소설《고라》를 창작했습니다. 이 작품은 잠시 후에 다시 상세히 해석하겠습니다. 마지막으로 말기에는 산문과 극본을 중심으로 창작했죠. 산문《중국에서의 대화》는 그중 가장 걸작입니다."

타고르는 간단하게 시기를 나눠 소개한 뒤 잠깐 쉬었다.

근대 인도의 서사시, 《고라》

"《고라》는 정치적 색채를 가진 작품입니다. 고라는 '백인'이라는 뜻이죠. 소설은 19세기에서 20세기로 가는 시기에 인도를 배경으로 하고 있습니다. 주인공의 슬프고도 감동적인 사랑 이야기 속에서 식민주의의 죄악을 폭로했고 인도 국민들의 독립과 자유에 대한 갈망을 표현했어요."

"그 소설은 깊은 사상적 가치가 담겨 있어 '근대 인도의 서사시'라는 평가를 받기도 했습니다. 그렇죠?"

진수가 이전의 활기를 되찾고는 말했다.

"후대의 평에 대해서라면 언급하지 않겠습니다. 다만 이 소설을 통해 인도가 직면했던 가장 첨예한 모순을 사람들에게 이해시키고 싶었을 뿐이니까요. 당시 인도에서는 반식민지 투쟁이 고조되면서 어떻게 투쟁할 것인가를 놓고 사람들 사이에 분열이 일기 시작했습니다. 과연 오래된 인도 문화와 카스트 제도가 특징인 봉건제를 어떻게 보아야 할까요? 인도의 개혁종파와 전통적 힌두종파는 각각 다른 답안을 제시해요. 전자는 서구 문명을 숭배하고 평화로운 방식으로 문제를 해결할 것을 주장하지요. 후자는 폭력까지도 불사하며 식민통치에 저항해 민족의 독립을 얻어야 한다고 주장합니다. 두 의견이 팽팽히 대립했지요. 소설은 이런 비극적 분위기 속에서 전개됩니다."

타고르의 어조는 시를 읊듯 운율이 있었다. 학생들은 매우 낭만적인 분위기에 휩싸여 수업을 들었다. 타고르는 소설 《고라》에 대한 설명을 이어갔다.

"주인공 고라는 전통적 힌두교의 신실한 신도로, 그는 자신의 친구가 개혁파 아가씨와 연애하자 이를 반대하고 둘은 서로 등을 돌립니다. 하지만 재미있는 것은 후에 고라 자신도 개혁파 여성과 사랑에 빠진다는 거지요. 그에게는 자신의 감정을 억제하는 면도 있었고, 힌두교의 구습을 애써 지키려는 면도 있었어요. 고라는 결국 고독하고 비참한 지경에 빠집니다. 그러다 비로소 자기 사상의 편협함을 직시하고 종교 신앙을 버리지요. 진정한 민주주의 전사로 거듭난 겁니다. 고라는 인도의 수많은 애국적 지식인들을 대표해요. 나는 고라라는 전형적인 이미지를 통해 20세기 초 활동했던 인도의 자산계급 민주주의자들이 성장하는 심리적 과정을 보여주고 싶었습니다. 많은 다른 나라들도 인도와 마찬가지로 치열한 반식민지 전쟁을 거쳤다는 걸 알고 있습니다. 지금 평화로운 시대에 사는 여러분, 이 작품을 읽은 후에는 현재의 행복한 삶을 더욱 소중이 여기기를 바랍니다."

역시 타고르는 평화의 사자使者였다. 자신의 '사명'을 잊지 않고 우리에게 평화의 소중함을 알려주었다.

18번의 강의가 이렇게 모두 끝이 났다. 20세기의 '동방의 성인'이 자애로운 미소로 작별을 고하려 했다.

"이제 헤어질 시간이 됐군요. 마지막으로 시 한 편을 여러분에게 읊고 주고 싶습니다. '내 술을 내 잔으로 들게나, 친구여. 다른 잔에 따를 때는 거품을 잃어.' 모두 이 시구 속에서 우정의 진리를 찾고, 더는 이별로 인해 가슴 아파하지 않기를 바랍니다."

유나는 타고르가 읊어준 시구를 다시 한 번 깊게 곱씹었다. 눈물이 흐를 것 같기도 하고 웃음이 날 것 같기도 했다. 내 옆의 친구를 꼭 붙잡고 있을 필요는 없다. 멀리 날 수 있도록 서로 축복해주는 것이야말로 훨씬 훌륭한 사랑이고 배려라는 생각이 들었다. 그러니 슬픔을 거두고 '신비한 강의실'과도 미소로 이별하기로 했다. 매주 일요일 저녁 7시 30분의 인연. 유나의 마음속을 스쳐간 18명의 문학가 선생님들과 많은 친구들, 웃고 토론하던 목소리, 치열하게 수업을 들었던 교실 풍경과 손을 들어 기쁘게 이별하기로 했다. 각자의 길에서 좀 더 성숙한 모습으로 '인생'이라는 소설을 멋지게 쓸 수 있는 날을 꿈꾸면서.

10대가 묻고 18명의 문학가가 답하는
살아 있는 세계문학 이야기

초판 1쇄 인쇄 2015년 4월 25일
초판 2쇄 발행 2017년 1월 25일

지은이 쑨허 | **옮긴이** 나진희 | **감수자** 조규형
펴낸이 김종길 | **펴낸곳** 글담출판사

책임편집 홍다휘 | **편집** 박성연 · 이은지 · 이경숙 · 김보라 · 안아람
마케팅 박용철 · 임우열 | **디자인** 정현주 · 박경은 | **홍보** 윤수연 | **관리** 김유리

출판등록 1998년 12월 30일 제7-186호
주소 (121-840)서울시 마포구 양화로 12길 8-6(서교동) 대륭빌딩 4층
전화 (02)998-7030 | **팩스** (02)998-7924
이메일 bookmaster@geuldam.com
블로그 http://blog.naver.com/geuldam4u
페이스북 http://www.facebook.com/geuldam4u

ISBN 978-89-92814-97-3 43800

★★ **글담출판**에서는 참신한 발상, 따뜻한 시선을 가진 기획 아이디어와 원고를 기다리고 있습니다. 작품
혹은 기획안을 이메일로 보내주시면 출간 가능성이 있는 작품은 개별 연락을 드립니다.